We read the world

多谈谈问题

單讀
One-way Street
33

出品人	许知远 于威 张帆		
主编	吴琦		
编辑总监	罗丹妮		
编辑	何珊珊 蔡芷芩		
英文编辑	Allen Young		
设计装帧	李政坷		
荣誉出版人	Paradox	昕骐	吴凡
	Shining	朱佳颖	沈欣华
	Amelia 陈颖	陈真	nobinobi
	陈硕	桃二	Yujie
	段雪曦	大风	

活在问题中

这些年医学取得了哪些重大进展?

什么是好的工作?未来还需要工作吗?

如何主动获取知识,而不是生存在算法中?

如何限制权力,并拒绝成为其附庸?

应该建立怎样的历史意识?

下沉年代,保持乐观积极还有什么用?

所谓Z世代,到底是怎样的一代?

人类会被环境危机吞噬吗?

社会对未来还有理想吗?

在深陷防疫的日子里,我们列出了这些问题,想要一一求解,以此来对抗短期的焦灼。

结果突然出现急转。那样的日子迅速成为历史,大家飞也似的奔向新的生活节奏,不想再回头看。而纸质出版总是慢人一步,像个书呆子,还在摇头晃脑地研究、琢磨,经过许多不可省略的程序——约稿、修改、编辑、排版、退改、核红,最后才长出一本书来。

封面设计的灵感,也反映了这个笨拙的、物理的心智过程。既没有弯路可走,也确实厌倦拐弯抹角了。宁可用这样一种主动"刻舟求剑"的方式,在越来越频繁变更、也受到操弄的社会热点中,紧紧抓住那些更具历时性的问题,作为理性的锚点。

最终的问题清单,在最初设想的基础上有所更改,有些问题得到了回答,有些没有。单读的作者们,代表我们问出了问题。当历史的玩笑再次出现在人的眼前,困难的不是回答问题,而是提出问题,这种行为本身就蕴含了抗拒、反对和不甘。在动荡的年头,这是一种维持基本尊严的方式,即便它会延宕人的痛苦,但至少我们不再对痛苦的根源视而不见。

20世纪70年代,罗兰·巴特在母亲去世后陷入了长达两年的哀悼,在330块纸片上写出一本《哀痛日记》,后来他著名的摄影理论《明室》正来源于此。"一个人刚死,其他人便疯狂地构筑未来。"罗兰·巴特斥之为"未来癖"。他说:"一段时间之前,死亡是一种事件、一种突然出现,而在这种名义之下,它动员人、激励人、使人紧张、使人活跃、使人骤变。而后来,有一天,它不再是一种事件,而是另一种延续——一种呆滞的、无意蕴的、不被叙述的、沉闷的、无援的延续。"

今天的我们,正身处这样一种长久的集体性的哀痛之中。

不同于那些即刻变脸的欢庆,我们认为,作为一个拥有记忆和情感的人,应该在这样的哀痛中停留更长时间。

撰文:吴琦

001	锺叔河	真理有可能早过时代， 但是寻找真理与时代无关	许知远
039	戴锦华	火焰与黑洞—— 媒介的变化，如何改变我们	郭玉洁
093	景凯旋	在人性残缺的时代， 成为一个完整的人	柏琳
143	罗新	太多人滥用历史， 历史学家应该监督对历史的叙述	杨潇
197	项飙 迈克尔·桑德尔	走出对成功的崇拜—— 从精英的傲慢看优绩主义陷阱	范西林
237	吕植	人应当有取舍， 保护环境应当讲公平	吴琦
275	劳东燕	法律的核心问题是， 良好的社会秩序如何可能	晓宇
315	崔庆龙	下沉年代， 我们该如何保持乐观	罗丹妮
355	思想史万有引力	我就想追求一些纯粹的无用之学	叶三
397	放画：一半的自由		勾食、羲虎、易达等

锺叔河

/

真理有可能早过时代，但是寻找真理与时代无关

采访 / 撰文

许知远

钟叔河　1931年生,湖南平江人,定居长沙。曾任《新湖南报》编辑、记者,1957年被划为右派,开除公职。此后以做工糊口,但仍不废读书。1970年因言论被捕入狱,1979年平反出狱后拒绝回报社,到湖南人民出版社工作。1982年评为编审,1984年任岳麓书社总编辑,1988年调湖南省新闻出版局,直至离休。1994年获第三届韬奋出版奖。著作有《走向世界》《从东方到西方》《钟叔河散文》《念楼学短》《学其短》《笼中鸟集》《小西门集》《与之言集》《儿童杂事诗笺释》《钟叔河书信初集》等。编订和主持出版的作品有"走向世界"丛书、"凤凰"丛书、《周作人散文全集》《曾国藩往来家书》等。

许知远　作家,单向空间创始人,谈话节目《十三邀》《十三游》主创。出版书籍包括《青年变革者:梁启超(1873—1898)》《游荡集》《那些忧伤的年轻人》等,作品被翻译成英、法、韩等多种版本。

拥抱世界的外省人

若早生四十年，我们会是朋友吧，若我会讲湖南话，一切该多么生动。

知道锺叔河这个名字，来自"走向世界"丛书。它像是20世纪80年代的某种象征，一个解冻的社会，急于反省过去，想象未来，了解外部的一切。一个湖南人做出了自己的回应，他将一个多世纪前中国人的海外见闻编辑成书，提供了一个令人意外的图景：原来在那个被描述为停滞、保守的年代，一些中国人已这样描述了世界的面貌，带着同样的困惑与惊奇。

这套书堆在我的书架上，却没激起我真正的好奇。它似乎代表着一个逝去的年代，一种博物馆式的存在，它有历史维度，却与现实并无迫切关联。十多年前，我路过长沙，请朋友带我去拜会锺先生，出于一种单纯、浅薄的好奇心。他是一个都市传奇，在这个被快乐大本营、口味虾包围的城市，他代表着一种更富世界眼光、历史感、也注定孤立的力量。

在短暂拜会中，我发现自己完全跟不上他浓重的湖南话，只能似懂非懂地点头。不过，他意外地说起自己少年时代的一段恋情，背诵何其芳的《预言》，其中一句"你一定来自那温郁的南方"，我竟听懂了，并陷入一种意外的浪漫——你听到春雨滴落、栀子花悄悄开放。

那却是个关于冬日的预言。我带回锺先生的赠书，时断时续地翻阅，他对老长沙的感情——小西门、黄鸭叫，以及与朱正的友情——让我动容，他真是个朴素、细腻又有点霸蛮的人啊。我也不无好奇，经过这样的沧桑、折磨，他为何仍保持着这样的深情、天真、俏皮。

再见面时，他完全忘记了我，却还是保持了热情。我的热情更为高涨，因为一位理想主义者彭小莲的《编辑锺叔河》一书，我对他的理解深入了一些，时代的剧烈变化，也生成更多共鸣。我陪着他上了岳麓山，他与过世的太太曾在此认养了一棵树，他好久没从二十楼下来了，也觉得对于一个九十岁的人来说，这可能是最后一次下楼了。树犹如此，我心中生出感慨，然后听他讲述与亡妻的种种。

这一次，我对他的理解加深了。自然，我们谈起了黄遵宪、曾国藩、梁启超，这令人气馁又精彩纷呈的近代中国，他的父亲竟是梁启超在时务学堂时代的学生。但他那美妙、自由自在的童年更打动我，他拉板车时在旧书店里抢下的《查泰莱夫人的情人》，他深陷囹圄时的乐观，一旦春天到来,他立刻焕发的生机与无穷动力,他在任何时刻都不消退的讲笑话的本能……比起智识上的启迪,这生命中的耐心与跃动,击中了我。他的文章与思想,谈不上多么杰出,却有种难得的常识感,在经历如此动荡的那一代人中,这常识像是宝石。他还说一直困在长沙的自己,就像是巴尔扎克笔下的外省人。

我很想抱住他,说我也像你一样,还是被一股羞涩阻碍了,或许,我也在遗憾,为何我没有那股霸蛮劲儿,没能说一口长沙话。也是这一次,我知道他因疾病无法长途旅行,这也是人生的一个迷人时刻,恰是一个无法周游世界的人,向你描述了世界的模样。

"在一个短时间内,如我们愿意,我们可以用了光明去照我们路程的周围的黑暗。正如在古代火炬竞走——这在路克勒丢斯(Lucretius)看来,似是一切生活的象征——里一样:我们手里持炬,沿着道路奔向前去,不久就要有人从后面来,追上我们,我们所有的技巧,便在怎样的将那光明固定的炬火递在他的手内,我们自己就隐没到黑暗里去。"周作人翻译的霭理斯这一段,曾在最晦暗的时刻激励锺先生,如今借由锺先生激励到我。

我又去看了锺先生,他躺在床上,最近一次病情令他半身麻痹。躺在床上,他仍清晰、斯文又直截了当,遗憾自己失去味觉,体验不到辣椒的快感。他勉励我,锻炼心智与身体，坚持下去，说他真正的工作时光从48岁才开始。

许知远 → 许　　　钟叔河 → 钟

这个世界的文明，所有的人本能要追求更好的生活，这不是善与恶的问题，是个本能

许：钟老师，您还记得我吗？我十年前来过，谭伯牛带我来的。

钟：那是哪一年？

许：2011年，辛卯年是11年吧？

钟：我老伴是2007年去世的，那时候我已经是一个人了。我原来还打打台球，现在十多年没有打了。

许：您最近在编什么？写什么？

钟：编自己的书，包括手上正编的、出过的十几本书，有些书重印了，现在整理一下。湖南有一个出版社准备出一个文集，自己要修改。时间主要在修改上。

许：您是要写回忆，写一些故事吗？

锺：我自己很少旅行，别人说"读万卷书行万里路"，我一里都没有走，书也读得很少。我从小就器官敏感，晕车晕机，解放以前坐木船、没有动力的船都晕船。

许：您是编"走向世界"的人，结果哪也不去。
锺：美国倒是去过一次，小孩在美国，老伴在的时候她每年都去，我一生去北京也只去过四次，所以认识的人很少。

许：我觉得您是坐在屋子里等着世界向您走过来。
锺：没有那样大的雄心，也没有那样大的本事，我不过觉得那些书有印的价值，我自己也觉得很好看，蛮有意思的。

许：那么多游记里，谁写得最有意思？张德彝写得最好玩吗？
锺：张德彝的文字不很好。思想内容丰富还是郭嵩焘，和别人是无法相比，那是高出很大一截。但是张德彝最大的优势，是记得很细致，吃几道菜都记下来。

许：像照相机一样的。
锺：好比外国小孩唱歌，他都记录，英国学者都不记那些儿歌的，他记他的日常生活记得很细。有社会史价值、文化史价值，看得很有意思。什么游戏是怎么做的，他详详细细写。那些东西更重要的是，写出了这个封闭的中国人走到现代的西洋国家去是什么感受。对于80年代的中国人来说，大部分人也是第一次走出国门，但是有的人的思想还不一定能达到张德彝他们的境界，我的看法是这样的。

许：还没有他们这样的好奇心。

锺：现代人很重要的一点，说不好听的话，就是太现实、太功利。人的文化水平并不比原来低，现在的中学生、小学生、大学生，一般的文化知识、外文程度都比那时候高，知识面比那时候中学生、大学生要广，但是，有一条不同，那时候的中学生里可能会出锺叔河这样的中学生，我们虽然也不成熟，同样是幼稚的，在生理上、心理上和现在的中学生比甚至晚熟一点，但是他们就不会写我当时写的《窗》这样的东西，写了也没有地方给他们发表，差别在这里，不在别的地方。

许：您怎么看中国文化这种特性，一方面很包容，一方面又显得很排外，两方都很强大，您怎么看这个关系？

锺：我认为这是正反两个方面的东西。现在一般搞历史的，尤其是做史论的都把它割裂开来，都分别地绝对化和特殊化了。正常的情况下，两者是并存的，保守能力强大也不等于说那里没有很激进的想法出现，相辅相成、相克相生，往往是压迫最厉害的地方会出现最先进的思想和最杰出的个人。

许：您说一百多年前，郭嵩焘也不会英语，他跑到英国伦敦去，他的观察怎么这么敏锐？

锺：我是崇拜郭嵩焘的，他的思想水平超过曾国藩、左宗棠他们的，这就是他了不起的地方。他是按照传统模式发展起来的最高级的知识分子，读传统书长大，完全不懂英文，也没有接触过现代科学。但他到英国去，雇佣英文翻译，通过他们了解一点英国的文化。另外很重要的一点是他与严复有接触，原先他不知道严复，以为严复就是一个普通的留学生，福建船政送去的，而且他们年龄相差很大。但两人一见如故，郭嵩焘的日记里记录了他们很深层次的谈话。他们都是不世出的人才，我们这些人和他们比起来相差太远。人与人的差距是很大的。我很佩服赫胥黎讲的，人和人的差距，有时候比人和猿的差距还大。

许：我记得这句话。

锺：我觉得这句话很深刻，这就是我锺叔河和郭嵩焘的差距。

许：如果当时郭嵩焘招年轻人跟他一起去英国出访，您会去吗？如果您生活在那个年代。

锺：那很难推测，我的家庭不是读很多书，我家原来是富农，上升是因为伯曾祖父参加湘军，后来爬上去了。我的父亲他也没有什么著作，也没有东西传世。你是江苏人？

许：我是江苏连云港人，但我在北京长大。我很早就看了您的"走向世界"丛书，那些古文看不太懂，就看了您前面写的介绍。

锺：郭那篇前言我是费了力气写的，我对他有感情，深深为他的思想震慑。而且他领悟力很强，严复跟他谈话，大量的时间、通晚通晚地谈，他在谈话当天记日记，上万字都保存下来了。严复向他介绍西洋的科学，介绍西洋哲学思想的发展，从希腊苏格拉底谈起。他一次的谈话能记录到那个水平很不简单的，他是第一次接触这个东西。

许：所有这些人物里您最佩服谁？

锺：我讲老实话，我并没有什么很崇拜的人，在湖南来讲，我很佩服很喜欢郭嵩焘。我觉得他在思想上先知先觉，他是真正的先知。因为他谈到最后一句话，就是重新学习西方。

许：郭嵩焘看到新的世界，回来把这个讲给当时的士大夫听，没有人相信他，他回来变得很孤立是吧。

锺：很孤立。

许：我看《郭嵩焘日记》，他回来之后还推广健身运动。

锺：人们都讥笑他，笑他打洋拳，都讽刺他，还去烧他的房子。我的父亲都反对他，读书的时候长沙来了洋船，就拿砖头去砸。任何地方都有先知，都有不满分子，但是在很顽固、保守、封闭的地方，这种先进分子受到的排挤和压力就特别大，一般人就被压掉了，像我们就被压掉了。很强的就会冒尖，就压不垮，像魏源、谭嗣同这些属于压不垮的，就更厉害了；像郭嵩焘也冒尖了的，毕竟有著作，但是他的日记没有公开发行。他原来搞了一个节本，只讲他到英国去这一段旅行，印了之后朝廷就否定他，认为他是大逆不道，他说西洋看中国"亦犹三代盛时之视夷狄也"，讲中国亦犹夷狄，就触动了士大夫的心肝。

这个世界的文明，所有的人，本能要追求更好的生活，这不是善与恶的问题，是个本能，我认为我讲的是本能。当然不可能只顾自己，要牺牲大多数人、剥削大多数人，那是不对的，大部分人不会是这样的。人要不追求过更好的生活，北京猿人就不会变成人，他目的是发明工具，减轻自己的劳动，用手臂去撕兽皮很难撕，拿尖锐的石头去割，比爪子快一些，就发明工具，动物不知道发明工具，还是用自己的牙齿去咬。

许：像您开始读书的时候，其实某种意义上是中国文化开始陷入最低潮的时候，从19世纪开始，中国人开始反思自己的文化、传统有问题。

锺：我不同意你刚刚说的，不一定说那个时候是中国文化最低谷的时候，不一定的。

许：是的。或者当时人是这么觉得。

锺：是我们这么说，说那个时候的文化是最低谷。不一定的，我认为那个时候应该是最活跃的时候，而且中国的文化，就是没有后来这些因素掺杂进来，它也会更新的，也到这个时候了。中国传统文化、本位文化，原来在历史上也不是从来没有动过的。印度文化来也是一次大的外来文化冲击。中国没有一部旧小说里面没有写到和尚的,对吧?就说明原来没有的后来也有了。后来的所谓南宋理学也是印度文化影响而来的,才有了所谓"气"、"理"这些东西。

许: 所以您觉得19世纪开始的转变,它就需要一个更长的时间,慢慢地中国文化会自我更新的,就像当年佛教进入中国一样,会有很大的转变。

锺: 中国现代的变化就是太快了。物理学上有一个东西叫作波,波的波峰和波谷之间高度相差很大,但是我们的波段被压缩得很短,别人正常几百年完成的过渡时期,我们把它压缩到几十年,这样的话就会出现很多不正常的现象。有些人讲话讲过头了,好比钱玄同讲四十岁以上的人都应该枪毙,这个肯定是讲过头了。鲁迅最讲过头话的,好比他说中国人要少读中国书,最好是不读,读中国书就是消沉。

许: 我们都是受这个话影响的。

锺: 都受这个影响,我也受他影响的,都崇拜过鲁迅,对不对?

许: 对。

锺: 讲得痛快嘛,但是这话讲过头了。当然中国的文化肯定是有很多问题存在。培根讲过,伟大的哲学始于怀疑,终于信仰,怀疑是根本,这个事情可以说是我受到周作人的一些影响,因为周作人就质疑。好比中国人认为囊萤映雪可贵,说读书人勤快,这都是不可能的事情,萤火虫照着读书,白天不读书跑到山上去捉萤火虫,捉到了晚上读书。这不是笑话吗?

许: 您也是一颗怀疑的头脑。

锺: 我也试过晚上看旧小说。抗战的时候只点油灯,宿舍里面只有一盏灯,晚上不准熄灯的,宿舍里面,那都挂在壁上无法去读书,所以我说晚上到雪地里去看,就着大的月亮去看,结果是无法看清楚,只可能认得个把笔划简单的字。但是书里面还是说囊萤映雪,还是就这么写。

我只是觉得,有些不合理的地方需要去讲,其实我讲的是常识。中国近代以后我们一直在谈科学、进步、强大,但是对于常识是谈得很少的。我想,一个社会和一种文化只要讲常识办事,能够按照情理办事,就会比较少折腾,大家都比较好办。

比如新闻纸,newspaper,应该有新闻,哪怕是小民的事情。比方某某先生结婚，然后写他结了婚，那就是条新闻，我不认识的人我也可以看，我也很希望知道一下，是吧？没有害处。不要什么都是希望你知道的事情，也就是早就人所共知的东西，连篇累牍。好比按情理，你来访问我，我也愿意跟你见面，就有这回事。那就正常进行，我是怎么生活就怎么生活，就像我女儿说我穿这条裤子不好看，我是穿这条裤子的，就算你没来，我也是穿这条裤子的。我去扮一个什么东西没什么意思。

也有一些人很喜欢出风头，到处去扮，当然他也有他的自由，另外，扮一下，你让别人高兴也是很好的事。但是有很多事就是这样的，一旦变成了表演的要求，那就不一定都是那么合情合理的。有很多是一些笑话，笑话搞过头，笑剧就变成了悲剧。

许：您从小就这么细心吗？就会在意每一个点？

锺：这样说，就是我自己吹自己了。第一我并没有很好的学问，我认为一个人的才能，就是按照刘知幾（《史通》的作者），他讲的所谓"才、学、识"三个字，"才"是才能，"学"是学问，"识"是见识，其实这三个是不能分割的，都有联系的。

知识分子如果我们分类，可以分成三个大部分。最大的一个部分是教师，我认为作为老师来讲，最重要的是，要懂得多一点。传道授业解惑，其他的素质当然应该要有，但是最重要的是以"学"见长。

作家不必要很有学问，物理和地理不懂也没关系，数学不知道，英、史、政、地做不出不妨碍他成为作家，成为诗人，这是知识分子里面应该算是比较精英的一部分，他们最重要的是"才"。

像我们这些搞传播的、搞媒体的、搞信息的，这占很大一部分，新闻和出版都不是学问，我也并不认为可以创立什么编辑学新闻学，这反正都是过高的要求。它是一个职业，并不需要学者，也并不要什么很大的"才"。编辑把他的书印好，记者采访好，搞好报道，这在社会来讲，他就是个很成功的人了。但是作为知识分子，我认为，对于人类、对于社会是要尽职的，编辑和记者都是联系社会的知识分子，要有社会感，我要关心社会，是想通过参与变革这个社会，这是更高级的。所以这一部分人，我认为最重要的素质是见识。

许：您怎么评价自己身上的"才、学、识"？

锺：我是没有什么"才"的，六十分吧，就在及格线上，我也不能说我很笨，那属于过谦，没什么必要。

"学"打六七十分吧,因为不可能有"学",英文不懂得。你英文可以考六级,我英文只能够查字典,现代不懂外文,就不是完全意义上的知识分子。我认为是这样,因为你不了解水平动向。但是"见识"我认为我还有一点,应该可以打到七八十分吧。

就是说,我求知的心甚浅,不能成为学者;求道之心更少,不能成为信徒。这也是周作人的话。

许:当时您看到周作人是什么感觉?

锺:我喜欢周作人的文章,所以做苦力的时候才写信给他,他也认为我能读懂他的文章,才给我回信。那时候是最苦的时候。

当然真理有可能早过时代,但是寻找真理与时代限制无关

许:其实您的人生是从四十多岁才真正开始的,某种意义上。

锺:我做出版是1979年之后,但是思想很早开始了。你今年多大了?

许：我45岁。

锺：还有将近五十年到我这个年龄。我是没有满十八岁就参加工作了,当时没有想在报社干一辈子。但是也从没有想到后来搞得那么严重,把我开除送劳动教养了。

许：您从二十岁到五十岁,最好的三十年时间,都在搞各种运动,会懊恼吗?这一代人经历这样的事。

锺：这没办法,也不会很懊恼。为什么?因为并不是我自己主动造成的事,是被动的,我比起很多人来说还是幸运的,幸运的一点是父母给我的身体不是很糟,我经受过来了,没有倒下去;如果经不起打击,人就不能认真做什么事了。判刑十年,倒是我思想得比较多的时候,世界的问题,中国的问题。劳改犯也是最有时间的,对吧。

许：您觉得自己是靠什么东西熬过那段时间的?

锺：我也没有靠什么。我以前年轻的时候也不是一个很安分的人,比较调皮,给人带来很多麻烦,这都是我自己,一自责更加难受。

许：您不觉得调皮保护了您吗?

锺：我调皮比较有名的例子就是那本《查泰莱夫人的情人》。

那个时候我在一个街道工厂拖板车，在一个旧书店碰到这个书，别人拿在手里，我就伸手拿过来了，他说，"我要买的，你怎么抢我的书？"我说，"我不跟你争着买，但是我问一问书店的营业员"。

我拿这本书走向柜台，我问营业员：收购旧书是怎么收购的？他说你看嘛。他指着墙壁上，有张纸写着"收购旧书规则"。其实我早就看了，我故意去问的。"居民来卖旧书凭户口簿，工人干部来卖旧书凭工作证，学生卖旧书凭学生证。"我说就是这一条你们规定得很不对，学生有什么旧书卖，课本你们又不收，对不对？

学生的旧书就是偷家里的书，我说这本书就是我的小孩子拿起来卖给你们的，你们凭学生证买的。他说那我们管不着，你有意见呢就把意见簿拿来跟我们领导提，你写在上面。我说我也不跟你领导提意见了，你这个标价一块钱，我拿一块钱买，作为我没有教育好小孩子付出的代价，行不行。他说那可以。原先那个人说我也要买，那个营业员就站在我这边了，他说这你应该让他买，这是他家里的。我就买了这本书，这个事一般的人不会这样做，但我目的是要那本书，我还是出钱买，我认为我这样做也无可厚非。而且后来（20世纪80年代）我的这本书还重印了，上面不批，说你古籍出版社，怎么印翻译小说？朱正说给我去印，我便给了他，我的条件就是书你拿去印，我要一百本书送人，因为很多人都要借我这本书去看。

但后来这本书出了问题。九块多钱一本，我说我要卖九十块钱一本，你印30000本要犯错误，我只印3000本。我先不卖书，我印这个书我就先发函，发给各个单位，我说我这个书是印给内部参考。

这一类的调皮事我经常搞，我不是一个很听话的人。当然《查泰莱夫人的情人》不能够定位为淫书，它是世界名著。我们经常有一些误解，我们有很多误区。当然真理有可能早过时代，但是寻找真理与时代限制无关。

许：我觉得您这个自由自在的性格一直保持住了。

锺：我并不认为自己是英雄，我也没有想当英雄。我不喜欢藏着掖着自己的观点，在新中国成立以前，我是八月份参加工作的，大概是九月份发生了一件事情。就是中午休息的时候，我在办公室里朗诵何其芳的诗：

> 你一定来自那温郁的南方
> 告诉我那里的月色　那里的日光
> 告诉我春风是怎么吹开百花

燕子是怎样痴恋着绿杨

我将合眼睡在你如梦的歌声里

那温暖我似乎记得又似乎遗忘

许： 真美。是不是您一读这个诗的时候,当年那个景象全都回来了?

锺： 是,我很喜欢那个情调,它有什么不健康的东西呢?那时候有个南下的科长,他正好到办公室来了,便说,你念什么东西,念得这么摇头摆尾,精神这么好,为什么不多读几遍《论白皮书》呢?为什么不学习文件呢?搞得大家作鸟兽散了。

那时候看徐志摩、郁达夫都是问题,更不要说看周作人了。后来这个科长找我谈话说,锺叔河你什么都好,你完成工作任务是很好的,你的家庭也没有问题,个人历史也没有问题,但是你有一个大问题。他说你的大问题是不靠拢组织,你从来不向组织汇报自己的思想,也不汇报别人的思想、别人不好的现象。我的确不习惯去汇报,我觉得不应该去管别人读什么书。我父亲他读过八股,而且考上了一个佾生,我最感激他的一点是我看什么书他不干涉。

许： 您小时候您父亲给您讲锺家的传统吗?

锺：很少讲，他只讲他如何孝顺他的父亲。

许：就讲好的。

锺：他讲他对父亲很尊敬，但他并不吹捧，他说他的父亲不大做事，原来做事做官的时候完全靠他的哥哥，这个我相信。他讲他父亲后来拿了钱在长沙开了个旅馆，目的就是玩，每天晚上吃花酒、打牌，这个旅馆他自己不经营请别人经营，最后这个旅馆就变成那个经营者的产业了。但是他自己的儿子、就是我的父亲读出来了，又可以奉养他了。他最后留下八个字，是我父亲告诉我的，叫"守业弗失，有子成才"。

许：很自得的一生、很成功的一生。您父亲会讲到上学时他认识的蔡锷这些人吗？

锺：会讲一点。他说他自己不努力不刻苦，"我的同学"——这一点他是骄傲的口气讲的——"（我）武不如蔡艮寅"，就是蔡锷，"文不如范源濂"，他当了教育总长，做学问不如杨树达，搞政法不如章士钊，他们都很成功。

许：同学都太厉害了。

锺：他说，我是碌碌无为，你们不要学我的样，要以我为戒，自己要搞一门学问，不管怎么样，要做出一点东西流传后世，不要像我这样庸庸碌碌过了一生。他是这样讲的。在他的影响下，我进中学后，就试着给报刊写稿了。

许：您当时写的什么文章？发表的第一篇是什么？

钟：第一篇好像是一组诗《牢狱篇》，我现在还留着剪报，我是发现班上有一个同学的文章在报上登出来了，我觉得他的能登，我的大概也能登，这样才开始写。《牢狱篇》的第一首是《窗》：

窗
安放在
坚实的牢墙上

从窗中
每天有受苦然而倔强的眼睛
永恒的在守候
窗
是狭窄的
而窗外
有着广阔光亮的明天

有窗

囚犯们

就有希望

许：那时候最想做什么呢？

锺：初中的时候我的理想是去学植物学，高中以后读了一些书，又想学考古。好比我们读唐诗宋词，诗都背得出很多首，但是他们吃什么东西的呢？他们宴客，这个杯子、盘子是什么样子呢？鱼和肉是什么样子呢？发现古人怎么生活是很有趣的事情，到古代去旅行。原来也没有想在报社干一辈子，当时到报社去是因为一个女孩子。她已经去报名了，说你去不去？我就马上去了。后来报社批评她，她就跑到新疆去了。

等到"反右"，那时候还以为会让我去读大学，没有想到后来搞得那么严重，开除公职。开除后先是在街道上拉板车，穿一件那样的雨衣。在搬运队也干过一段时间，工厂里就是每天送货进货。

许：那时候有没有心里很难受？之前是个在报社……

锺：难受，但是只是肉体上难受。无非是流大汗，晚上睡在床上一身痛。内心没有什么难受。第一，毕竟年纪很轻，没有病。第二，当了右派被管制，在街道上，工厂里面，倒没有什么，老百姓并不歧视我们，因为我们并不使人讨厌嘛。而且我自己认为我也还够调皮。我能够做手工。其实我的本性我经常讲，如果在一个真正自己选择职业和人生道路的制度下面，我可以成为一个比较好的工匠。这也是我在吴宓的日记里看过的一段话，他们民国初年在美国留学的时候，在一起的几个人在谈话，陈寅恪发表的一个意见。陈寅恪说，万不可以以自己的学问为职业。这句话的意思是什么？如果说你以学问为职业，那你就得有老板，这个老板或者是国家，或者是资本家，或者是同行里面的把头，或者就是你的老师，那么你就得听他的话，你的学术研究就不可能是自由的。我原来的确觉得，我做好一门手艺，养家糊口，我再去干自己想干的事，这个生活是蛮惬意的。没想到在现实世界，变成强迫你去做，或者说我必须做这个东西，不做就没有饭吃，这个乐趣就会减少。你想去改变外部环境是改变不了的，但是人还是可以有些作为，至少是可以思索，思索对于自己最重要的是些什么。

许：现在我们都没有这种乐趣了，我们现在就上淘宝买，点一下，就可以送过来了，没有这些手工的乐趣了，好可惜。

锺：做手工本身是一种乐趣。凡是比较高级的工匠，在任何社会过的生活都是比较好的。看古代的记载，那些匠人的待遇不会很低的。古时只有画工，文人画家都是中世纪以后才有的，古代是叫匠人，叫画师，画工也可以过得好。

许：所以让您去明朝末年做一个厉害的匠人最开心是吧？再组一个戏班子。富兰克林就是印刷工人。

锺：是的，爱迪生地位更低，但是后来爱迪生的发明成功了，很有钱，他就没读什么书。其实我们真正的爱好是读书和写一点文字就够了，不要以文字谋生，不要使文字成为我唯一的谋生来源，那样就要向老板折腰了。

我不是有勇气或者有可能讲我所有想讲的话，但是我绝不讲一句我不想讲的话

许：要是我二十多岁时碰到您，和您在家里聊天，肯定好玩死了。

锺：现在觉得时间不够了，所以我还是想争取把自传写一下，今年之内，我想把自己的文集全部编完。

许：编文集是什么感觉？看到自己这么多年写的东西，一本一本放在这里，是什么感觉？等于是看到自己一路走来。

锺：跟种田一样，这是自己的谷子，是看重的。有些短的文章、散文、随笔这些，散文就是登了照片的小小的文集，后来搞了选本，叫作《记得青山那一边》。我自己的文字我也还喜欢，至少我很少讲别人讲过的话，我讲自己所思所感，我只写我自己所知、所感、所思。

许：这是很早就明确了的方向。

锺：我很少讲别人讲过的话，我也不去讲别人要我讲的话，我讲这些不是我自己原谅自己，我不是有勇气或者有可能讲我所有想讲的话，但是我绝不讲一句我不想讲的话。

我的父亲考取了留日、留英的留学生，但是我觉得他对真实很不敏感。家里有个故事，日本人侵略是从北方来的，他却要把我往北方送（逃难）。报纸上登了这么大标题："我军湘北（湖南北部）大捷"。但是国民党的报纸能信吗？我一个小孩子都知道不可信，他就是一个书呆子。

所以还是要有追究真实的态度，大家才能够摸索一些事情。比如说我们中国古代的文化，我认为有两个特点：一、它是乡土的；二、它是宗族的。农业社会不可能远离这一亩三分地。《庄子》里讲的，"适百里者宿舂粮，适千里者三月聚粮"，是什么意思？走一百里，头天晚上要准备吃的饭；如果要走一千里，就要用三个月的时间准备口粮。农民的活动范围就是这个半径，一个人要当天能够赶回家，再远的地方他就不会去了。就是在外面做官，几十年以后回去，老家开小店的父亲死了，儿子要继承父业开店，那个门面、铺面、板子，都没有换，没有变。

许：但是中国历史又充满破坏力，比如说朝代一更迭，就死掉很多人。

锺：破坏力是破坏力，但是观念没有变。就是他的天地观、他的宇宙观和他的人生观都没有变。他相信这个菩萨还是相信这个菩萨。

许：那您说现在是不是真的变了？

锺：那是，现在变了。其实我认为中国传统社会在变，内在的变从晚明就开始了，自从有了工商业，有了市民，就是有了市民的那些小说，有了小说里面的那种生活……卖油郎也可以去独占花魁。有了市井的生活，传统社会就在慢慢地崩坏了。但是这个变化很慢，再加上一点，就是最后一个王朝是少数民族政权。于是只有两条办法：一条是赶快汉化，自己要掌握文化；第二条，不能够引入其他的竞争者，所以海禁、锁国，这样又把中国的历史进程推迟了几百年。不然，最后中国也许会接受从上而下地进行改革。

许：您觉得这个选择，现在想起来是个选择吗？

锺：这是一个选择，但是在中国行不通。

许：为什么？

锺：孙中山提出"驱除鞑虏，恢复中华，建立民国，平均地权"，当时参加孙中山革命的人百分之九十都赞成前两条：天下是我们汉人的天下，长沙推翻了清朝统治，就把大清门改为兴汉门，现在还叫作兴汉门。当时参加孙中山推翻清朝的人，百分之八十至百分之九十是接受前两句。

至于接受建立民国的民众，我认为只有百分之十到二十，因为它意味着要推翻帝制。如果中国把皇帝推翻了，就会有很多个小皇帝和野皇帝。这点康有为讲对了，很多军阀都要做皇帝。至于平均地权，那就没有百分之一的民众同意了。

就正好说明刚才你提出来的一个问题：我编"走向世界"丛书是因为我要记录中国人走向世界的脚步，我认为这个脚步是特别迟缓、曲折、迂回和艰难的。因为中国的传统重担特别沉重。中国有悠久的传统文明，这一点是我们应该用骄傲的口气来说的，但正因为我们是这样，正因为我们是大家子弟，所以这种文化自我复制的能力特别强，它的惯性特别大。物理学上讲的，体量越大的东西惯性越大，我们十几亿人口摆在这个地方，那么多典籍摆在这个地方，这个体量够大的了。所以这种国家的更新、革新、改革，会是特别艰难的，它不会在一两代人之间就很轻易地完成。所以，我觉得这些书虽然是百年前的作品，但现在也还是他们所摸索的进程的继续，那个过程并没有终止，也没有圆满地到达终点，它也不会有终点。他们有时候的一些苦恼，他们的一些摸索，他们的一些徘徊，对于我们现代的人，还有直接的意义。我认为我们现在的很多人，包括我自己，还没有达到当时他们最高的水平。

许：您怎么看您说的康、梁、孙，包括近代的一些变革者，比如黄遵宪，他们这种要启蒙、要改革的努力，包括陈独秀他们，您怎么看这种传统？

锺：这种人很可贵，这种人在每个国家每个民族都有，也是他们书写了历史。比如荆轲刺秦王就是太史公写的，没有他写就没有这个东西。他留下的是唯一的记录，我认为他其实是再创作，他们的内心活动怎么知道的？其实荆轲那个人是一点都不值得肯定的，他没有思想。《史记》里没有一句话讲他对秦的暴政不满，他只是讲太子丹对他好，他享受太子丹给他的生活，他愿意报答。当然谁也不知道荆轲是不是这回事，也不知道到底有没有荆轲。

许：那您会有某种挫败感吗？就比如说我们一直在摸索，但是结果我们一个多世纪之后，也没有提高太多。

锺：没有。我们一个人一生算得了什么，对吧？像我这样的人，自己没有什么显赫的家世，从来就对自己没有什么很大的理想，读中学时就说"平生无大志，只求六十分"。

许：我很喜欢这句话。

锺：但是我有一点，就是我希望能够自由地看书，看我想看的书，自由地说话。不久以前我在找这些老照片，找出一本，就在我写信给周作人之后不久的事。我被抓去坐牢以前，我们四个人，包括朱正在内的四个人被称为小集团，有个叫张志浩的找到了一本郁达夫的诗集。又有个人叫俞润泉，一个通宵还是两个通宵，白天要干活，他就通宵复写了四份，有这么厚一本。我记得当时这四份给我们四个一人一本拿在一起看时也是很高兴的。俞润泉还在我的书上面写了几句题跋，"锺生日行于市，欲觅奇书，虽大饼之堆于前，粮票之垒于侧，亦无此乐也"。所以当了右派也并不是说天天愁眉苦脸，等着死，不是那样的，那样是活不到现在的。原来我跟朱纯（妻子）说，"饭还是要吃的，书还是要读的，要我们死我们是不得死的"，这是我的原话，确实我是这么想的。

许：和我们讲讲您架上的书吧。

锺：这是套《四部备要》，中华书局新中国成立后印的，它的内容就是中国古代的经史子集。我没有通读它，也没有办法通读，但是有时候要查。

许：《清实录》您翻看过吗？我以前翻过，我就读不进去。

锺：通读没有读的，读不下去的，大量都是原始文件。好比鲁迅和周作人的祖父的判刑，材料、档案都在里面。

许：这么细,他祖父这么小的案子也有。
锺：是科场案,判得很重,斩监候。

许:《春风沉醉的晚上》,特别那个年代的感觉。
锺：这些书就是后来乱放的,我并不藏书,都是必须要用的书。

许：但是您也读很多西洋小说。
锺：那些自己就没有保留。

许：没留下来。
锺：读小说主要是新中国成立以前在读高中的时候,当学生时读的。

许：这个是什么?
锺：这是钱锺书先生写给我的一首他在湖南时作的诗。他在蓝田,国立师范学院,也就是他写的三闾大学。那时候我在读初中,我的英语老师就是他的学生。

许：等于您是三闾大学教授的学生的学生。
锺：那时候我听到英语老师在家里谈他的故事,那时候他也许讲了名字,但是我们小孩子根本不记得什么钱锺书、钱基博，只知道他讲过他的英文老师和中文老师是一对父子，父子在讲台上互相贬低，儿子就说老先生的学问是有，但观点陈旧；老先生就说儿子是"野狐禅"，当然那是开玩笑。但是就说明个问题，要有自己的观点。我虽然对钱先生非常尊敬，但是我并不认为《围城》有很高的水平。讲自己的话，才能够自由地想，才能够接近事实。

许：您觉得他最高水平是什么？

锺：我认为《围城》在我心中的地位还不如《宋诗选注》，因为《宋诗选注》有他对宋诗以及中国的诗、中国文学艺术的见解。

许：如果您对年轻人有意见或者建议的话，成为一个人最重要的是什么？要坚持什么，最重要的东西应该是什么？

锺：首先，我没有什么资格可以向年轻人说教。因为作为个人来讲，不论从什么意义上来讲，我都不是一个成功的人，我的一生是很坎坷的，我也没有更多的经验可谈。我平常翻来覆去讲得比较多的就是如果有可能，多读一些书，多看一点书。我认为，书读得越多越好，也没有什么建议应该读哪一类的书、要读谁的书。我认为，凡书是所有的书，只要是书便可读。有些是不能称之为书的，关于这个我们就不再展开去谈了，书多看总是有益的。当然看书也还是要动脑子，不完全是眼睛的劳动。中国有一句老话，"学而不思则罔，思而不学则殆"，原来在国立师范学院的时候，师生办过一个刊物叫作《学与思》，这个名字就是从这句话来的，取得很好，多看书只能算"学"，但是还要去"思"。

所有的历史，都不会按照公式去进行，每个国家和每个人是一样的，都有它的个性，走的都是特殊的道路。有一些时候，一些偶然的人，或者偶然的事情可以影响历史几百年，这是我们做不了主的事情。好比我生来是锺昌言的儿子，这个我是没有选择的自由的。你还很小，到我这个时候还有四五十年，你还会看到很多东西。而且我认为它是一个加速度，历史的变化不是匀速的运动，而是加速度的运动，将来你会看到很多变故，也会经历很多事情，到那个时候你会回想起今天我们的谈话。

许：一定会想起来的。你们都问问吧，年轻人，问问人生困惑。来吧，小孩子都问问，他们肯定有很多困惑。

提问：我想问一下锺先生，我会感觉这两年我自己、还有好多我的朋友们好像都会有一种无力感，面对一些事情或者是整个世界的变化，好多事情你觉得不对，但是好像又确实没什么对策。

锺： 我有一个基本观点，社会的文明和社会的开放的程度，毕竟还是在慢慢进步的。但是我们这个国家正因为传统悠久，有可以自傲的传统文明，所以它的保守性也是特别强的，我们走向全球文明的道路会是一条漫长曲折的道路。想从根本上解决这个问题，还是要使所有人的思想现代化起来。讲起来会发现，有人觉得读了大学、又读了研究生的人的思想当然是现代化的思想，那不见得，我自己的体会是如此，不一定。回到最早一批走向世界的人的口号，其实并没有过时，梁启超讲的"作新民"是要提高全民的常识和理性。我记得朱正跟我说过一句话，他自己不一定还记得。1957年"反右"以后，接着搞过一个运动叫"除四害"，每个人每天要交上多少蚊子、苍蝇。朱正和我两个人在一起就说，这种事作为全民运动是没有任何意义的。不上班，大家晚上都不睡觉去捉蚊子、捉苍蝇，捉不完的，蚊子滋生的环境没有改变。另外一个人就说，我们现在这些人，如果有一半的人像我们这样认识，这个运动自然没有了。我认为这个话就说到了点子上，我不可能去反对这个运动，我不动可以吧？我装病，我病了，我睡在床上，不上班。假如我们都有这个认识，我不干这个事情，全国人民都不干，自然就干不了。这里有些人不仅是干，而且他还更积极，领导讲消灭一个，他还要消灭十个。有这样的人，就是这样的现实。这有什么办法，就要尽力去启蒙。我讲一句真心话，我是觉得我写的每一篇文字，哪怕是一则短文，我都是希望能够尽量起一点作用。当然，我的水平只有那么高，我的文笔只有那么好，不可能起到很多作用，但是，我是朝着那个方向在努力。我没有任何经济压力，我不需要赚钱，家具不要更新，我的衣裳也不要更新了，我穿不烂这件衣服了。

戴锦华

/

火焰与黑洞 ——
媒介的变化，如何改变我们

采访 / 撰文
郭玉洁

戴锦华　　北京大学电影与文化研究中心主任、教授、博士生导师，主要研究方向为中国电影史、大众文化以及女性文学。参与建立了中国第一个电影史论专业，并于北京大学比较文学与比较文化研究所建立中国第一个比较文化研究室。著有《镜城突围——女性·电影·文学》《隐形书写——90年代中国文化研究》《雾中风景——中国电影文化1978—1998》《电影批评》等。

郭玉洁　　媒体人，专栏作家。北京大学中文系毕业，先后任《财经》记者、编辑，《生活》《单向街》（后更名为《单读》）主编，《Lens》主笔，路透中文网、纽约时报中文网、彭博商业周刊专栏作家，《界面·正午》联合创始人，《正午故事》主笔。2011年前往台湾东华大学攻读创意写作学位。著有非虚构作品合集《众声》。

2022年8月末，北京，远远看见戴锦华老师走出旋转门，她身着藏青色宽松衬衫，戴墨绿色口罩，阔步穿过酒店大堂，让我想到第一次见到她的时候。当时我刚上大学，坐在阶梯教室等待一场关于中国电影的演讲。一阵轻微的骚动传来，回头看到一位女老师，西装配黑色高领毛衣和银饰，挽着发髻，高大，飒爽，一级一级，走向讲台——属于老师的舞台。不错，首先令我震撼的就是形象，一种我此前没有见过、也无从想象的女性知识分子形象。

接下来是陌生的语言，磅礴、华丽的长句，饱含激情和思考的密度，一个句子缠绕着另一个句子，一个爆炸引发下一个爆炸，一连串的词语爆炸之后，你已经不知道刚才是从哪里开始。词语的爆炸，也是思想的爆炸，破除陈词滥调，拒绝轻易的答案，把常年应试教育之下的僵化大脑炸成一片废墟。我晕头转向，又欲罢不能，尽量追随戴老师每一个课堂：电影研究、女性主义文学、文化研究……

毕业之后，经历媒体的沉浮，多了些社会经验，更能够理解戴老师华丽的语词爆炸之下，真正的担忧和警醒是什么，她的热望所在又是什么。水瓶座的特立独行，又使她不时变换自己的兴趣，密切关怀现实的同时，总是能够保持前沿。比如近些年，她热衷阅读网文，也对依托互联网诞生的新媒体保持关注。

于是我们就从这个问题开始：互联网进入中国以来，媒介的变化引发了什么样的文化和社会变迁？

无法忽视，这是变化迭生的半年。谈话时，我常常庆幸自己未被"弹窗"，对话才得以发生。12月初定稿之时，疫情的封控措施正在放开，戴老师对访谈稿进行了细致的修订。虽然略微有些遗憾地改变了现场对话的活泼风格，但是文稿也因此更为丰富和深入。这一切都值得一记。括号中的内容，均为戴老师所加。

郭玉洁 → 郭　　戴锦华 → 戴

互联网的火焰、黑洞与个人主义绝境

郭：戴老师，今天我主要想讨论一下媒介。有一个很大的问题是，互联网诞生以来，已经肉眼可见地全面改写了人们的生活，那么我们应该怎么描述这种影响？又应该怎么应对？比如之前我们谈到网暴，网暴变得轻易、随时都可能发生，我觉得似乎已经存在一种网络人格，它和现实世界的人格不同……这种分裂也好，互相影响也好，应该怎么去看？

戴：互联网对人和社会的影响，是一个太大的问题。但你最后提到的现象，倒可以成为我们的切入点。近年来我一直在关注美国奥斯卡——因为奥斯卡作为好莱坞的主秀场，会显现出诸多好莱坞–美国乃至世界的文化与精神症候。今年，我在看德尔·托罗（"陀螺"，Guillermo del Toro）重拍的《玉面情魔》（*Nightmare Alley*）之前，先读到了一份他的访谈，有意外的收获。他明确地提出了一个观点，即，我们整体地陷入了认识论危机。他用了"认识论危机"这样的表达，描述今日的互联网结构（我猜是指大数据、精准投放、推送——信息茧房）令我们无法从互联网上获取新知、发现未知，甚至丧失了求知的意识和愿望。经由网络、经由传播，我们只会印证自己的已知，确信自己的正确，因此我们无从形成新观点，丧失了质疑既有观点和立场的可能性。"陀螺"称他在《玉面情魔》原作小说当中读到了这些，他强调他的新作不是1947年那部黑色电影的重拍，而是小说的再度改编。

老实说，我在他的新作中没有看到相关洞察。影片的确与1947年爱德芒德·古尔丁（Edmund Goulding）

的旧作不同，我在其中体认到的是强烈的"阶级宿命感"，是改变自己阶级地位的努力和挣扎的无望——老旧，但不无现实意义。然而，我仍然记住了他在访谈中的观察，因为它与我自己的观察和观点重合。当然，我自己的观察不止于此。说得简单武断些：互联网的社会实践结果和我们最初对它的预期几乎完全背道而驰。互联网全面兴起时，记得是齐泽克说过（大意），internet 正是 international，他引证列宁的观点"世界革命的胜利必须占领中央银行"，今天，我们只需占领互联网，便可以赢得这一多数人的胜利——一个十分齐泽克式的乐观主义表述。即使在当时我也对此有保留，正如我此时对元宇宙／另类世界与另类实践的乐观瞻望持有保留与怀疑。但毫无疑问，互联网创造了一个令知识民主、文化民主、社会民主成为可能的硬件环境：每个人都可能拥有发言权、发言份额，拥有一个自由传播、平等交流的空间。

然而，互联网一经投入使用，最先出现的互联网研究却是关于网络"火焰战争"，也就是我们现在说的网络战争、网暴。最早的互联网研究者认为网络是一个最容易爆发"火焰战争"的地方。所谓"火焰战争"意指极高的热度、强度及高浓度的情绪含量，当然，也指极化的敌意和恶意。彼时，研究者强调的重点是互联网的匿名性。因匿名而不担心付出代价、受到惩罚，且由此而肆无忌惮、为所欲为——作为某种人性暗黑面，这似乎不是什么新鲜的事实与表述——因为此前有诸多心理学实验验证过。你一定知道那个著名的实验：被催眠暗示告知做任何事都不会受惩罚的实验人群，其中多数都做出了极端乃至杀人之举。

另一个著名的实验则是在清醒状态下进行的：将一个班的同学随机分成两半，一半扮狱卒一半扮囚犯。狱卒拥有惩罚不驯囚犯的权力，他们可以按下不同颜色的按键，来代表不同等级的惩戒与伤害。狱卒们被告知，红键不能按——因为那会致死。结果最后几乎所有狱卒的扮演者都曾按下红键——而这个实验的时间周期极短。这无疑是权力异化的例证。当然，类似的例子一定包含了德国拍成了电影《浪潮》的心理学实验：在一个社群中，法西斯主义可以在何其短暂的时间内成形，尽管此间人都接受过现代教育或有着深厚的民主传统。

多说一句，20世纪的历史债务之一，是我们获知：任何时候，都不要尝试去测试人性恶的深度。那是深渊，深不可测。

作为应对，许多国家都开始实行网络实名制，限制匿名状态下的心理极化或恶意、敌意的泛滥与蔓延。然而，至少在我的观察中，类似举措有效，也有限，极化、极端对立，依旧是某种网络生态的常态或惯例，尤其是当它获得某种权力或机构的默许之时，会迅速地达成共识、确认对手的不义，共讨之、共诛之；对方亦然。其间没有探询、讨论、存疑的间隙。在己方营垒内部，在某种稀薄而强大的共识基础之上，人人正义在胸、真理在手，激情四射，战意高昂——这也许是你所说的网络人格？当然，如果我们要深入讨论网络人格，还必须注意到，在网络生存中，人们通常拥有不止一个身份、一重人格，多个网络ID、阿凡达/网络分身或化身，且不说多个马甲；而有趣的是，某人的多重网络身份间或许/多数完全不具同一性，甚至没有关于其同一性的考量。这是另外一个重要的现象和议题，它涉及当下社会关于主体的理论与现实。但这不在我们此时讨论的议题之内。

郭： 的确，就像您说的，人与人之间的恶意、暴力不是一个新鲜的问题，但是放在互联网时代，它有什么特点？或者说，它背后蕴含了什么样的社会变化？

戴： 我以为，类似议题牵涉着一个更大的社会、社会心理、社会文化的结构性演变。我们必须将其置入一个更大的视域中来讨论。首先,我们都观察到和体认的变化之一,是伴随互联网／数码转型而出现的近乎全部旧媒体的死亡——与其说是死亡,不如说是整体坍缩进新媒体之中。我喜欢那个说法,打开任何新媒体的界面,我们看到的是一片老媒体的"墓碑":电话成了通话功能的logo,胶片成了电影的logo,黑胶唱片成了音乐的logo,麦克风成了录音功能的logo——极为直观的坍缩。

与此相伴随的,是整个社会生态、文化生态、生活方式、文化生产形态的整体变化或曰重组。与我们讨论的议题直接相关的便是大众社会的解体与分众社会的浮现,当然也是大众文化的碎裂与分众文化的登场。随意联想到的是电影发行中的成功案例:他们的共同特征是捕捉到了电影这个典型大众文化工业产品所遭遇到的社会、观众人群的演变,捕捉到了分众社会的特征,通过确认影片的特征,精准定位并抵达了影片的目标受众。这似乎也成为了进步、文化民主化的明证:商业大片固然票房火爆,艺术电影也同样显影出自己的观众群。比如今年的北影节上,某些我也感到难忍的"大闷片",现场满座,无人退场、吐槽,大家全程专注地观片,直到最后一行字幕滚完方才彬彬有礼地退场……而且,不再是学院、学术研究中的

（由作者中心到作品中心，朝向）"受众中心"转型，而是受众——准确地说，是文化产品的消费者——显然持有了越来越高的谈判资格，直接经由互联网的订阅/退订、追剧/弃剧、氪金/打赏/评论、粉丝/后援……机制，介入、干扰乃至左右了文化趋向，题材、类型取舍，至少是直接干预了创作进程。经由网络而无尽增长的同人文化，不仅成为重要文化产品/作品的衍生和伴生品，而且创造出"互文性"理论难于覆盖、涵盖的多重文本与围绕着某一文本、某类文本的"众声喧哗"。事实上，多种样态的同人、非同人的"业余"创作，在新的文化产业形态——全产业链中，经常充当着原创性新链条的开启，或曰"上游"。

我们或许可以将类似变化直呼为进步。然而，与我们今天关注和讨论的问题相关，它由此形成了一系列新的社会议题。其一，是一如20世纪最后二十年间的显学——文化研究所揭示的：大众文化，准确地说是文化工业，尽管可能如20世纪中叶，法兰克福学派的学者们所担心的那样，充当"社会水泥"，但在战后（欧美发达国家的）社会文化实践中，大众文化（将其对应为"popular culture"，而非"mass culture"），事实上充当着公共议题得以显影的场域之一，成为某种主体性实践的现场或葛兰西意义上的"文化游击战"的场域,而且间或成为另类社会实践的空间。而伴随着互联网所造就的分众时代的来临,我们可以看到分散的、多态的抵抗,却看不到彼此相遇、相聚的可能。如果有人认定分众文化是不同社会阶层、群体都可以获得、享有自己的文化表达、文化份额的契机(一如"快手"初现时,其内容、形态、用户人群与"抖音"相较的差异与落差),那么,我们面临的则是与互联网同时莅临全球的急剧阶级分化、固化,以及同步形成的社会、文化价值系统的单一化——是20世纪曾开启的想象别样世界的乌托邦冲动,文化、价值的多元性指向,权力结构的裂隙与灰色地带的消失与封闭。当然,我讲过很多次了,其中突出的症候之一,是对批判现实、变革社会之为选择与可能的整体否认和拒绝。这固然出自冷战胜利者们的利益诉求与意志显现,但也是在20世纪的激荡历史中遭遇创伤、体认大失败的社会、民众的情感与情绪表达——并非单纯的自上而下的文化、心理历程。

具体到我们今天的议题,分众文化在互联网上的突出特征之一是:相关网络社群的圈层化。姑且不讨论多数网络社群内部近乎森严的等级状态(依据可提供／贡献的资源多寡——经常与其因社会的阶层地位而形成的阶序正相关），在此我关注的是每一个圈层内部的"纯净"的共识状态。曾经的版主、楼主，如今的"群主"、"粉头"……在社群内部拥有绝对权力，"我的地盘我做主"、"拉黑"、"踢人"，而社群成员以同气相求、相互背书、彼此印证为主旨，令交锋甚至商榷难于在互联网的具体社群内存在。因为一旦不同的立场和观察出现，多数就压制少数，共识就迅速排除异见。我用"抱团取暖、党同伐异"来描述类似网络生态与心理。由此形成了同一圈层／社群高度的同质化，不同圈层间的绝对异质化与隔绝。因此，互联网上网络社群、圈层确乎极为丰富和多样，但经由互联网而相遇、碰撞、交流的可能性却几近于零。这无疑是网络战争／网暴的另一个结构性成因。

而伴随这场新技术革命的深化，尤其是以智能手机／移动终端的应用和普及为节点，上述我们讨论的状态进一步为技术、资本所强化甚至固化。大数据、精准投放，开始形构出越来越坚韧的信息茧房。某些已知、某种共识在类似的结构中叠加、增倍，而新知、未知、反例则了无痕迹地消失在友好、光洁之界面背后不可见的黑海或黑洞之中。

郭：这的确和早期人们对互联网的想象不一样，甚至直到今天，仍然有很多人认为通过数据库、搜索引擎，我们可以更自由、更便捷、更迅速，拥有此前无法想象的海量信息。当然也有很多人质疑，它真的让人更自由了吗？

戴： 无论在理论上或在实际中，互联网都的确是一个越来越丰饶的"宇宙"。经由渐次完备的数据库与搜索引擎，人们似乎已具备了自主学习、获取知识的硬件环境。然而，搜索引擎的设计已然包含了酿造"认识论危机"的因素。尽人皆知，互联网搜索引擎的使用，取决于关键词的设置与选取。作为密语与密钥，它是召唤出互联网贮藏和打开网络世界的起始。在此同样暂时不去讨论"关键词"的设置，检索对整个教育制度、知识生产产生的多重影响，仅就我们的议题而言，你既有的知识结构、趣味、诉求先设了关键词的选取，关键词则召唤、打开你兴趣、关注所在的世界。理论上，经由数据库、搜索引擎，你可以拥有整个宇宙，但事实上，你从互联网的黑洞、黑海中能够召唤出来的，是你已知并获得了召唤意愿的所在，而不会不期而遇、自主显现。

并非保守主义怀旧：在纸媒时代，你浏览报刊，当然置身于决定版面设计、栏目分布的大的权力结构，但你仍随时可能与未知、新知遭遇；一如你漫步书店会发现不流行、尚无口碑的新书……而在互联网上，尤其是当分众状态形成，资本主导的大数据、精准投放开始之际，类似的可能已全然丧失。

一个尽人皆知的重要变化，便是20世纪形成的不同层面、不同路径、不同介质的媒介全部、全面坍缩进数字媒介。我们在移动终端／手机（/pad）上面做一切：读书、看电影、看舞台剧、听音乐、看电视剧、看球赛，当然，通话、通信、获取世界消息／新闻、办公……极端便捷、高效。与此同时，人们更"自然"地接受了更具有新媒体特性的短视频，各种无时空、无语境的片段剪辑——语录版、标题党新闻或一句话评论、五分钟看电影。理论上我们获取并持有了全部旧媒体以及它们曾负载的文本、内容，但坍缩同时伴随着溶解。更重要的是，在这界面之上海量的、无法穷尽、人力难于计数的信息、影像使你无从感知到你拥有、行使的近乎无限的选择权其实是被先行选择的真相。

而与网络生存共生或曰彼此强化、相互加持的，则是某种个体生命的状态。这也是我近年来尝试观察和思考的主要面向之一。一种新的生活方式：我们称之为"宅"——宅生存、宅男宅女。一种孤绝而怡然的"遗世独立"。为互联网所生产加持的、为物联网支撑保障的，是某种社会情势，我称之为极端的个人主义，或者个人主义绝境——这是极不准确的命名，但我就一直找不到一个准确的描述……为什么叫个人主义绝境？因为这是没有主义的个人状态。所谓"个人主义"固然高扬自主意志、特立独行或潜在的自我中心，但主义仍然是要处理个人与个人之间的关系，不准确的置换，是所谓主体间性问题。而我所瞩目的状态，则是没有主义，只有绝对的个体，不是对他人的无视，而是对他人的不感知或无感知，或他人的自我功能化。在此溶解的是社会的有机性。

你肯定注意到那个似乎已经或正在过气的词："舒适带"。那是自我感知的阈限，驻留舒适带，是网络生存的主要特征，我拒绝那些让我不安的声音来骚扰我，我不允许那种动摇我的理解和想象的异质性存在进入我的视野，我不让那种威胁性或者批判性搅扰了我的安然。其中包含了选择，包含了拒绝的行动——踢人，拉黑，把×××设为非关注、不可见。

我以为，这三方面：分众、信息茧房／精准投放（其间、其后的是硕大赤裸的资本的主导性力量）、闭锁之宅与心理舒适带，造就了社会生存的新情态，也造成了"陀螺"所谓的"认识论危机"。疫情的发生和延续全方位地加剧了这一状态。长时段的隔离、封控，一方面造成了普遍的忧郁、焦虑，另一方面则是"宅"的常态化和结构化；不同的是，怡然、富足、自得感在褪色，无奈、无助感在上升。似乎无所不知，却又缺少关于现状的有效信息、参数和判断——遑论行动的可能。这一切，和冷战终结后两大世界性趋势——一则是急剧的、加速度的贫富分化、阶级固化，一则是整个世界丧失了全球资本主义之外的另类选择与乌托邦冲动的全面耗竭——相伴生，累积着越来越强烈的戾气。极度消极无助的社会情绪。这无疑是连绵的网络战火、网暴的由来之一。

我对这类巨大、流转的社会戾气的观察，同样始自电影——2019 年全球热映的《小丑》。遍布在美国、欧洲多国和许多非西方国家的《小丑》的海报令我感到好奇、无从理解。在我看来，这部没有多少"好莱坞相"的好莱坞电影在全球范围内的热映，几乎到了匪夷所思的地步。首先是其人物，一个从 DC 宇宙的裂隙间掉出来的反面角色，脱离了 DC 世界，脱离与蝙蝠侠的相对叙事、意义结构，小丑一跃而为主角，究竟要表达什么？最令人费解的是，在影片文本中，小丑这个被设定为被侮辱与被损害的小人物，除了仇恨、愤怒和敌意，他不携带特定的社会意涵与价值，只有某种老梗——俄狄浦斯情结或个体生命创伤，亦不表达任何社会立场和诉求。然而，在片中，小丑式的暴力实施，却引发了全社会的追随、仿效。高潮戏中满城暴动究竟指向什么？何处？何方？我唯一能体认的，只有似乎要从银幕上溢出的巨大的戾气。

郭：我看这部电影的疑问就是：这不就是一个反社会人格吗？难道今天的反抗者只能是反社会人格吗？

戴：尽管我自己会慎用这类命名和表述，但此处我们姑且借它发问：为什么一个"反社会人格"的角色制造了影片巨大的、全球性的商业成功，而且在奥斯卡短名单中成了仅次于《寄生虫》的大满贯之作？当然，正是《寄生虫》与《小丑》相连的座次，展示了其中的真意：前者几乎用图解、图示的方式展现了阶级分化和固化的事实，而且以结局中儿子的"计划"表明了反转与获救的不可能；后者冲天的戾气便是这一事实的社会情绪版。由此展开的思考，使我意识到，这正是网络上显现的各种文化症候、社会表象的突出特征：小到网暴事件、网络"战争"，大到右翼民粹、宗教极端主义、不无或充满种族主义气息的民族主义潮汐涨落。所谓戾气，既是指某种强度、浓度极高的社会情绪，也是指其无定向、无目标的躁郁、狂暴特征。
在我自己的观察视野中，网络战火完全可能触及极为真实、深刻的社会问题。诸如不同社会立场、视域所产生的分歧，诸如对社会现实结构的整体判断的不同。然而，即使暂时搁置禁言机制，我们可以目击到的是前面我们谈到的网络生态结构的结果：真实交锋，还不必说对话，很难在网络空间中产生。因为类似生态几乎杜绝了反思机制的运行——海量网络信息的涌流，令任何社会立场，哪怕是极为荒谬的立场，获得充分理据和例证；而同气相求的社群状态相互加盟、背书，则给予你充分的自信和确定。反思的缺席，令人们亦难于追问支配了自己立场与判断的利益结构。于是，你可能体认到的只是、只能是自己的真理性和对手的悖谬。于是，不是思想、观点的论战或交锋，而是人身攻击、道德污名；更有甚者，便是人肉搜索，"破次元壁"恫吓。

我的观察和思考中，这的确是一个全球性的状态与形成中的结构，它已然开始形塑一种新的感知结构／情感结构。甚至我自己在疫情期间也开始经历陷落：我开始了自己平生第一次的拉黑、取（消）关（注）、退群……有点惊心地发现自己开始越来越多地体会着类似心理：凭什么我清晨打开手机的第一眼便被某种观点气到？凭什么让显然没有社会良知的某人在我眼前蹦来跳去？凭什么你可以在我手机屏幕上信口雌黄?(笑)我似乎遗忘了,对我,网络或曰屏幕素来是某种社会现场,某个令我获知或遭遇他者与异见的特定空间。而到目前为止,我尚未发现改变的迹象和路径。究其实,类似结构的快速成形,固然与媒体特性有关,更与资本主导、资本诉求相关;从大处看,它无疑仍与世界范围内我们几乎完全丧失了另类出路、别样价值与选择的整体状态相关。当我们不再拥有另类的价值取向和别样的世界与未来想象,除了身份政治(而且剔除、悬置了阶级维度)之外,我们事实上难于拥有、获取有意义的价值和思想碰撞。甚至,看似保守和激进的社会立场,也可能因事实上分享着同构的范式与知识型,导致其差异也间或沦为某种姿态和位置的不同。

分众文化之中的自我催眠与"潜意识自觉"

郭: 这样听起来是不是有些悲观?如果说这是一个全球性的情感结构,它不仅已经形成,而且如此庞大,不仅存在于网络上,也在现实中发生作用,我们身处其间,似乎也并不存在逃离的可能,还有什么别的可能性呢?

戴： 换个角度，我也在网络文化空间中观察到某些变化的发生。你知道，近年来我持续阅读网络小说，关注广义和狭义的同人文化、粉丝-偶像现象、游戏群落的生成和涨落。有的是通过大量阅读，有的是通过潜水旁观，有的是通过年轻朋友们的导览、他们的经验和研究，去尝试新的文化样态、文化现场以获得某种观察——毫无疑问，是外在的观察。因为我发现，或者说深深地体认到，存在于我和他们之间的，不再只是知识、趣味的不同，而是情感结构的巨大差异——我们不再共享对我来说基本的情理和逻辑。因此，我深知，我的观察只能是外在的，在我自己的知识、感知结构的限定之内。

的确，我绝不是要将自己的恶趣味合法化。（笑）我原本也是一个所谓的在"高雅"文化之畔同时享有许多"低俗"乐趣的文化人。但外在地观察新的网络流行文化，确实始料未及地遭遇一个丰富的文化现场，目击、碰触、（自以为）体认到不止一个"新世代"及他们的文化、心理的进路。我享有了某种始料未及的获知的快乐。

包括误判和出糗的时刻：我曾颇为自得地宣称，我网络言情和耽美小说的阅读量可以"碾压"绝大多数的读者、粉丝或专家，很快我发现，这几乎可以视为无知者的妄言。在我此前的学术生涯中，人们可以有把握地宣称对某一课题、某一场域实现了无死角的覆盖，近乎穷尽了相关的史料、素材、文本。而数码介质、网络生态则改变或曰取消了类似诉求和设定的前提。因为任何类型、任何主题或领域里，新的素材和文本都在持续地海量涌流中，没有人可以穷尽任何网络文化对象。

这不仅是体量问题，正是在这里，我开始触碰、认知分众文化的事实。网络社群同时意味着圈层化，并非某种稳态的进程，而是一个不停地分裂、重组、消失、浮现的动态过程。就"网络文学"而言，言情是某种被标识为女性向的类型，它又持续制造着亚类型，而且类型、亚类型本身又因阶层、年龄、趣味……的不同而无尽分化为圈层中圈层。网络自身的非中心化一度在瓦解大众文化的同一同质性的同时，造就诸多亚文化的诞生和星罗棋布的多样性。此间，网络介质的非中心与某圈层内部的高度同一化、此圈层与彼圈层之间的"党同伐异"/火焰战争，则开始显现出张力。而网络文化选择与文化消费形态重要的差异性特征，正在于围绕着某位作者、某部文本（小说、电影、舞台剧、游戏……）、某个偶像/形象（角色或真人）而形成圈层、圈层的社群生活，以及通常包含在社群生活内的同人文化(同人文、画,音乐、音频、视频、细读式的评论……)的生产。后者造成了某种无限衍生、延展的文本链。但就网络小说而言,同人文化造成了此前作者和读者间稳态的相对位差结构和角色位置的变化,在削弱了作者绝对、主导的中心地位的同时,原本清晰、闭锁的文本边界("封闭自足的小宇宙")变得模糊并不断扩张、延伸。因而,某些时候,对缘自某个作者、某部文本而形成的圈层/网络社群生活的热络,甚至超过了对作者或作品的偏好。于是,重要的不再是或不仅是对某位作者、偶像的忠诚度或对主导文本的热爱、熟悉或占有,而是社群活跃度、贡献/"产粮"(生产同人作)的多寡和质量。而我一度张扬的自得,仍是置身在传统媒体和大众文化的结构定势中的错觉。在(多重)代沟的这一边,我对类似社群生活的却步,又在另一重意义上,决定了我的观察必然的外部性。

类似外部观察所捕捉到的第一重变化——也是显而易见的外在变化,当然是网络文化作为一度野蛮生长的治外之地,被纳入了有关机构的管辖、治理场域的过程。此间的有趣之处在于,每度规模性的治理、整顿行动/净网行动,在封闭大量新拓空间、灰色地带的同时,造成了某种奇特的、不期然又颇富历史理据的社会"广告效应"。某些被不同程度地抹除了绝对的异己性因素、修剪去出轨枝丫的亚文化因此溢出此前封闭的圈层而"出圈",甚至进入社会公众视域,浸染此前的大众文化场域。但不甚有趣的,则是同时进入的、有时就是作为治理形态与机制而进入的资本的染指,进而入主。它驯服了开拓期网络文化的"野性",同时玷污、摧毁着原初的网络圈层与社群曾拥有的"用爱发电"的纯净想象。具体到网络文学,无疑是我们提到过的收费/vip制度、"氪金"/付费/打赏,开始固化或反转了因网络介质而改变的作者/读者、偶像(/爱豆)/粉丝的相互关系和权力位置。具体到网络文学,付费阅读不仅是对读者谈判资格的大幅提升,而且是对其关系性质的再定义或公开化:那是买主与卖家,是顾客和店家。后者的劳动(/创作)开始愈加赤裸地显影为某种服务的提供。作者的网络昵称,由大虾(/大侠)到大大、太太、老婆,经由"性别角色"的演变,而显影了其"地位"的下降,网络作者停更请假的"假条"的玩笑梗——乖巧跪好——未始没有透露某种权力关系之真相。在间或成为社会新闻/热搜的爱豆/粉丝的关系中,则更加直接赤裸:所谓养成,首先凸显了某种占有而非狂热的特征。圈层、社群内的权力阶序也越来越多、权重越来越高地为支付金钱的多寡／氪金数所决定。"爱ta就为ta花钱",成了推进网络付费时代莅临的有效号召。

与类似过程相伴随,同时也作为一个自觉或不期然的结果,是仍不断衍生、分裂中的网络圈层、社群,开始浮现出某种高度同质化的价值取向与文化症候。网络也开始由多元、多重另类、至少是异样共存的空间,演化为无另类选择(no alternative)的新主流实践场域。这也是我自我感觉进入、遭遇某个大型、多样且同构的文化现场的由来。

此间最为突出的,当然是游戏的主流范式。首先是竞技类游戏的"大逃杀"范型。绝地求生或荒野图存的设定,在字面意义上确定了你死我活、赢家通吃的游戏结构。而这类游戏的基础逻辑,则鲜有例外地,被我调侃地称为"新教伦理与资本主义精神"。在此,我们同样搁置了游戏作为"喂养"了不止一代人的主导性的文化／娱乐形式,对其主体生成、自我想象模板的功能意义,只想提及在我关注的视域中堪称有趣的示例。始自世纪之交、新自由主义的全盛时期,重构中的大公司直接挪用竞技类游戏的行为与组织模式。伴随着数码技术应用而君临的全球资本结构、生产方式与劳动力组织方式的变化,尤其是突出的非稳定性雇用／零工经济，以其剥削的深重为特征，却被描述、命名为"创业"、自我雇佣，并以游戏逻辑自我标举、自我勾画。同时，种种以游戏为上游／源头的网络流行文化开始发生、繁衍：不仅是网络写作中的"无限流"——借重游戏的基本模板"打怪升级"，以形成多文类类型的穿行和串联；而且是疫情期间"网飞"（Netflix）制作的一部轰动文本，连续剧形态的《鱿鱼游戏》。此剧以"大逃杀"游戏为故事逻辑，以东北亚地区的童年游戏的诸集设置，触及了今日世界的种种负债者／新弃民的现实状态。因此，它既是游戏的衍生，又是对游戏的基础或底层逻辑的曝光。

而就我保持持续、相对近距离观察的网络文化场域而言，我的思考形成了两个描述，而它们彼此间又形成了某种接续，透露出某种变化。

其一，我称之为"自我催眠、自我说服"。类似体察首先来自我对经过规范并出圈的网络文学、其中的亚文化脉络的阅读。最初的体认，是我在其中读到了某种结构性的共同，那便是对秩序、对既存秩序的尊重。秩序的维系，成为叙述的结构与意义的先设。其中有趣之处在于，这份尊重，并非出自由衷的认同和确信，而是出自对秩序崩解的恐惧。在多种各类文本中，既存秩序并非完美稳固、人性合理，而经常是不尽如人意,甚至沉重酷烈。但尽管如此,它仍确信尝试变革秩序可能造成失序和灾变。因此,成为文本叙事与意义结构先设与共识的,与其说是对秩序现实的倾心认同,不如说是对社会变更的拒绝和否定。我曾经谈到过,我最初接触的所谓女性向的古(代)言(情)与古(代)耽(美)中,对"宁为太平犬,不为乱世人"的引用率之高,到了不容忽视的程度。从网络文学伴随互联网莅临中国而萌生,到全盛状态,某些通常被归类在男性向之下的玄幻、魔幻小说写作,其中不时包含了一种超越性的力量或一组超然性的角色的设置,其设定功能通常不是匡扶正义、惩恶扬善,而是对诸社会势力间的相对平衡的维系,以期达成既存秩序状态的延续。江南的《九州·缥缈录》里的天驱武士可谓始作俑者。这组曾被我戏称为中国的"圣殿骑士团"的角色,显然服务于迥异的意义与功能。而在类似文本的影视剧改编中,最为"积极"的例子诸如《琅琊榜》:仍是在完全保有既定秩序、权力结构的前提下,置换具体的功能单元的占据者——明君换昏君,清官换贪官,兄友弟恭换骨肉相残;于是,成就一个既有秩序修复后的太平世界,朗朗乾坤,海晏河清。(后面这个词组,同样是相关网文中出现频率极高的HE／大团圆结局的必需内容。)你或许可以从传统文化中的"补天情结"去理解类似的设定与症候,但我更倾向于强调其中强烈的自我说服、进而自我催眠的意味,因为即使在明确的类型写作或架空拟古书写当中,许多流行文本仍表现出诸多作者敏锐的社会观察和体认,对权力逻辑的明敏窥破,对世间之不公不义的展露。然而,他们不约而同地凸显了对实施社会变革所可能造成、经历的动荡、失序的巨大恐惧。叙事过程事实上成了某种经由自我说服而说服人的过程。故事展露了不如人意、甚至不堪重负的现实,但同样有力、甚至更有力地铺陈改变的意图与尝试,只能引起更大苦难的降临。于我,这仍可能在关于20世纪／极端的年代的历史记忆层面上获得解释。

其二,是相关的症候,也是某种变化的痕迹,我称之为"潜意识自觉"——一个矛盾修辞。类似观察的产生,缘自2017年的一组新闻及围绕其的热议。年初,一则新闻报道了一次天体物理学发现,科学家在太空观测中发现了一颗"宜居星球",图片与相关数据展示着它与地球的相似,其中心在于人类"宜居"。引发我注意的原因不是新闻本身,而是它在全球诸新旧媒体所占据的极为显赫突出的位置,以及在多层次网络空间引发的热议与欣喜之情。照我看来,一则天体物理学的发现，原本不具有成为公共新闻、登临头条、热搜的"潜质"。而临近年尾，有一则类似报道，采用了更亲昵日常的口吻：我们又发现了一位地球的表亲——另一颗宜居星球。这再度引发在我看来不尽合常情的热议与快乐。对此，逻辑的阐释，是人们对于外太空探索的好奇和热情。这在中国可以成立，因为我们有着世界领先的、不断推进的航天工业。而在欧美世界，尤其是美国，地外太空、地外文明的探索，几乎已与冷战终结同时陷于停滞。对资本而言，那毕竟是高投入低产出（或不知是否有产出）的所在。因此，当冷战时代美苏太空争霸的需要消失，资本的宠幸便随之蒸发。火星移民／殖民，只能是某个巨富狂人的挥金博一笑。于是，对发现宜居星球新闻的世界性的热情反馈，便只能作为某种社会心理的奇特镜像。于我，这成了某种"潜意识自觉"的表征：我们为宜居星球的发现而欣喜，因为我们对自己置身的地球文明的危机状态心明肚知，不仅是能源、生态危机，也是现代主义文明逻辑、发展主义承诺的危机，是不断碰触而无从否认的现代文明的玻璃穹顶的显露。非如此，无法解释我们何以对尽管在叙事实施的意义上遥不可及、子虚乌有的替代性家园的发现产生公众性的关注，无法解释此间显露的喜悦、欣慰之情。其抚慰之意在于，即使地球资源消耗殆尽，地球生态全面破坏，我们仍可以将现代主义（此处毋宁说是殖民主义）逻辑继续延伸，在外太空获取无穷发展、无尽扩张（曰"开发"）的空间纵深。

与此相关的表征，便是在种种网络空间中"文明重启论"的再流行。借助种种地球未解之谜的老梗，此番的竞猜点集中在人类文明应已遭遇过多重毁灭，今日世界为N次重启之一。其抚慰之意显而易见：即使文明崩解，毁灭亦并非终结和绝对灾难，只是文明循环或轮回的又一轮。

换言之，我所谓的"潜意识自觉"，指涉的正是类似表征：在世界范围内，人们对于现代文明、现代世界的危机深度心明肚知。因为认定其无解，别无选择，而宁肯在种种自我催眠下闭目塞听。但正是对某种语焉不详的未来图景（"文明重启"），或遥不可及的替代方案（移民外太空宜居星球）的欣慰之情，暴露了人们对危机深度的体认前所未有的高度自觉。类似"潜意识"状态形成的原因之一，除去新主流逻辑的强势压制，无疑也是20世纪历史债务的后遗效应。

类似社会心理情态的另一组文化表征，则是网络流行文化场域中，"平行宇宙说"的凸显。从世界电影到中国网络文学，平行宇宙作为一个并非新创的想象与叙事模板在流行。我们先搁置平行宇宙作为围绕着某文本、某人物的同人写作的范式（paro），而瞩目于流行文化场域中想象和阐释世界的方式；它同样表现了类似"潜意识自觉"或"自我催眠"的特征：我们置身的某种泥足深陷的状态或许是平行的、无穷选择造就的现实之一。即使这一现实崩塌，其外仍有无数现实与自我，仍有无尽可能。

郭： 固然我们面临着这样一种整体的现代性危机，但是您刚才讲到网文写作中有一种普遍的倾向，就是去维系现存的主流秩序，我在想是不是具体来说，这些作者的现实生活还是很不错的？

戴： 是啊，我最初的观察正指向类似的结论：一边是后冷战时代，全球中产阶级对后革命逻辑的认同和共享，一边是发达国家和地区青年中产者一度享有的物质丰裕与精神舒适度，曾造就某种流行文化的主流性和保守化趋向。然而，如果我们将"自我催眠"和"潜意识自觉"视为时间向量上的接续，那么，我也可以将其视为某种变化的迹象。"潜意识自觉"的显露或许可以视为"自我催眠"的失败，尽管展开了持续的自我说服、自我催眠，但潜意识仍可能显现为某种自觉。对我，这或许成为另外一组问题和思考的切入：关于批判的意义、关于后意识形态的状态。延续了20世纪文化传统或曰遗产的社会批判（以揭破社会幻象、"常识"陷阱或误区为主要工作场域）依旧是可能的，但是否是必要的？因为批判立场的揭示意义正在于社会中的多数沉浸在文化的幻象之中。而我对后冷战之后世界的观察和思考，令我意识到，今日世界尽管有着深刻的差异和新偏见系统的隔膜或隔绝，但其共同的特征之一是对主流试图形构的幻象系统的洞若观火，至少是漠视状态。或许可以说，世界上的多数人事实上清楚自己所置身的幻象系统试图遮没的现实，看似身陷幻象世界的表象或许是某种选择的结果，或自我说服的结果：并非不知，却宁可不知。获知、确认本身，只意味痛苦或沉重的增量，因为无从改变、别无选择。这间或可以解释某种特定的网络戾气集中指向批判者或自认的启蒙者。如果托马斯·皮凯蒂（Thomas Piketty）的结论是可信的：全球经济结构整体倒退回19世纪末的状态，再度回返"承袭型资本主义"（网友们的传神译法："拼爹资本主义"），因此封闭了社会秩序内的上升空间，那么，重要的不是幻象的揭破、事实的告知，而是有效的另类未来方向的开启。此间，在我们与20世纪的历史遗产之间，尚横亘着20世纪沉重的历史债务。这也是潜意识自觉普遍存在，人们仍勉力自我催眠、自我说服的成因之一。但当疫情围城，世界上种种既存的问题加剧，且制造着新的问题、困境或危机，我们可以观察到的变化，便是曾在后冷战新的文化机制中达成某种社会默契的流畅、顺滑开始展露裂隙：以世界为舞台的例证之一，便是2020年好莱坞奥斯卡颁奖台上，打破了奥斯卡作为美国的国别电影奖一百年来的全部惯例，将最佳影片、最佳导演、最佳编剧（附赠最佳外语片／已更名为最佳国际电影）一股脑颁给了韩国资本、韩国主创团队、韩语影片《寄生虫》；而"网飞"制作的又一个韩国导演的幽暗故事《鱿鱼游戏》全球热播，开播当日令网飞股价上扬了十余个点，不能不说耐人寻味。而在中国网络文学的场域中，突出的现象或曰表征，则是许多并非以幻想／科幻类型取胜的作者不约而同地改选了科幻类型，而且是其中的克苏鲁设定或废土科幻取向。这究竟是世界文化面对疫情冲击的应激反应，或是某种变化的开始，我们只能拭目以待。

郭：所以实际上这几年的变化就意味着曾经的共识状态……

戴：开始裂解了。

大众文化的坍缩与社会有机性的丧失

郭：您提到分众文化,它相对的应该是大众文化,您觉得什么程度的文化才叫作大众文化?

戴：关于大众文化,已有太多的定义了。首先,它一定是出自社会主流文化工业系统的产品,设定的受众对象是人群的最大公约数——多数。当然大众文化产品未必真正具有"大众性",但取得大众性成功的文化产品一定是大众文化产品。

对此,我有个重复了很多年的经验性表述:是否是具有大众性的大众文化产品,可见于是否老少咸宜、雅俗共赏、官民同乐。比如说曾经的《一江春水向东流》《李双双》,相对晚近的《渴望》《士兵突击》,都达成过这样的成就,而且会在一段时间之内成为全社会街谈巷议、饭后茶余的共同谈资。它的确抵达了社会最大公约数人群,赢得了普遍的认同,产生了普遍的影响。

但这里,必须补充一些讨论的前提。所谓大众文化、大众文化工业,尽管有着更长的历史,却是在二战之后才凸显在欧美的社会舞台之上的。曾经在十余年间作为我主要工作场域的文化研究,也是欧美同一时期、同一结构性变化的产物。这一产物或曰这一变化的主部，是欧美社会内部，中产阶级作为社会的主流及多数的形成。大众文化，便是针对他们、服务于他们的系统。在这儿，我们也无须再次细谈中产阶级如何成为了欧美社会的多数——也是著名的理想社会形态"纺锤形社会"的中间段。其中，欧美主导的战后全球体系的建立，在将实物经济生产转移向第三世界的同时，"捎带"转移了他们自己的、资本主义生产结构必需的无产阶级的社会比例份额；冷战时代，欧美主要国家为了在与社会主义阵营的对峙间努力赢回社会平等所彰显的道德高度，亦令政府机构迫使资本、企业承担社会责任，让利于社会；而消费主义、消费社会的形成，则需要结构性地制造足够多的有消费能力的消费者……如上种种，令战后欧美的纺锤形社会得以形成，中产阶级与大众文化工业成为世界结构性重组的产物。同样基于冷战时代的对峙结构和情势，欧美中产阶级与另一个社会学、政治学的概念和实践——民间社会——发生了关联、乃至重叠。中产阶级占据、充实了民间社会的功能位置，民间社会在现代政治体制的设定功能又反身赋予了中产阶级以社会角色、文化价值。正是这组历史性的相互关系，令战后欧美的大众文化中流动着一种被称为文化政治的特定实践。

相对于这一前提，我的那个经验性的衡量标准就显现出十足的非历史和"本土特色"（笑）。《一江春水向东流》的年代，影院仅存在于中国的大城市，而且集中在上海；其上映时的"爆棚"，表明的正是城市中间层的共情，而非20世纪40年代中国社会的多数。《李双双》的热映则毫无疑问地联系着20世纪五六十年代之交中国社会的多数，因为彼时文化的主体是"工农兵"，而作为社会多数的观众观影，不仅经由影院，而且经由彼时的种种公共空间：机关礼堂、工人俱乐部、田间麦场的露天放映；不仅经由电影发行公司和影院，而且经由流动的电影放映队、电影"乌兰牧骑"，覆盖全中国。中国电视剧跨世纪的黄金二十年，名作佳作亦抵达了中国人口基数之上的多数：令其得以实现的，不仅是彼时的文化／商业机制，而且是在诸多公共政策的助推下全面普及、覆盖了中国城乡的电视机和电视网。这与欧美国家的大众文化必须、必然联系着中产阶级社会的事实与前提有着历史结构的不同。

而就我们今天讨论的网络文化、现象和状态而言，中产阶层却的确成了一个重要而基础的参数。但此中产非彼中产。

事实上，全球化进程的推进，在世界范围内，在非西方国家的城市,尤其是超级大都市中造就、召唤出了中产阶级这一社会群体。某些时候,中产阶级群体的出现与显现,甚至成为这些国家和地区全球化程度的度量尺度之一。而这些晚发的中产阶级,大都自觉不自觉地复制着欧美,主要是美国中产阶级的生活形态、价值取向与文化趣味,但同时又无疑因差异巨大的历史结构与现实情境而形成了相近表象之下的巨大落差。在欧美"原装"的中产阶级与非西方国家"继发"的都市中产间一个基本的错位在于,非西方国家的中产阶级间或可能凸显为一种社会力量,而且几乎无一例外地成为本土文化生产及其样态的主导性力量——因为,几乎只有他们,兼具文化消费能力与文化消费欲望(尽管具有文化消费欲望的也绝非中产阶级的全部,甚至不是大部),但是他们无法复制的正是战后欧美中产阶级的重要特征:作为社会总人口中的多数。非西方的中产者可以主导、左右社会主流文化生产,但他们却并非多数。于是,服务于他们的"大众文化"生产及产品,事实上显现的是某种小众性,某种具较高谈判筹码的人群的社会意愿和心理取向。

说到这儿,我要岔开去。事实上,伴随着冷战终结,欧美社会内部也开始了堪称急剧的变化。我曾开玩笑地描述为"资本主义迷途知返、返璞归真"——其政治性敌手不战而败之后,欧美社会的体制阶层无须继续自我约束或约束资产者。因此,欧美社会内部同样经历着贫富分化:其最为突出的,正是中产阶级、纺锤形的中间段的溶解和向下沉落。2008年,以华尔街为触发点的金融海啸的爆发,在美国国内,重创的并非金融资产者,而是中产阶级。我们在奥斯卡短名单上看到的纪录片《监守自盗》(*Inside Job*)《美国工厂》都碰触了这一事实。而《美国工厂》中为中国资本打工的工人境况明确展示了,美国中产阶级下层如何未经过渡地跌入社会底层。欧美战后的中产主体的社会结构,或许正演变为一个非常短暂的历史现象。此间,中产者坠落的直接成因则是战后信用/负债经济体制。负债/破产者作为"新贫",正是《鱿鱼游戏》中的主角,也是全球中产阶级之殇。

而另一个"歪楼"(笑),不是,引申,则是立于今日世界现实,对中产阶级这一概念的追问:middle class,看似包含class/阶级字样,但是正是中产阶级的出现一度动摇了阶级论。纺锤形社会的成立,似乎一度完全瓦解了资本主义体制必然走向两极化,走向无产阶级和资产阶级两大阶级的对峙、对决之未来的历史判断。在此,就不重复新的贫富分化、中产阶级的消融似乎再次印证了上述政治结论,但全球化的事实,尤其是为互联网、物联网、金融资本所升级的全球资本主义构造,则令这一纺锤形再度金字塔化;但全球化在富人与穷人的社会极化中叠加了富国与穷国,数码技术则在同时构造与瓦解国际中产阶级的过程中,加入非物质生产(者)/第三产业/服务业这一跨度极大及社会意涵、阶级属性繁杂的概念和群体。

在此追问中产阶级概念,是为了和你们分享我的思考路径之一:当我们在文化议题和文化论域中讨论中产阶级的时候,另一个密切相关却通常被遮蔽或搁置了的概念是bourgeoisie／布尔乔亚／资产阶级,准确地说,是petite bourgeoisie／小布尔乔亚／小资产阶级(我青年时代,带调侃意味的蔑称:小布)。若要在现代史、思想史、语义学、翻译史的意义上对"bourgeoisie"展开一次知识考古,那显然是一门大功课。简单粗陋地说,"bourgeoisie"与"proletariat",中文里的资产阶级与无产阶级,布尔乔亚与普罗大众,或直接义的富有者与赤贫者,无疑有其现代史、思想史上的明确意涵。但一边,"bourgeoisie"并非绝对等值于资本家群体或资本家阶级,另一边,"bourgeoisie"一词之所以在现代汉语中始终与"资产阶级"这一意译并存着"布尔乔亚"这一音译,正在于,至少在现代汉语的接受和运用中,"布尔乔亚"被赋予了相较阶级指称更宽泛也更含混的含义,后者似乎更多携带着现代社会某种强势主导性的生活方式、态度、价值、趣味。而为大家所熟知的,便是资产阶级在参与开启、进而主导了现代历史之初,不仅始终战栗于贵族、基督教僧侣的君主制阴影之下,而且不断在生活方式、文化情调上追随或效颦于贵族趣味。这不仅发生在现代早期,也延伸到晚近的历史之中,因此,机械复制时代的艺术、批量生产的艺术品一词的直接义才是"媚俗"/ kitsch。我自己一个老梗是,就"kitsch"的本意而言,媚俗的正确翻译应为"媚雅"——对更高阶层的高雅趣味献媚、仿效,但由于工业时代,可以实现这份效颦之举的人数如此之众,才成了"媚俗"。"小布尔乔亚"一词的有趣之处,正在于"小"标明了相对布尔乔亚的阶级落差,更明确地说,他们根本不是资本的占有者,但中产阶级文化的生产者却大都出自这一群体之中。然而,他们的阶级地位令其文化/价值的生产始终笼罩在资产者的光焰与模板之下。从某种意义上说,战后欧美世界庞大的中产阶级正是小布尔乔亚群体的人数与社会影响力的放大版。因此,中产阶级文化不仅必然以中产阶级价值为底色,而且必然是摹本的摹本。

始自20世纪80年代的中国社会关于欧美中产阶级的知识和由此形成的想象之所以存在着偏差，并遗漏了布尔乔亚的参数，一则由于特定的冷战世界历史格局，令中产阶级重叠了民间社会的功能位置，因此在欧美战后历史的主舞台上出演过颇有力的介入社会、甚或抗衡性的角色；二则是战后欧美中产阶级主体社会成型之际，不期然地对撞上第三世界人民革命（印度独立运动、古巴革命、阿尔及利亚独立战争、越南抗美、中国示范）所引发的世界动荡，因此而诱发了欧美的青春反叛运动、民权运动、女权运动；就我们今天讨论的议题而言，则是反文化运动的迸发和其创造力——尤其是诸多亚文化、波普文化的涌流，大众文化工业及产品才得以成为葛兰西意义上的文化游击战场。抽离了这个极为具体和特殊的历史时刻、语境，对欧美中产阶级及其大众文化、亚文化的认知便可能出现偏差，乃至形成错觉。

回到我们关于第三世界国家作为主导性的、少数的中产阶层的讨论上来。具体到中国，中产阶层的显影和大众文化的突出也的确同时发生，或许我们也可以将其称为相遇（偶遇？）。20世纪90年代，中国大众文化的全面勃兴事实上依托着此前工农兵文艺的庞大机构和布局，以商业化、市场化进程中资本活力为推进。

而20世纪50—70年代全民／集体所有制下的实物经济经历着改制、转轨，经历着货币化到资本化的进程。中产阶层悄然在新的社会分化、阶层构造的缝隙间形成。在文化视野中，当中产阶层尚未自我显影，我们目击到的是大众文化的辉煌迸发：图书市场，期刊的新创，挟商业广告的形象与活力而持续扩张、有机、多元的电视文化，小剧场运动，独立纪录片运动，电视剧的黄金时代开启，直到中国电影业的逆市崛起。此间，是中国新中产曲折、相对缓慢、复杂的形成过程。因为在中国社会再度激变和重组过程中，首先凸显的是"新富"阶层。中产阶层的显影与自觉，首先集中在超大型城市（／"北上广"）的公司青年白领之中，而彼时，白领这个新的舶来词，也直接对应着外企的职工群体。因此，一边是清晰的全球化路径和国际中产模板，一边则是除了外企公司文化，新职业伦理，国际化的、浅表的社会关注（如环保或扶贫），新中产尚未确立自己的社会位置或内在的价值表述。中国新中产与文化生产的密切关联尚待互联网落地，海外留学生归国潮，文化生产机构和体制的转轨达成，市场、资本主导等等诸多元素的生成。

郭： 您的意思是大众文化伴随着中产阶层出现，它也对应着中产阶层,那么它又如何变成分众?这个过程是怎么发生的?跟互联网有关吗?

戴:的确。1997年,互联网落地中国,令彼时仍作为主调的"走向世界"的愿望和动力相遇。我常举的那个例子:1997年竖立在白石桥-中关村路口的巨型广告牌,等线体大字上书"中国人离信息高速公路(注:Internet最初的中文译法)到底有多远?",最下面的一行相对小字写着"向北1500米"。那是中国最早的互联网节点站瀛海威的商业广告。对我,那成了好莱坞登陆中国的最初记忆。今天想来,其中以空间置换时间的修辞,仍颇为耐人寻味。很快,互联网一度作为某种飞地或处女地,首先成为都市青年——主要是大学生(因校园网免费)的乐土。我们的数码转型,数码技术对社会生产、生活的冲击、重组,一如其他领域:所谓弯道超车、晚发优势,令类似变化以更快的速度、在更大范围内发生。

就我们讨论的议题而言,互联网应用不期然伴随着新的文化机制渐次演化为资本主导的状态,也不期然地开启了分众社会、分众文化的时代。不知你们是否经历过或记得互联网-BBS时代的两个文化事件:一是以北大BBS"一塌糊涂"(一塔湖图)为原点而向全国高校散开的周星驰《大话西游》热。[1]因此《大话西游》至今仍被奉为相关电影经典，周星驰超过其他全部香港导演而封神。我仍记得某次国际旅行归来，忽然发现我身边的所有学生都操持着某"奇怪"的语言。诸如"老师，你走先"，诸如"收到！"，诸如"曾经有一份爱情摆在我面前……"，当时的我的确张口结舌，觉得莫名其妙（笑）。

另一个印象深刻的例子，则是2000年台湾歌手罗大佑的上海演唱会。事实上，那是罗大佑的首场大陆演唱会，却几乎构成一个节日、盛典般的事件。此前，在可见的文化地图上完全隐形的流行、迷恋、热爱，借互联网-论坛而显露、汇聚。那场演唱会由是被昔日的媒体称为"八万人的青春祭坛"。称祭坛正在于此时看到的狂热，是对昔日流行与昨日迷恋者已消逝的青春的怀念。如果说，前者经由互联网传播，制造了某种大学校园文化、称为某种代际文化的印痕，后者则在经由互联网显影了某种分众文化记忆的同时，首度展示了消费实力与文化身份展露间的直接关联。令这场演唱会冲入社会新闻的亮点，是北京诸多白领、

---

[1] 1995年，周星驰主演的《大话西游》上映。因对经典文本的颠覆演绎，《大话西游》经盗版碟传播，深受当时学生的喜爱。

金领／新中产为亲临演唱会现场，纷纷包机飞往上海的豪举。这是分众、趣味、新中产、消费力或曰资本在轰然混响间悄然登场。

在文化场域和文化前提下讨论新中产，在21世纪的中国视野中，他们确乎有着某种清晰的国际中产的特征。这是由于国际旅行在中上层的流行、盛行，更是由于前往世界各地的留学生归国加入、间或主导文化生产，跨国文化企业的娱乐模板的规模营销造成的国际流行文化样式直接传播，甚至挪移、搬运。然而，海外留学生的不同源流：北美、西欧、北欧、东欧、澳洲、日本……则成为分众文化、尤其是亚文化格局快速形成的原因之一。较早的、也是十分突出的例子，便是世纪之交，改革开放后的第一批留学生回归，选择定居在北京昔日的保密单位798，开启了loft空间、当代艺术、波普艺术与体制转轨造就的后工业。

当然，如果一定要描述世纪之交或曰21世纪的二十年间的两代新中产阶层，我们不可能详述，却必须提及独生子女政策，以及在政策下出生、成长的代际对中国家庭、亲属关系，即，社会的基础和整体结构的深刻影响；涉及渐次激烈的社会竞争，单一的成功学逻辑，应试教育制度与快速改变、渐次丰裕的物质状态，所共同造就的在物质优裕和体制、期盼重压下新世代的心理情态；因政策而形成了近半数的城市家庭只有女孩子，于是望女成龙，非单纯望女成凤，而是指望成龙亦成凤的性别教育……这一切无疑在国际中产的文化风景中渗入了本土元素。

也是此间的社会历史进程、中国崛起和经济高速起飞，造成了中国新中产与非西方国家相近却更为鲜明的特质：足够年轻，出生于"首先富起来"的少数家庭，受过充分的精英教育，集中工作、生活于大都市。少数或小众，但在中国巨大的人口基数上成为一种极为可观、耀眼的社会存在。这便是我们提到过的错位：不同于欧美社会的中产阶级，后者一度作为社会的多数，其生活、收入状态为欧美国家主导的全球经济体系、尤其是金融体系制造的持续利益所保障。而我们的新中产，至少是介入、进而主导了文化生产的新中产，他们是某种全社会实物经济经由货币化达成资本化过程中财富涌流的产物，却缺乏其社会地位、生活方式的结构性保障，而且只是社会浪潮中的一朵"后浪"。

与其说是新中产强势入主了文化生产，不如说是渐次为资本主导的文化生产锚定了他们所携带、或被召唤出的文化消费欲望，及他们所具有的、而社会多数人不具或丧失了的文化消费能力。因此，为有消费能力的人生产吻合他们消费愿望、趣味和心理的产品（尽管不时呈现为生产者一厢情愿的想象），使近年来得以进入社会视野、加入公共论域的文化现象具有了突出的中产阶层文化特征。少数，却是可见的、引人瞩目的少数。

几年前，一位记者在访谈中问及"如何看待中产阶层文化"，我的回答是：这也是在问当下文化本身。你可以指出我们所涉及的哪部分不是中产阶层文化？问题不在于直接服务于中产群体的文化通常是突出的文化产品和现象，而在于中产价值、趣味的覆盖和统御。

而另一重的错位，毋宁说是历史的差异，是我们谈到过的冷战结构曾历史地赋予中产社群，至少是与我们的中产阶层相近的部分——城市青年中产者——社会政治性及承担社会公共议题的自觉。而我们的新中产成形之时，则正处于世界范围的后冷战之后、后革命之后，遗忘或葬埋20世纪的效应之一，正是社会的非政治化。其直接结果，或者说表征之一，便是社会有机性的丧失。后者与分众文化的浮现无疑有着又一层面的联系。而疫情期间，我们遭遇的种种困境的成因，也正缘自这份社会有机性的缺失。

郭：您刚才讲到我们目前的问题不是中产阶层文化，而是除了中产阶层文化没有别的文化，中产阶层的价值统摄了社会，这种状况是怎么形成的？既然中国中产阶层在整个国家是少数，大部分的人口至少文化消费能力上不在这个阶层，那他们的文化是怎么塑造或者被改变的？——照您刚才的讲法，如何进入了这样一个中产阶层的文化系统？

戴：这也是个大问题啊。我尝试简单回答。一则是媒介层面的原因。就像昔日的大众文化工业：报纸刊物书籍（诸如报刊连载小说和以书籍形态出版的小说）依托印刷术，一度作为国民艺术的戏剧依托着作为城市公共空间的剧场，广播依托着无线电传播网络，不用多说的电影和电视。在我自己的历史经验中，电视曾是最强有力、也是最典型的大众文化。商业电影系统意图覆盖社会的最大公约数，而主流电视台黄金时段的投放，已然可能覆盖社会的多数。这也是曾经举国"共此时"的春晚、世纪之交的电视剧一度成为中国名副其实的"国民剧场"的原因。有青年学者提及我本人20世纪90年代的文化研究中偏爱一个意象：镜城。他以为其指向正是电视媒介。我同意啊。

当我们谈到传统媒介／旧媒体整体、全面向互联网坍缩的发生过程，我们可以直观地观察到：伴随旧媒体媒介特质的消失，媒介曾设定或履行的社会功能也开始改变或消散。还是以电视为例，当我们开始通过移动终端而非电视机来接受电视节目，原有的电视媒介结构和特质——诸如栏目化，定时播出，作为国家大事与所有社会事件的权威公告栏与即时同步视窗，深入家庭、以家庭共同观看为先设的形态、类型选择，家居环境中事实上的非连续性观看，等等——都必然因朝向数码沙海的坍缩而改变。电视圈的朋友会不无苦涩地玩笑：你们一直在哭诉"电影正在死去"（film is dying），但死亡已然发生的却是电视。作为国家管理系统战略调整的三网合一，是对电视（系统）已死的正式宣告和清晰标识。电影未死，在于全球范围经历了萎缩却依然存在的多种院线系统，在于多样的电影节——不仅是评价、褒扬制度，也是艺术电影发行、放映体系及创投体系。因此，当电影的"幽灵"载体——录像带、VCV、LD、DVD、蓝光光碟也基本坍缩进网络世界的时候，电影依旧因影院／院线的存在而存在。但当电视机开始蜕变为监视器，成为诸多视听产品放映、观看的屏幕之一，而不再是电视节目接受、观看的唯一、主要介质时，作为曾经最具大众性的公共媒体，便失去了其物质／物理形态曾负载的机构、制度保障，开始经历了媒介样式与媒介系统意义上的死亡与此前的公共性的溶解。种种旧媒体在成为屏幕／界面上的App时，它们便成了数码空间、流媒体平台上的诸多分众文化的样式之一（如果它尚能幸运地保有其原形态）。

但换个角度，所谓中产阶层文化之外没有其他文化，表述的是某种社会文化观察，某种凸显在流媒体／融媒介／新媒介平台的文化事实，而非网络空间之为文化空间的全部事实。在庞大的、人力无从度量的网络空间（因而被命名和体认为"黑箱"）中有各阶层、各种立场品味、样式无穷的文化事实，问题是它们得以从网络黑海中浮出水面的机缘、几率有天壤之别。前面说过，在理论与实践意义上，数码技术、网络空间都提供了社会民主和文化民主的硬件前提。然而，多媒体、自媒体的运用并未经由中心化的文化霸权的碎裂，将世界带往真理／真相的揭示，相反带往了"后真相时代"，带入了我们此前所讨论的"认识论危机"状态。其间固然有数码技术、媒介特性的规定性因素，更多的——至少我，更重要的，是世界格局、文化生产与社会心理的状态。与其说，是中产阶层文化覆盖一切，遮蔽了其他极为多元、多样的文化，不如说是全球文化、价值体系、社会方式的单一化。我还是必须说，是另类社会选择、甚或愿景的丧失,才令中产阶层成了唯一明晰可见的社会群体,事实上成为不可见的社会顶层与沉入深处的底层的某种中间物、显示屏。当然,中产阶层文化的凸显亦得自资本运作、助推——依据消费能力和愿望达成的推送甄选,资本、权力或可运作的热搜排行。

所以,不是中产阶层文化的下沉,而是作为某种耀眼可见的价值模板、生活示范、趣味榜单——间或主导市场的"买方"而影响社会。就像"抖音"、"快手"携带新媒体的新样式——短视频及其种种变奏形式——登场之处,曾显影为在形式结构、外在与内在样式,尤其是用户群落上的鲜明差异。如果说,开初之时的"抖音",在内容和用户群上表现出或可称典型的中产色彩,那么显影为相对边缘区域、相对低阶层的"快手",其边缘性、差异性——某种"怪异"或粗糙的特质,却如此清晰地迎着(如果不是迎合)某种中产视域而展开。如果说,类似效果未必是上传用户的初衷或自觉,那么类似内容的集中凸显,则无声地告知了另一重变化:不再是、至少不只是"舞台"上的"演出",而且是、甚至更重要的是"观众席"和"目光"。令我确认这一观察的例证之一,是一部基于纪录片传统、瞩目于社会多数、共情于底层的影片:《烟火人间》(2020)。纪录片的素材完全来自"快手"上知名、不知名的UGC短视频,当它们被名以"衣食住行"并重新组合,这些自制、自拍的影像,却清晰、不无魅力地展示出久违的劳动者的生活场景,展示维系着我们基本生存的物质生产现场和物质生产者:他们的春夏秋冬,他们的寒暑岁月,他们艰辛却不低迷的生命瞬间和片刻。经由编导者的目光,我在这些自制和自拍的影像体认到了主体性的在场,体认到了不同的社会文化实践的可能。这是我能够认同的新老媒体的相遇——也许并未超越中产的社会地位,却超出了自我中心的中产趣味。因为我仍渴望(也许是滞留在?)媒体的公共性(多数的)表达,渴望影像令我们"看到他人",暂且"遗忘自我"。
在叙事的或主流的文化结构中,我们也可以观察到另外一组表征:也许正因为中产阶层作为特定的历史产物,事实上是大的阶层构造的中间物,所以他们的文化或趣味并非某种稳定的状态或序列,相反是因社会的总体情势而变动不居的所在。他们的目光所向,可能是向上的:朝向顶层、朝向强势逻辑;也可能是向下的:朝向底层、朝向弱势者和社会问题。其一定程度上的文化主导角色,便可能因此而创造不一样的文化,也许这是社会机遇。还是在我熟悉的领域中选一组热映电影,其中《小时代》或可成为向上看(齐)

的一例。相当形而下的，系列电影的第一部的开篇部分是杨幂所扮演的角色，自街道上望向大公司高楼的顶层，接着画面便切换为顶（楼）层／上流社会的场景，接续着杨幂／女主沿楼梯向上攀爬。而诸如《疯狂的石头》《我不是药神》《隐入尘烟》，则传递了某种向下的认同：将自己的生活或生命困境、不安投射到阶层更低的人物身上，同时在对小人物生活的再现之中获得有所不同的社会视点和体认。我们暂时搁置对影片《隐入尘烟》的几轮争议和批评，就我们的议题而言，其有趣之处在于，这部显然定位在艺术电影、而非如上述影片那样定位于主流院线的影片，却相对于其制片成本创造了票房纪录（过亿），而且在"抖音"这种代表性的流媒体平台上引发热议、成为焦点。这本身也许同样意味着社会文化的某种印痕：一向鄙视卖惨的中产趣味何以为这部乡村故事所触动？这份朝下看／认同／共情的目光是否意味着某种开启？

郭： 如果说大众文化随着中产阶层而出现，那么在中产阶层出现之前，在前现代的中国，有大众文化吗？不同阶层、地域喜欢的文化也可以算分众吗？

戴： 大众，mass/masses（以及后来的"popular culture"）都

是现代历史的产物和概念。现代历史的开启，也是大众社会的创生。前现代社会只有皇家（／贵族／官家）文化和民间文化。前者作为狭义的文化与民众无关，后者则有着突出的地域性特征。当然，如果论及20世纪50—70年代的工农兵文艺，的确自觉地以前现代、现代的民间文化为其重要源头。

郭：那分众文化和亚文化有什么不同？

戴：相对于分众文化，亚文化是一个有着明确历史印痕的概念。在我认知中，它也紧密地联系着20世纪的反文化运动和青春反叛运动，联系着文化研究的兴起——是文化研究最早关注的社会文化对象。也可以说，它是相对于大众文化工业的、最早的分众文化。但亚文化的突出特征不仅通过标新立异、"奇装异服"以获得有别于主流社会的社群感，同时的确具有某种非主流、反主流的文化、社会意识，甚至表现出某种文化抵抗性。而今天的分众文化间或可以涵盖亚文化于其中，但在我视域中，它同时包含某种双向递减：今日分众文化社群更多是同好的集聚，尽管他们复制了昔日亚文化社会的向心力和排他性，却未必追求差异性的价值共享，甚至未必包含着文化身份的自觉；而今日明确的亚文化群体，则明确显露着抗衡性和抵抗自觉的削弱和丧失。当然，这只是我的外在一瞥。一定有例外，而且我寄希望于我视域之外的例外。毕竟，我们都置身于"正发生"之中。

景凯旋

/

在人性残缺的时代，成为一个完整的人

采访 / 撰文

柏琳

景凯旋　　中国古代文学博士，南京大学海外教育学院教授。主要研究方向为唐宋文学，同时关注东欧文学的翻译和研究。著有《唐代文学考论》《在经验与超验之间》《再见那闪耀的群星：唐诗二十家》等，译有《为了告别的聚会》《生活在别处》《我快乐的早晨》《地下：东欧萨米亚特随笔》等。

柏琳　　独立记者，青年作家，目前正进行巴尔干半岛的历史文化写作。著有《双重时间：与西方文学的对话》。

一种越来越明显的精神危机正在侵袭我和周围人的生活，许多原来的朋友走上了不同的道路，渐行渐远。具体情况虽然和米沃什《被禁锢的头脑》中那四个令人过目难忘的人物故事大相径庭，但我却隐隐感到一种类似的困境：同行、朋友、甚至是一些原本思想气质十分边缘的人，似乎一步步进入了"历史"大门。好像有某种东西在蚕食他们的内心。但我不能确定我的感觉正确与否，也拿不准蚕食他们的究竟是什么，我只是感到巨大的不安。

曾和一个朋友聊天，他感叹：这个世界发明出了两种AI。一种是好的AI，它负责让人们的日常生活更便利，比如节省买菜的时间，提高出行的效率；另一种是坏的AI，它不帮助人的日常生活，相反，它反噬日常生活，侵蚀和争夺你感受日常的能力。我并不感到惊奇。AI始终是人性的仿生物，有好人和坏人，就有好AI和坏AI。只不过，人失去了信念，一切变得愈发不能收拾。我们终于创造了这个时代的弗兰肯斯坦。

信念太重要了，虽然大家在嚷嚷"庆祝无意义"，或者"躺平"和更糟的"摆烂"，但我总觉得不对劲。世界正在陷入巨大而零散的混乱之中，疫情的阴霾挥之不去，经济萧条，人心疲惫，粮食危机，极端气候，战争阴云。另一方面，人们终于成为技术的俘虏。在算法时代，似乎我们所有的行为举动都可以成为大数据的素材，我们的喜怒哀乐、衣食住行，都可以被提炼成关键词，投入流量池里，重组成塑造我们生活方式的模板。

怎样才能走出困境？这个问题谁有答案呢？我想，首先要做的是把自己扎入困境中，把问题当作问题，答案才会慢慢浮现。在这个意义上，这也许是一个文学的时代。当世界进入到一个"一切坚固的东西都烟消云散了"的新纪元，当相对主义变成多元化的孪生姊妹，当积极自由和消极自由同时陷入两难境地，人的内心的完整感正在被某些东西吞噬。而文学，也许只剩下文学，想要捍卫人的完整感，保护人之内在的自由，让人不再因为惧怕孤独而走入某种洪流。

我们还需要文学吗？我们当然需要文学。问题是，我们需要怎样的文学？什么样的文学能给我们带来人的感觉？在此语境下，和景凯旋教授做一场漫长的对话，成为某种精神治疗。

虽然我和景教授要谈论的场域是文学，但我很难对这个词专心。文学如果不是人学，那我们关心它的意义何在呢？于是，我们的谈话似乎有意抛却了技术问题，扔掉了也许在一般意义上的文学访谈中必须要谈及的结构、形式、文体、语言修辞、表现手法等等具体文学写作中的方法论，我承认在这点上我有强烈的偏见导向——和人的深层困境相比，技术困境并非首要选项，我想景教授也许会同意我的看法。那么，这场关于文学与观念的讨论，准确来讲，谈的是文学对人之生命质地的改变。

上一次见景凯旋教授，还是2021年夏天，当时我们住在太湖边上。用完早餐后，一行人去湖边露台喝茶抽烟。景老师穿着蓝色细格的短袖衬衫，双目炯炯，显得严厉。他给我的印象，一直都是蓝色的。好巧不巧，国内出版的他的著作，封面也都是蓝色的。这种蓝色是大海的颜色，宽广，不动声色，境界阔大深沉。

作为20世纪90年代米兰·昆德拉作品的译者之一，景凯旋教授这些年总是以一个东欧文学和思想研究者的形象出现在大众视野中。这位孜孜不倦地将昆德拉、伊凡·克里玛、丹尼洛·契斯（Danilo Kiš）等东欧作家推到大众面前的学者，这位对东欧文学、政治、哲学有深邃思考的人，本业却"离题万里"——他是程千帆、卞孝萱诸先生的弟子，他的老本行是中国古代文学。

在南京大学教了一辈子中国古代文学，除了早年出版的《唐代文学考论》，2021年出版的《再见那闪耀的群星：唐诗二十家》（后文简称为《再见》）才是他的第二本古代文学著作（他称为"诗歌随笔"）。在这本性情与专业性并存的诗歌随笔中，他带着读者在唐诗中进行了一场审美与哲思的碰撞旅行，东西方诗歌的比较俯拾即是，处处可见观念的痕迹。

这一点也不奇怪，在东欧文学与唐诗之间"跨界"，对于景凯旋来说，是生命中水到渠成的事。在专业分工日益精细的当下，他却一直是个从不自我设限的人。"自忖学问之事，不在谋生，而在追求人生价值"，这句话写在《再见》一书的后记里。这句话也是我坚定地追着他对话的理由。

在做学问和追求人生价值之间，看似不言自明的关系在今天已经变得面目模糊。在经验和超验之间，究竟该怎样度过人生？波兰诗人亚当·扎加耶夫斯基在《捍卫热情》中写到：

> 我们永远不可能在超验的领域真正一劳永逸……我们也总会要返回日常平凡的琐事里：在经历启示后，在写一首诗后，我们要去厨房，决定吃点什么；然后，拿着电话费账单，拆开信封。我们不断地，从受到神灵启示的柏拉图，转向明智的亚里士多德……而这，也是应该的，因为如若不然，在上面等待我们的是疯狂，在下面等待我们的就是厌倦。

景凯旋曾多次引用这段话。东欧作家在经验和超验之间掌握的出色的"平衡术",是指引他修身治学的一种"法门"。在退休多年之后写就的《再见》,也不再只是一本诗歌随笔,它对焦的是传统士人的观念,描绘的是在诗意中渴求实现人生价值的灵魂。

进入文学,但总会走到别处去,可不论走到哪里,气象总不会逼仄,因为他的世界里始终站着一个完整的人。想起读《再见》的后记来,景凯旋谈到他欣赏的诗人杜甫,晚年漂泊无依,多灾多难,犹能写下"衡岳江湖大,蒸池疫疠偏"的诗句,身处疫中,仍觉天地广阔无边。

柏琳 → 柏　　景凯旋 → 景

文学是个体维护其独立性的最后堡垒

柏:说谈文学,但一上来我就要和您谈"人",您可别吓着。从"现代化"进程开始以来,文学的一个重要主题就是"人的异化",或者说"人的非人化",从现代化到后现代,从20世纪的两次极权实验到全球化,"人的异化"进程实际上逐渐有了更多层次。从您的体验来看,在文学世界,关于"人的异化"主题,以

"现代化"为起点,经历了哪些不同阶段的表现?发展到今日,是否有什么文学作品能够比较深入地揭示新的"异化"?

景:这是一个复杂的问题,"异化"概念是20世纪80年代引进国内的,主要来自马克思《1844年经济学哲学手稿》中对资本主义异化劳动的批判,有意思的是,当时国内采用"异化"概念是为了批判具有前现代特征的压制人性,促进思想解放,推动"现代化"进程。这与西方知识界采用这个概念的现代性语境不同,经济生活的现代化就是工业化、市场化和科层制,它在提高人们物质水平的同时,也让人们脱离了"自然世界"的认知,即把世界看作是一个整体,用一层绝对的意义将世界包裹起来,但这一切都在现代社会瓦解了,价值不再是一个事实。在现代科技和商业垄断一切的时代,人成为物理的人、工具的人、单向度的人,失去了人之为人的根本意义,实际上,"异化"问题就是一个意义的问题,所以捷克思想家帕托什卡(Jan Patočka,1907—1977)才说,现代最大的危机就是意义的危机。

按照马泰·卡林内斯库(Matei Calinescu)的说法,存在着两种现代性,社会现代性与审美现代性。二者是对立的关系,前者是经验世界的,后者是精神世界的,批判社会现代性导致的人的异化一直都是西方哲学家和文学家的主题，文学方面无论是浪漫主义的荷尔德林，批判现实主义的狄更斯、巴尔扎克、托尔斯泰，20世纪初的康拉德，他们的作品其实都可以说是对异化的批判，当然，对异化问题批判得最为突出的还是表现主义的卡夫卡，存在主义的萨特、加缪和荒诞派的贝克特、尤内斯库（Eugène Ionesco）以及塞利纳（Louis-Ferdinand Céline）等，异化的极致就是荒诞。不过，依我所见，异化问题今天似乎已不再是西方文学的关注点，一是后现代主义对价值的解构，把世界看作是平面的和无意义的，一是文化多元主义的兴起，放弃了价值的普遍性、绝对性。换句话说，对人性的深切关怀和探索曾是文学的重要主题，今天这个主题已经淡化了，价值不再重要，文学家们失去了开拓人性领域的热情和能力，因而在我看来，西方的衰落首先是精神上的，自20世纪下半叶至现在，没有出现划时代的伟大作家。作家们依旧在讲故事，而且有些还是很不错的故事，但这些故事与我们的生命体验已经不产生任何联系。

柏： 您曾说"只要想到我的学术研究从不与自己的研究对象发生任何生命的联系，我就感到恐惧"。我想知道的是，您为什么恐惧？

景：这只是我个人的观点，它与我少年时代的阅读经验也有关，有一回，我偶尔读到英国作家乔治·爱略特的《米德尔马契》，其中一个人物卡苏朋给我留下很深印象，他是一个学识渊博的学者，立志要写出一部《世界神话索引大全》，也就是考证、注疏的正宗学问，整天跟人炫耀知识，其实却貌似深沉，毫无人生见解。作者把他写得迂腐可笑，毫无情趣。

我当时想这就是专家的特点吧，我可不要做这样的学究。后来真的做学问了，我就只想去做那些能促使自己思考人生观的题目，我害怕自己成为卡苏朋那样的人，无意义地度过一生，这也是我有很长时间转而去研究东欧文学的原因。当然，这样的选择在今天的大学里注定吃亏，得不到任何好处，不过我并不后悔，因为我的人生毕竟是经过思考的，并把这种思考传递给了他人。我也因此认识了不少志同道合的朋友，他们喜欢我写的东西，对此我已经很感谢命运的赐予了。

顺便说一句，我并不否定价值中立的学术研究，由于学术背景的影响，我对清朝乾嘉学派也有所了解，读过他们写的东西，很佩服他们解释古典文献的实证精神。只不过就我个人的性情而言，我更喜欢有价值情怀的研究。这方面,陈寅恪先生是一个典范,他的"同情之理解",关键在于"同情"二字,在学术研究中融入个人的情怀,所以他能从一个字的训释中看出时代的文化来。我曾经写过一篇文章,谈陶渊明"悠然见南山"是"见"还是"望",就是想从这个区别探讨道教与禅宗的细微区别。《再见》的元稹篇,我对《莺莺传》的解读也是建立在自己考证的基础上,但我更注重阐释元稹的情爱态度,爱情的时代性和普遍性。

柏:听您这么说,我突然思考起学问对人生命的意义来。就说文学吧,我可不认为文学是"学问",我会说,文学就是人学。可是问题是,我们今天还需要文学吗?

景:我们仍然需要文学,今天的世界正在发生剧变,新冠大流行、俄乌战争和极端气候,都是前所未有的,意味着世界将不会再回到过去的全球化时期,即和平和发展的时期。前些年曾有一个词:小时代。所谓小时代就是和平和多元的时代,是普通人想要过的正常生活。但是,这个时代结束了,我们又将迎来一个大时代,一个风起云涌的时代。

在这个意义上,我感到一个文学的时代又到来了,这是因为各种社会人文学科,如经济学、社会学、法学、新闻学、甚至哲学,其特征都是求同,只有文学是求异,其评价标准是它的独特性。大时代迫使人们面对同样的问题,要求人的同一性,而正如布罗茨基所说,文学教给我们的是人之存在的孤独性,在艺术走过的地方,在诗被阅读的地方,人们会发现异议取代了期待中的赞同。当其他学科都要求有一个统一结论的时候,文学是个体维护其独立性的最后的堡垒。此外,处在一个大时代中,我们对亚里士多德的"诗比历史更真实"也会有更深的体会,即以唐诗而论,公元755年发生的安史之乱是一个大事件,盛唐从此衰落下去,但无论有多少史家记录和描述这段历史,都远不及杜甫的"三吏三别"、《北征》《羌村》给后人留下的永不磨灭的历史记忆和人性表现。正如王鼎钧说的,"大人物属于历史,小人物属于文学","历史记得一将功成,文学记得万骨枯"。某种意义上,如果没有安史之乱,杜甫达不到这样的高度,成为不了一个伟大的诗人。

我的意思是,小时代没有时代的强烈问题,也没有人性的大冲突,就像流行文化和商业广告提供给我们的世界面目,它迎合时代而不是对抗时代,永远宣扬的是相似的成功学,缺乏对人性的洞察力,这或许也是几十年来世界范围内没有产生文学巨作的原因吧。因此，就文学创作来说，当今的动荡不安也许是一个最好的时代，我期待会有文学巨作产生，深刻地表现这个时代的危机，拓宽文学探索人性的边界。

柏：您曾说，由于成长背景影响，您信奉康德启蒙意义上的人文主义，崇尚独立之精神，自由之思想，是一个世俗人文主义者。在今天的语境下，一个世俗人文主义者的特质是什么？他面临的深渊是什么？

景：康德是一个划时代的启蒙哲学家，他的"哥白尼式的革命"建立在宗教去魅的前提下，主张一个人要勇敢地独立运用自己的理性。文艺复兴兴起的人文主义发展到启蒙时代，达到了一个顶峰，信奉人是万物的主宰，今天我们仍然笼罩在启蒙时代的思想光芒中，那就是世俗英雄主义取代了诸神，以代表人的精神世界，从堂吉诃德、哈姆雷特到浮士德、鲁滨逊，正是这一世俗英雄主义的最初体现。

随着上帝的退场，思想家们越来越发现，现代人只有靠文学艺术来拯救人的心灵，康德、席勒、谢林、叔本华、尼采、海德格尔等人都提出文学艺术赋予人生意义的作用，于是我们看到，近现代文学作品中的于连、拉斯蒂涅、毕巧林、洛根丁、里厄、巴达缪、考尔菲德等，无论主人公是成功还是失败，他们都是寻求意义的"当代英雄"。

启蒙主义确立了人是目的,将阿基米德的支点从外在世界转向人的主观世界,放弃了价值根源的绝对之物,此后的理性主义抑或非理性主义,都源于人自身,因而不可避免地导向价值的不确定性,甚至在理性的自负与非理性的迷狂之间摇摆,托马斯·曼的《魔山》就反映了这种现代人的精神状态。在某种意义上,20世纪的暴力正是启蒙主义的滥用的实现。

就我自己的教育背景而言,我认同康德的启蒙人文主义,但我也清楚它最终或将导向价值的主观创造,而不是理性的普适性证明。在康德那里,还有着对绝对之物的敬畏,因而具有一种对人类的乐观和确定。但是,现代人已经没有了任何敬畏,世俗人文主义者彻底摆脱了绝对者之后,却发现自己孤独地面对世界,无所依傍,所谓艺术的拯救,所谓世俗英雄主义,都如罗马尼亚哲学家布拉加(Lucian Blaga, 1895—1961)所说,是将自己的影子当作依靠的支柱。

人类再也回不到过去,甚至回不到康德的时代,这就是现代的"人的境况",人只能将"行动"本身当作意义的根源。海德格尔强调的是这个,加缪强调的也是这个。世俗人文主义的终极困境就在于,当现代人摆脱了自然时间,进入历史时间而获得解放后,作为一个个体生命,他最终仍将发现,自己依旧走不出自然时间——每个人独自面对的命运。你相信命运吗?我相信人的命运,甚至相信每个文明都有自身的命运。

柏:现代社会的断裂感,也许是"人的异化"的一种典型表现。您自己的经历,却给人某种"跨界感"——从中国古典文学走向东欧思想史——我想这是对"人的断裂感"的一种重要反馈。我相信已经有很多人问您,为何把研究方向从古典中国转向现代东欧。契机当然是具体的,但是动机却可以用一句话来概括,就像您在新著《再见》的后记中写的那样,"自忖学问之事,不在谋生,而在追求人生价值"。

景:如我们所见,当今世界处于一个分裂和动荡的时代,统一的价值世界正在分崩离析,这实际上从20世纪就已经开始了,只不过经历了第二次全球化的失败,价值的分裂和冲突愈益加速,再没有什么是确定无疑的。如果我们有一个人类良善生活的规范,那么你把现代社会的断裂看作是"人的异化"也无不可。但什么是良善生活?仅仅从中国文化的角度无法回答这个问题。就我个人的阅读经验来说,我从小就喜欢外国文学,20世纪80年代初,由于对中国当代文学缺乏

"现实感"感到失望,或者说它没有做到"比历史更真实",于是我开始转向东欧文学的译介,希望从中看到直面人生的文学。

随着对东欧文学的了解增多,我发现从思想史的角度看,东欧文学探讨的是一个比社会现实更大的问题,即现代性的问题。这使我扩大了视野,这些作家提出的是"生活世界"中的真问题,不是西方学院派在书斋里想象出来的问题,正如历史学家托尼·朱特(Tony Judt)所说,20世纪70年代的自由思想是在东欧,这方面的知识也使我对当下西方的衰落持有自己的看法,西方的自由主义早在20世纪末就已经变种,走向价值相对主义,失去了它的浮士德-普罗米修斯精神。

此外,从东欧文学中我也寻找到某种关于人生的答案,要过一种值得过的人生,那就是生活在真实中。

柏: 在您的身上,"跨界"这个概念需重新解释。不同于今天人们把"跨界"理解为"跨学科"、"斜杠青年"等,如果把之前说的"完整的人"这个说法加入进来,那么一个人追随兴趣而进行的跨领域研究,无非都是为了获得某种"人的完整性"。换言之,古典中国也好,现代东欧也罢,在您的研究路上,"追求人生价值"就是串联二者的中枢。

您自己是怎么理解"跨界"的?这在当下究竟成了一种知识潮流,还是求学的本义所在?人生有涯而知无涯,我们在现实中的求知,究竟是"好读书,不求甚解"更快乐,还是在一个领域里"上穷碧落下黄泉"更有价值感?

景:你说的"人的完整性"是指研究对象的完整性,还是我个人的完整性?如果是前者,那么我赞同从前的古典研究的完整性,讲求文史不分,我觉得还可以加上一个哲学,文史哲不分,这样的研究得出的是一个人的全貌,否则对于同一个研究对象,我们往往会做出截然相反的结论。政治史家注重责任伦理,文学史家注重心志伦理。例如,顾炎武从政治史角度对魏晋清谈进行否定,而章太炎却从思想史角度对魏晋清谈加以肯定。那么,哪一种观点是对的呢?

随着现代学科的细致分工,人们越来越囿于做某个领域的专家,现代人文社会学科的研究方法来自自然科学,讲究各自严格的学科规范,学术研究不同于文学作品,好的文学作品往往像真实世界一样复杂矛盾,而学术研究却不能复杂矛盾,必须遵守逻辑的同一性原则,这就是今天人文学科研究的现实,支离破碎,它的任何答案都意味着是问题。

如果这话是指个人的"人的完整性",我觉得你把我吓住了,不过,你说我是为了追求人生价值,这一点我同意。我的东欧文学研究其实不是文学史研究,而是一种观念史研究,从文学作品中探讨作家表现出来的观念问题,有朋友说是将文学写成了哲学,然后又将哲学写成了文学,其实我也只是对哲学感兴趣,只求立其大者,打打哲学的擦边球,重点还是在文学。在我看来,文学的最高价值是探索意义世界,这与哲学的探索是一致的。

在今天,这样的跨界研究并不属于主流的学院派研究,学院派研究是在各自的圈子里划定一个游戏规则,以此来决定胜负。孔子说过:"古之学者为己,今之学者为人。"今天的学院派研究是一种职业、一种工作,而不是出于个人精神上安身立命的需求,而我个人的研究却是想要提升对于人生的认知,并从中感受到快乐。总而言之,我的学术观是很传统的,赞同古人的"学为己"的求知本义。

唐诗的真精神,是它的自由性、独立性和人类性

柏:让我们重点谈谈《再见》这本书。我读后感到振奋。

印象很深的是书中宛若"草蛇灰线"的唐诗和东欧文学的比较阅读,比如用波兰诗人米沃什的观念去解读王维的超脱的"佛理诗",说明王维的诗缺乏对人类的关怀,缺乏生命的厚度。换言之,对东欧文学的深耕已经在您身上有"反哺"影响。用东欧文学研究的眼光,重新审视中国古代诗歌,您获得的是怎样一种新的视野?或者说新的切入点?

景:我不知道这样的尝试是否成功,你这样说让我很高兴。我在写这本书时是将各种问题尽量分配在对不同诗人的阐释中,用古人的话说,就是互文见义。比如中国文化对自然的独特审美,我主要放在刘长卿章中,而在王维章中则主要谈佛教思想的影响,尽量避免重复。在写书时,我头脑中还不时闪现出读过的外国文学作品,忍不住就会拿来比较,这是越界带给我的乐趣。

正如昆德拉所言,东欧文学属于西方文化,作家们对绝对的追求和坚守使我对西方文化的精神发展有了一个更清楚的认识,中西本源文化既有相似处,也有相异处,二者之间的比较有助于更深刻地理解我们的传统文化,那就是西方文化的神/人关系是有鸿沟的,而中国文化的天人关系则是可以合一的。因此,当我用一种外在超越性的角度来重读中国古典诗歌时,我发现以前未曾注意到的一些特征，这些特征是需要在文化比较中才能感受到的，如西方人在世界观上追求无限，中国古人思考有限，西方诗歌在审美观上倾向崇高，中国诗歌倾向优美，西方文学在自由观上多呈现人的孤独，中国文学更多地呈现人的寂寞，等等。这些区别我在王维、李白、杜甫、刘长卿、柳宗元、李商隐章中都有所提及，当然这些区别是大体的，不是周延的；是直觉的，不是分析的。比如，杜甫就有崇高的一面，柳宗元就有孤独的一面。审美情趣实际上体现了世界观，中国人的主流审美趣味是平静与和谐，是坐看云卷云舒，人世浮云。这是因为，从主流的审美情趣看，西方诗的美是在实现自我中呈现的，而中国诗的美却是在忘却自我中呈现的，在王国维眼中，"无我之境"要高于"有我之境"。

不知你注意到没有，中国文化强调群体性，但中国诗歌反而更多表现的是个体性、主观性，西方人能对自然保持客观的观察，想要超越它，中国人总是将自然与个人融合为一体，想要成为它，这使得中国文化缺乏科学精神，但另一方面却也成就了中国诗歌的特色，诗人用"自然"将个体包裹起来，因而没有撕裂的大痛苦。

柏：这本唐诗研究随笔让我振奋的章节之一，是对刘禹锡诗歌的品评。书里分篇讲述了二十位唐代诗人，我相信读者根据自己性情差异会有不同的偏好。于我来说，您讲述"诗豪"刘禹锡在他那些杰出的"怀古诗"里选择从永恒的时间流转中看待个体生命的兴衰，"沉舟侧畔千帆过，病树前头万木春"，"人世几回伤往事，山形依旧枕寒流"，这样的胸襟和视野，一扫我读当代文学"无意义"、"无力气"、"无追求"的审美疲惫。

许多人都说，我们现在生活在一个下沉年代，精神状态也处于一种下沉状态，这也反映在当代文学作品的气质中。在这样的环境下，您是否认为，刘禹锡诗歌中所传达的东西才是我们特别需要的？或者说，您认为什么是当下真正需要的诗歌精神？

景：喜欢刘禹锡的诗，说明你是一个豪爽的人。刘禹锡的一生坎壈，却始终保持积极乐观的态度，他这个人从不相信不可知的命运，具有强烈的人间情怀和进取精神，同时又能将个体生命融入到永恒的群体生命之流中，有勇气面对政治挫折，也有勇气面对新陈代谢的自然生命规律，这使他的诗歌有一种勃勃的生气，即使是感伤，也是积极的感伤。

刘禹锡和柳宗元是生死之交，他们生活在盛唐之后，处在一个下沉的年代，性格却恰恰相反，一个爽朗，一个忧郁，但都表现出对真实人生的坚守。正如我前面所说，当今如果说是一个下沉年代，那可能正好也是一个文学的最好时代。我觉得，真正的诗歌精神不在于积极或消极，而应当是心灵的自由，是文学的独立性，拒绝同质化的要求，也就是布罗茨基所说的"表情独特的面庞"。就像刘禹锡和柳宗元那样，用作品反映下沉的时代，同时对抗这个下沉的时代。

我不太清楚你说的"无意义"、"无力气"、"无追求"的确切含义，听上去像是后现代文学的特征，但我明白你不是指这个，而是别有所指，我已经很久不读中国当代作品，它们很滋润，是不是？说到当代文学，你还能有什么更高的指望吗？

柏： 您作为唐诗的读者和研究者，最契合您性情的是谁？为什么？

景： 如果非要说出一个契合我性情的唐代诗人，那就是柳宗元了，既有超脱性的追求，又无法摆脱人间的情怀，始终处在矛盾之中，他的忧郁和孤愤，常使我产生共鸣。他的诗句"欲采蘋花不自由"，这个"自由"二字正是汉语词的本义，即言行上的，不是精神上的，严复在翻译约翰·密尔的 *On Liberty* 时，把它译成《群己权界论》，但在此书凡例中，仍指出"liberty"与中文的"自由"是相通的，所以从柳宗元的诗中，可以感受到一种被压制的孤独感。

不过，在诗歌所表现的深度和广度上，我还是更敬仰情感博大、深厚的杜甫，更倾慕心灵内敛、细腻的李商隐。有时候，我们最喜欢的诗人并不是性情相投的诗人。中国人普遍喜欢李白，恰恰是因为在自己身上缺乏李白的那种自由精神。

总之，我这本研究唐诗的书并不是出于个人的主观偏好来选择诗人，而是想给读者提供一个唐诗的全貌，既是诗歌作品的阐释，又是诗人个体史的叙写，最后，也是唐代诗歌史的呈现。

柏：唐诗如今已经不是一种面向大众的类型化写作了，但我们依然能够反复欣赏。您认为，唐诗能够触动现代读者的原因是什么？更进一步说，唐诗体现的真精神是什么？

景：对于这个问题，我只能谈谈个人的看法。我认为，作为一种文体，包括唐诗在内的旧体诗在形式上已经过时，很难完美地表现现代人的思维和情绪，尽管还有人喜欢写旧体诗，而且写得还很不错，但总让人感到是一种古人的情绪，缺少语言和思维的新的想象力,它的整齐的句式读多了也让人感到腻烦。同样是描述荒芜,"白骨露于野,千里无鸡鸣"当然是好诗,布罗茨基说到人性的毁灭犹如一片瓦砾场,"房顶业也不复存在,炉子却仍然兀立着",这样有视觉冲击力的句子旧体诗是写不出来的。

文体是有时代性的,就像用半文半白的文字来写散文随笔和叙事作品,效果最好的也就是明末的散文,有某种超脱的韵味。我不喜欢周作人那种简淡的散文,我觉得明末清初的张岱、徐渭已经写得很好了。总之,文言的句子短,句式不复杂,无法像乔伊斯、普鲁斯特那样表现复杂的人的心理。海德格尔的话是对的,语言是存在的家,现代人的家只能是现代语言。

所以,我在这本书中没有讨论诗歌的技巧,而是注重探索唐诗的精神。什么是唐诗的真精神呢?是它的自由性、独立性和人类性,是诗人对社会的关心,对自然的沉思,对个体生命的思考,这些都是人性的体现,发自诗人内心的需求,情感像赤子一般真挚,而真挚的情感、美好的情感是现代人越来越欠缺的东西。此外,还有审美活动,在诗人眼里,万物是有灵的,现代人出门旅游比古人更加方便,但已经没有这个观念,只能欣赏世界的表象,到一个地方,导游告诉我们,这块石头像什么,那座山像什么,也就是找个类比，于是我们就满足了。今天的人读唐诗，至少可以从唐诗中受到感发，培养自己的情操和审美眼光。

现代人的审美活动需要有一个胡塞尔（Edmund Husserl, 1859—1938）意义上的还原，就是祛除科学理性的遮蔽，对眼前的世界重新充满惊奇，才会有美的感悟。总而言之，人类有些情感是中外相通的，有些命运是古今相似的，正是这种唐诗的真精神仍然能够打动今天的读者，丰富我们的感觉世界。我觉得，如果说中国文化有什么最突出的成就，那就是诗歌了。要知道，在唐诗的同一时期，但丁、彼特拉克（Francesco Petrarca）还没有出现，直到19世纪，西方诗歌才有了完全抒发个人情感的抒情诗。

"活在当下"，其实是一个人没有世界的表现

柏： 让我们回到当代。《再见》一书的序言有段话耐人寻味。您写到："后世人不可能再去写注重意境的唐诗，就像古希腊的悲剧不可能再现，因为人类思维已经走过自然阶段，进入了历史阶段。"也就是说，我们既不能重返过去，但历史是否终结，尚无定论。留给我

们的选择似乎只有"活在当下"一条路，但是"活在当下"也有不同的方式。我们今天的讨论，借着谈论文学及其背后的观念，其实也想着重讨论"活在当下"这个命题在文学中的显现。

景： 这是从观念史角度得出的看法，表现"意境"是唐诗的特点，尤其是盛唐诗的特点，讲究浑然一体的境界，宋代严羽十分推崇盛唐诗，称其惟在兴趣和妙悟，清人蘅塘退士编《唐诗三百首》，也是以盛唐诗为主。严羽的评价其实是指，唐诗是一种直觉的产物，借外在景物表现诗人的情感，这与讲究思理的宋诗不同，此后从明清到近现代的诗人都是走宋诗的路子，学唐诗的都失败了。从人类历史看，由直觉到思理的发展体现了马克斯·韦伯所说的人类的理性化过程，这个过程是不可返回的。

你从自然阶段到历史阶段联想到"活在当下"的话题，这很有意思。在诸神退场后，历史取代上帝成为人生的意义根源，但如果历史没有目的，那么历史意识对于未来就是无意义的，于是留给我们的选择似乎只有"活在当下"。但这也许是西方人今天要面临的问题，不是中国传统的"活在当下"的意思。

在中国文化中，"活在当下"是有特定含义的，即把活着本身当作最高目的，没有生命的过程感和意义感。海德格尔说过，人向死而在，所以人有世界，动物没有世界。由此看来，"活在当下"其实是一个人没有世界的表现。

海德格尔的生存论并没有涉及历史，但他的"向死而在"，是要祛除存在的"当下化"，从而展现出本真存在的无限可能性。我觉得，唐代诗人中，李白就具有强烈的"向死而在"的意识，当他这样想的时候，当他写诗的时候，他就成为一个意识到存在的人了。海德格尔曾引荷尔德林的诗："人充满劳绩，但仍／诗意地栖居在这块大地上。"人虽然像动物一般生活在大地上，但可以通过诗意地存在而让世界敞开，我觉得李白的"吾将囊括大块，浩然与溟涬同科"与之有异曲同工的味道，都是要祛除存在的"当下化"，让人生获得意义。

柏： 您曾在《被贬低的思想》一文中谈到，鲁迅认为中国文化始终走的是一条"当下即是"的路。"我们去庙宇祈福，不是为了无灾无难，就是为了多子多寿"，国人劣根性的养成，三纲六纪并非元凶，而是出于"当下即是"。然而，"许多国人把当下即是看作是一种内在超越，但这种内在超越其实从来都不存在，它不过是一种自我实现的神话"。

该如何理解这种"当下即是"的生活哲学对于国人的持久影响？很多人把"活在当下"当作一种精神解脱，但实际上这种解脱并没有消除当代人在精神上的荒芜感和焦虑感。您认为原因是什么？我们该如何理解这种"活在当下"？

景："当下即是"这个观念来自禅宗，它其实是佛教的人间化，契合了中国文化缺乏超越性的特征，把当下看作永恒，没有更高的追求。对于古代士大夫来说，这是一种逃避的托辞，对于普通人来说，这是一种麻木的表现。普通人当然不会知道这个词语，但大多数中国人的生存态度就是如此，只要活着就好，其他都不重要，这也是中国人在这个世界上最善于忍耐的原因。即使中国历史上最聪明的人苏轼也靠这个来安慰自己，只不过他比一般人更有精神的追求，而不是普通人的为活着而活着。鲁迅正是看到了这种生活哲学的消极一面，底层的阿Q、闰土与知识分子的魏连殳、吕纬甫，在对待生活的根本态度上是完全相同的。

在我看来，"内在超越"其实是一个矛盾的概念，超越一定是对人本身的超越，通过"内在超越"提升的自我终究还是自我，仍然处在物理的时间和空间之中。换句话说，超越世界必须处在现实世界之外，在精神上达到一个更高存在物才是超越，否则就不叫超越。这就是为什么"活在当下"无法消除当代人的焦虑感,恰恰相反,因为没有精神追求,无法超越被现实物质世界束缚的自我,"活在当下"反而让现代人变得更加焦虑了。

柏:谈"活在当下",您还写过这样一句话,"活在当下不是一种自由,只有活在真实中才是自由"。这应该来自您对东欧当代作家的研究所感。那些注重道德因素、具有超验意识的东欧作家,他们关于"生活在真实中"的提法却能够给予我们关于"何为良好生活"的启示。请您具体谈谈,什么是他们所谓的"真实"?该如何理解"生活在真实中"的含义?它对我们当下的生活处境有什么启示?

景:"生活在真实中"曾是东欧作家的一个普遍共识,来源于西方文化的求真精神,它首先是指追求真相,拒绝生活在谎言中,因为生活在谎言中导致人性的危机,人的自我认同的危机,其中也包括道德的危机。其次,它是指追求真理,亦即这句话还具有形而上的层面。在西方语言中,真实与真理往往是同一个词。"生活在真实中"就意味着对真理的不断追求。而在东欧作家看来,真理的源头不是主观自我,而是绝对的超验之物,坚持善、自由等价值都是源自某个更高的存在物，只有相信这个价值源头，人们才会具有对抗现实的道德勇气。

这其实是前笛卡尔的世界图景，将主客体看作一个不可分割的整体，认为没有一个外在的价值世界，就没有人的良善生活。东欧作家之所以提出这个命题，是因为现代人已经失去超越的世界观，所有价值都是基于人的自我保全，人本身成为价值的源头，那么很显然，由人创造的价值都是相对的，于是谁拥有力量谁就拥有真理、拥有良善生活的解释权。这种情况下，何谈真正的良善生活？

因此，对于捷克作家来说，代表捷克精神的不仅是幽默的作家哈谢克（Jaroslav Hašek），还有15世纪的宗教改革家胡斯（Jan Hus），为了真理甘受火刑。相信在事物背后有一个更高的存在，从而生活在对意义的追求之中，这就是"生活在真实中"的实质。它对我们的启示是不言而喻的，那就是对于那些有追求的人来说，如何过一种具有超越维度的有意义的生活，而不是被生活的日常所遮蔽、所淹没，一生苟且地活着。

柏："生活在真实中"，据说这句话来自卡夫卡。昆德拉和其他捷克作家都喜欢从卡夫卡那里汲取思想资源，但对于这句话的涵义，解释却大相径庭。昆德拉在小说《不能承受的生命之轻》中同样阐述了对"生活在真实中"的理解，这和捷克其他作家的解释有什么不同？是什么造成了二者的差异？

景：这句话出自卡夫卡的一则日记，他是在散步时偶然想到的，实际上并没有什么特别的意思，昆德拉将真实解释成日常生活，可以说比较符合卡夫卡的本义，其他捷克作家将它解释成真相或真理，属于形而上学的阐发，但如果结合卡夫卡的作品，也算不上是过度阐释。卡夫卡本人就是一个生活在真实中的人，唯其如此，他才对世界的荒诞有深刻的感受，这荒诞不仅来自外部世界，也来自人的内心，卡夫卡小说中的主人公K没有意识到外部世界的荒诞，不断地申辩自己无罪，极力要进入城堡，这才是真正的荒诞所在。

昆德拉看到了K抗争的荒诞，其他作家却看到了K抗争的勇气，哪怕这种反抗显得可笑，也要奋力一搏。通过对"真实"的理解，昆德拉强调的是维护私人领域的不可侵犯，其他作家强调的是参与公共领域的责任，我觉得他们的不同正是以赛亚·伯林所说的消极自由和积极自由的区别，伯林认为积极自由更容易被滥用，这的确是事实，但问题在于，没有积极自由的保障，消极自由也无法存在。就像卡夫卡的人物，即使与世无争，某一天也会有人破门而入，向你宣布莫须有的罪名。你知道自己无辜，却只有深深的无助感。

柏：是做昆德拉还是做有抗争勇气的作家，在我看来，这个选择不仅局限于对东欧文学的欣赏取向，更是对如今整个文学世界的重要赏析维度。事实上，两者之间因为文学、政治、哲学理念的分歧而曾有过精彩的对峙和争论。让我感到困惑的是，看当下的文学圈，我们可以看到越来越多的昆德拉，但很难看到有社会责任感的作家，于是争论失去了可能性，但是，一边倒的审美也是乏味的，无论它显得多么时髦和"正确"。您赞同我的观察吗？如果同意，您认为出现这种局面的原因是什么？

景：我们既没有东欧的反抗作家，也没有昆德拉。不要拿中国文学与欧洲文学比，文化土壤和文学传统都不同，正如波兰哲学家科拉科夫斯基（Leszek Kolakowski）在一篇文章中所指出的，欧洲文化有牧师和弄臣两种传统，前者的特质是激情的、绝对的、一元的，后者是反讽的、怀疑的、多元的。昆德拉属于反讽的传统，他不喜欢贝多芬的"非如此不可"，不喜欢陀思妥耶夫斯基、巴尔扎克，我想肯定还有雨果，但他却喜欢拉伯雷、塞万提斯、布洛赫、贡布罗维奇，这些人同样是杰出的作家。

科拉科夫斯基写这篇文章的时候是主张弄臣的多元论思维的，但他后来却转向一元论思维，他认为多元价值应当建立在一个相同的根本价值基础上，否则就会陷入逻辑矛盾和实际冲突，他说："多元主义的秩序显然是建立在对特定价值的承认上的，并不是'价值无涉'的和中立的……一种从它自己的规范中获得的对自己的存在漠不关心，并且把它当成一种美德的多元主义，将注定自己的死亡。"

多元文化主义不可避免的矛盾就在于，如果它禁止极端观念，就会违背自己的原则，如果它容忍极端观念，又会导致自身的失败。我觉得，今天西方社会的情形就是如此。

这正是昆德拉与其他捷克作家的分歧所在，他们从不同侧面显示了现代西方的两种思维。昆德拉的早期作品质疑了历史主义，揭示了历史运动的情感奥秘，还是很有启发性的，他对宏大叙事的解构本身就是在思考一个重大的现代性问题，表现出作家的社会责任感，尽管他自己不承认这一点，许多人也不赞同这一点。

至于中国小说，我想除了外国文学，也许只有市民文学作为它的传统,《红楼梦》是一个特例。王国维曾引过尼采的一句话:"一切文学,余爱以血书者。"我现在越来越能体会到这句话的真义,世上许多伟大作家都是用自己的生命来写作,这甚至包括人的物理生命,因而他们往往都活得不长,这在"活在当下"的中国文化传统中是不可想象的,所以我们不要苛求。我从不关注文学圈,杰出的作品永远都是少数。

柏: 在当代文学中谈论"宏大"主题,似乎已经成为让人敬谢不敏的做法。现代化进程以来,今天的写作者对于"宏大"主题是怀疑的,越来越多的作品致力于探索普通人的生活境况,希望在个体和集体之间划出明确的界限。并且,"宏大"的概念也和许多负面词语联系在一起。当然,这背后有一个"现代性"在助推。

然而,我越来越有种"不正确"的感觉——当代的文艺作品似乎陷入了一种对"宏大"的误读。"宏大"难道只是单纯指向集体主义的癔症?指向"感动"、"英雄主义"、"壮观"这样的词语?我们是否存在对"宏大"的误解?我想,"宏大"还应该有这样一种意义——正如您在阐述东欧文学观念时表达的"超验"概念——在我们的日常生活之上,应该有一片星空。

景：我理解的"宏大"叙事是指表现时代，比如《战争与和平》《永别了，武器》之类，与此相反的"迷你"叙事只描写个人的日常生活。但不用担心这个现象，很快就会要求作家们表现时代主题了。实际上，表现普通人的生活境况没什么不好，问题在于如何表现，我同意你的观点，表现日常生活应当有人性的深度和广度，有对人生意义的真诚探寻。普鲁斯特的《追忆逝水年华》描写日常生活，就达到了前所未有的深度，而塞林格的《麦田里的守望者》写时代的迷惘却让我感到非常失望，我不知道为什么这部作品在当时会如此有名，在美国走红了很多年。

塞林格写青少年的叛逆，但这种叛逆在我看来实在有点无聊，那是太多的自由造成的，为叛逆而叛逆，完全是美国式的浅薄，搞出一点响动来就以为是在创造历史。这让我想起米沃什在美国大学的一段经历，20世纪60年代，美国学生运动烧图书，反对考试，反对学外语，在校园里设路障，不让老师去教室，米沃什于是对着他们喊：走开，你们这些中产阶级的子弟。这些学生一下子愣住了，只好乖乖地把路让开。美国也有许多好作家，我喜欢亨利·詹姆斯、福克纳和尤金·奥尼尔，斯坦贝克、菲茨杰拉德也不错，此外还有更早的霍桑，这些作家都处在美国向工业社会转型的时期。

因此,问题不在于主题是"宏大"还是"迷你",而在于作品表现的是人性还是物性,是真实还是虚假,后者往往是通俗文艺的特征。今天,作家们对宏大主题的怀疑,固然有后现代价值碎片化的影响,作家们不再寻求事物的本质,同时也有市场文化的因素。在一个大众社会,读者变得越来越重要,大众总是喜欢轻松的东西,作家们为了出版,就得考虑市场、迎合受众。这是一个世界性的现象,四年前我在捷克见到一些作家,他们同样感到迷茫,不知道应该写什么,曾经习惯的时代主题没有了读者,写消遣作品又不甘心。他们很羡慕中国有广大的读者市场,实际上,商业社会对文学同样不利。从文学史看,好的作家都是时代的孤儿。

柏: 昆德拉的小说可以说是对"宏大"概念的全方位解构。我觉得《庆祝无意义》可称得上他目前可见的反讽最高峰,甚至走向了虚无主义之路。诚如您的分析,"昆德拉晚年的创作实践证明,彻底的无意义观念是反文学的……会取消严肃文学的本质属性"。讽刺的是,主张解构一切意义的昆德拉,极其捍卫小说的价值。比如联系到不久前发生的印裔英籍作家萨尔曼·鲁西迪（Salman Rushdie）遇刺事件，昆德拉曾在《被背叛的遗嘱》中，通过对鲁西迪和他的《撒旦诗篇》的讨论，指出了当下小说文体在欧洲面对的根本性困境，即"欧洲这个'小说的社会'抛弃了自己"。我们该如何理解昆德拉所说的"小说的困境"？

景：《庆祝无意义》可能是昆德拉的最后一部作品，不过我觉得写得并不好。昆德拉早期对宏大历史进行解构，后来更走向对意义的解构，把宏大历史作为一个文学形象进行批判，这使他的后期作品显得概念化，读起来很枯燥。在昆德拉看来，欧洲小说诞生于游戏精神，现代人却越来越将小说视作社会现实的反映，赋予了太多的意义，因此，人们关于《撒旦诗篇》的争议只是集中在言论自由上，而不是小说艺术本身，对这部小说的抨击和捍卫实际上都是不懂作品的幽默性质。他认为，幽默往往不能被权力者所容忍，因为幽默体现的是人的差异性和世界的多元性，这正是欧洲文化的精神，也是欧洲小说的精神，正是在幽默这个欧洲小说精神的意义上，昆德拉认为这一场争议代表了欧洲"小说的困境"，欧洲抛弃了自己。

你可以不同意昆德拉对欧洲小说精神的看法，它显然并不全面，但你不得不承认，复杂、不确定性甚至幽默，的确是小说的一种特质。小说和诗歌是不同的，按照布罗茨基的说法，诗歌是为自己写的，小说是为读者写的。假如他的话是对的，那么，昆德拉在讽刺诗人时就忽略了这一点，我们在评论小说家时，同样也可能忽略这一点。顺便说一句，当代最优秀的捷克作家赫拉巴尔（Bohumil Hrabal）就很幽默，几乎所有捷克作家，包括昆德拉和克里玛都很赞赏他。我曾经有幸跟克里玛当面聊过，他对赫拉巴尔始终赞不绝口，显然这是他从小说本位的角度得出的看法。

柏：您在《再见》一书的序言里也提到今日小说的困境，"最好的小说似乎只能出现在各个国家由前现代向现代转化的过程中，而到了从现代向后现代转化的时期，小说便失去了它固有的特质"。听上去，今日小说的困境似乎是无解的？今天的小说家还能做什么呢？

景：记得罗兰·巴特说过，长篇小说是资本主义的叙事，他注意到19世纪是小说的黄金时代，同时也是资本主义兴起的时代，我觉得，这是基于农耕社会向工业社会转化得出的结论。无独有偶，王国维也曾根据中国文学的文体发展说过，一代有一代的文学，诗经、楚辞、汉赋、唐诗、宋词、元曲，都是一个时代的文学，后世无法赓续和超越，只能另辟新径。这说来似乎有点命运的神秘，但又的确是文学史的事实。

现代社会更是一个大众的社会，生活的节奏更快了，还出现了互联网，从电脑到智能手机，人们的鉴赏、阅读和表达方式都发生了巨大变化。面对新时代的到来，人们似乎还来不及思考如何适应它。事实上，20世纪末至今，世界范围内就没有产生过伟大的小说家，诺贝尔文学奖授予非虚构写作的作家，甚至授予一个歌手就是个例子。

我当然宁愿自己的判断是一个巨大的谬误，从荷马时代和楚辞时代起，文学都是着重于表现戏剧性冲突的，在某种意义上，文学甚至是反生活的。我希望这场新冠大流行能像每一次人类危机，之后会诞生杰出的文学作品，深刻表现人类的命运，还是让我们拭目以待吧。

现代性的一个重要标志就是行动，而不是沉思

柏：回到您的研究上来。谈到您，我们总是忍不住会联想到一些名字：昆德拉、克里玛、扎加耶夫斯基、米沃什、马内阿、契斯……这些人都有一个共同点：他们都是思想型作家（虽然昆德拉不承认，但其实他的小说也是观念小说），所谓"纯文学"并不属于他们（在这方面，昆德拉的例子最反讽）。您给出一个词，"文学知识分子"，用来概括这些深邃的东欧作家。"文学知识分子"有什么样的特征？他们的独特价值是什么？

景： 20世纪下半叶的东欧文学的确有它独特的面貌，与西欧文学不同。我发现东欧文学有一个特点，这些作家的散文随笔比他们的小说还要棒，随笔可以直接表达自己的思想，再加上文字的发散性，读起来往往发人深省。必须指出，他们首先是文学家，其次才是知识分子。

知识分子不是一种职业，而是一种表现，其特点就是运用自己的知识介入公共领域，表达自己对社会的看法，用观念来影响社会，当一个文学家在公共领域发言时，他就成为了文学知识分子。普鲁斯特不是文学知识分子，但左拉、萨特是文学知识分子，东欧作家也是文学知识分子。

文学知识分子往往用文学思维来思考政治，优点是有文学家的敏锐、感受力强，缺点是从心志伦理出发，充满幻想。所以文学家揭露现实还可以，但要提出社会的解决方案就不太可靠了。比如，托尔斯泰、陀思妥耶夫斯基的政治观点就很糟糕，托马斯·曼在一战时也很糊涂，支持德皇发动战争，直到战争教育了他，后来他对希特勒的战争鼓动就有了警惕，站出来公开反对纳粹，而且被迫流亡国外。他对德国人的整体批评产生了很大影响，毕竟他是一个世界性的大作家，人们相信他的思考。

东欧作家也有过对新时代的幻想，他们的文学随笔对此进行了深刻反思，文学语言的长处就在于，它是形象的、直觉的、有趣的，以及风格式的，作家的思想可以对人的内心产生直接作用。因此，只要作家的观点是真确的，尽管他们的散文随笔不是严密的逻辑论证，其中的思想却能体现出文学家特有的敏锐性和新颖性，更能启人心智。

柏：您还论述过"两种知识分子"——即西方左翼和东欧作家，前者以萨特、波伏娃为代表，后者如波兰的米沃什和捷克的克里玛。并且，西方左派是葛兰西意义上的有机知识分子，东欧作家则是朱利安·班达（Julien Benda）意义上的传统知识分子。那么二者最深刻的分歧是什么？在当代中国知识群体中，您认为存在这两种知识分子吗？

景：西方左翼相信不可逆的线性时间，他们将历史视作人类价值的最高法官，却对良知和善不屑一顾，就像加缪讽刺萨特所说，萨特总是把自己的座椅朝向历史的方向。他们信奉特殊主义的价值,结果却陷入相对主义和虚无主义,最终说出"历史的终结"的笑话。而东欧作家却相信普遍主义的价值,并且认为某些人类的基本价值是绝对的、恒久的、超验的,源于一个更高的存在。这是一种传统的观念,也是康德仍然坚持的观念,就像米沃什说的,"我们相信善与恶,就这样"。

中国也存在着秉持特殊主义和普遍主义这两种知识分子,不过他们的分歧只是经验层面上的,没有形而上层面的因素,这使得他们之间的分歧不具有观念史的意义。中国传统文化中一直是有普遍价值的,历史上的那些昏君也从来不敢说自己是在行善。但是,因为中国文化缺乏超越性,因而也没有将体制与形而上结合起来思考的传统,宋代理学最终走向伦理,就是一个例子。今天我们重新思考和阐扬传统文化,不是为了回到过去,而是应当立足现代,回答时代提出的问题。

柏: 全球化发展到今天,无论是知识分子还是普通人,都无法摆脱自己的处境——今天的我们似乎生活在一个"算法时代",生活被大数据掌握,算法还越来越强势地进入我们的思维,改变着我们看待事物的方式。

流量、赛道、闭环、热搜、网红、爆款、直播、带货……诸如此类的网络词汇，无形中占据了我们原本用来沉思和感受生活的一手体验空间。

于是，我对诺奖得主阿列克谢耶维奇的《二手时间》的意义也有了更深体会。所谓"二手时间"，不只是价值真空的茫然时间，也是价值混乱的焦虑时间。我们对生活的体验是通过互联网，而非身体。也许这成了一种新的现实。虽然有了二次元、自媒体、AI等新事物，可人的精神状态却是下沉的。我记得您曾说过，当代世俗中国知识人也具有超越性——"以出世的精神，做入世的事"，如果这么行动，我们可以跳出算法时代加之于身的种种异化感吗？这是我们的"解脱之道"吗？

景： 现代性的一个重要标志就是行动，而不是沉思。我比较幸运，我的年龄已经大到不再受"算法时代"的影响，对于那些流量、闭环、网红、带货等时尚都很无感，尽管我能感受到大数据对个人生活的控制，比如大量的广告投放、搞笑的"抖音"娱乐，但我可以无视它们，为自己保留阅读和沉思的空间。实际上，科学技术的负面作用也不是今天才有的，"机器人"这个词就是20世纪上半叶捷克作家恰佩克（Karel Čapek）发明的。二次元、AI仍然是物理世界，不是精神世界，我担忧的是现代科技会使人的精神越来越萎缩和空虚，处在这个科技统治一切的时代，我们或许更需要不断重温胡塞尔所说的"生活世界"，思考什么是人的本真存在。

我读过阿列克谢耶维奇的《二手时间》，作家通过采访对话，描述了时代巨变后普通人的精神迷茫，但如果我们熟悉近现代世界文学，会发现每个时代的精神都处在下沉中，19世纪俄罗斯文学的"多余人"，20世纪卡夫卡的"大甲虫"、加缪的"局外人"、萨特的"恶心"、艾略特的"荒原"、贝克特的"等待戈多"、穆齐尔的"没有个性的人"、布洛赫的"梦游人"，都是在描写一个分崩离析的世界，不是出于这个原因，便是出于那个原因。启蒙将人性解放出来，就是让人独自面对世界，因此，除非回到遥远的过去，惶惑这个心理疾病就永远是现代人的命中注定。

说到"以出世的精神，做入世的事"，这是借用一位学者的话，可能许多知识人也都说过类似的话，它很有中国文化的特色，不是吗？看上去有一种超脱的精神，抱着看透人生的态度去做一件事，但它同样也包含这样的意思，明知道个人的努力是无用的，但仍要去做，这不就是孔子说的"知其不可而为之"？

让我再以苏轼作为例子，2021年疫情期间，我曾去常州参观过苏轼纪念馆,那里是苏轼的长眠之处,我想这位杰出诗人的可敬之处就在于,他始终以出世的精神去做入世的事,无论被贬到何处,都尽力为民众造福,如在海南提高当地的教育水平。中国历史上那些有作为的人都是与时代格格不入的,但他们并不气馁,坚持做自己认为对的事,最终超越了自我,同时也超越了时代。

柏: 最近新东方的董宇辉成了网红,他在自媒体平台上的言论被许多人传播。其中有一条他谈到,"每一个仰望星空的人,都首先应该感谢那些脚踏实地的人"。听起来似乎很对,但我又隐隐感觉有点不对。仰望星空的人,可以理解为渴望理想／宏大／超验的人,脚踏实地的人,可以理解为尊重经验／实用／现实的人。我这么区分是为了简便,当然这种二元法本身是粗疏的,因为二者之间完全存在兼容。我想问您,如何理解董的这句话?以及,面对头顶的星空和脚下的土地,什么才是我们的现实感?

景: 我没有看过他的直播,我知道新东方遇到了困难,现在很艰难。不过,他的这句话是什么意思?莫非仰望星空和脚踏实地是不同的两类人?的确,世界上有只重理想的人,也有只重实际的人,那么这句话的意思是仰望星空的人需要感谢那些讲求实际的人？我想他不会是这个意思，但他却无意识中把理想与现实截然分开了，他想表达美好的追求，却表达得不够准确。一个人既仰望星空，又脚踏实地，这并不矛盾，恰恰相反，这正是你说的现实感。没有理想，或者说没有价值追求，我们就没有了方向。而没有脚踏实地地做事，理想就是一种空想，两者都是缺乏现实感的表现。

柏： 谈到我们对生活在这个时代的感受，不可避免最后就要谈论一下"自我"。对此，某些东欧作家的观念里有我深以为然的地方。他们认为，完全关注私人生活并不意味着就有自我，"只有那些内心自由的人才称得上拥有自我，才会有真正的个人生活"。在您看来，在这个时代，什么样的人可以拥有内心自由？什么样的"自我"才是真实的自我？

景： 这是不言而喻的，没有内心自由的人就没有自我，他的自我只是来自别人眼中的自我，因此不能独立做出自己的判断。内心自由就是康德所说的自由意志，这是人的本质属性，没有内心自由的人永远都是随大流，把自己融入到大众之中，所以他也不会有真正的私人生活。我们在生活中常常看到这样的人，当自己的私人生活遭到他人干预时，他不会觉得这是对自己尊严的侵犯，他心甘情愿地服从，甚至反感那些不愿意服从的人，这正是阿伦特所说的"无思"。只有那些有自我意识的人才有可能拥有内心自由，虽然我们也许永远无法认识那个真正的自我，但至少可以将陈寅恪先生所说的"独立之精神，自由之思想"看作是自我的表现。

内心自由的人不仅意味着敢于独立思考，还意味着服从自己的良知。现代人已经不再喜欢使用良知这个词，说出这个词会感到很过时，但在这个越来越同质化的时代，人性变得越来越残缺不全的时代，我们不仅应当重温康德的话，要敢于独立运用自己的理性，而且还要重新唤起自己的良知。只有这样，才会成为一个完整的人。

柏： 问到这里，还是不想结束我们的谈话。我又想请您来荐书了。诚如您所说，也许每个孤独的个体都会觉得他／她生活在一个下沉的时代，这种无力感也许是普遍的。那么当我们的精神状态处在下沉状态时，您觉得什么书特别值得阅读呢？当然，是从您自己的生命感受出发，暂且只提一本书。

景： 一个人如果想要了解世界的真面貌，除了观察和思考，还得读各种不同的书。不过，既然你要求只提一本书，那我就这次对话的范围，推荐查尔斯·泰勒（Charles Taylor）的《世俗时代》。泰勒是一位加拿大学者，主张社群主义。不过，这本书不是阐释他自己的主张，而是一部西方近代以来的观念史，学院派的风格不浓。作者从1500年谈起，也就是从意大利文艺复兴的后期谈起，论述宗教祛魅后西方人的价值困境和应对，最后得出的结论是，人类可能不得不保留某种超越性的事物。

当今西方世界内部的分裂有各种原因，但观念的分歧是一个重要因素。实际上，近现代以来的哲学和文学，本质上都是在处理宗教祛魅后何为良善生活的问题，对此产生了各种不同的观点。正如昆德拉所说，有的人仍然忠诚于价值，有的人需要价值却不知道价值何在，有的人对价值不再的世界淡然处之。就此而言，这本书的宏观角度可以使我们鸟瞰西方的观念史发展，大致预判未来的世界走向，同时在这个人类精神愈趋退化的时代，对于我们个人思考如何安身立命也许会有所启发。这个世界是如此纷乱，我们的一生该怎样把握自己的命运呢？我想起少年时读过赫胥黎引用的丁尼生的几句诗，它给我留下终生难忘的印象：

也许漩涡会将我们卷进浪涛,
也许我们能抵达幸福的小岛;
但在到达终点之前尚有些事情,
一些高尚的事业需要我们去效劳。

罗新

/

太多人滥用历史,历史学家应该监督对历史的叙述

采访 / 撰文

杨潇

罗新　　　北京大学中国古代史研究中心暨历史学系教授，研究方向为魏晋南北朝史和中国古代民族史。专业代表作《中古北族名号研究》《黑毡上的北魏皇帝》《王化与山险：中古边裔论集》等，著有《从大都到上都：在古道上重新发现中国》《有所不为的反叛者：批判、怀疑与想象力》《漫长的余生：一个北魏宫女和她的时代》等。

杨潇　　　记者、作家、背包客。2004年毕业于南开大学中文系，先后供职于新华社、《南方人物周刊》《时尚先生Esquire》，2013—2014哈佛尼曼学者。从2010年起周游世界，尝试一种融合时事、历史、智识讨论与人文地理的叙事文体。作品两次获得《南方周末》年度传媒致敬，三次获"腾讯"华语传媒年度盛典单项奖。出版个人作品集《子弟》、长篇非虚构作品《重走：在公路、河流和驿道上寻找西南联大》。

2022年8月10日下午，我在四川省江油市青莲镇的一家民宿见到了历史学家、北京大学历史系教授罗新。他戴着灰色的遮阳帽，穿着灰白色防晒衣，正招呼穿着绿色衬衫、卡其色短裤的保罗·萨罗佩克（Paul Salopek），打算在卫生站关门前再去做一次核酸。这是罗新陪萨罗佩克徒步的第三周，也是萨罗佩克"走出伊甸园"（Out of Eden）计划的第九年——2013年1月，这位两获普利策奖的美国资深记者在国家地理学会的资助下，从东非出发，沿智人迁徙的大方向，开始了前往亚洲和美洲的漫长徒步，2021年，他终于抵达中国，从腾冲开始，穿越滇西、滇北和川西。

罗新在广汉三星堆与萨罗佩克会合，沿四川盆地的北缘，继续向东北方向前进，前两天抵达了李白的故乡青莲镇。因为赶上成都疫情，四川各地对核酸的要求又严格了，所以一路上，罗新和萨罗佩克只要路过核酸点，就会做一次核酸，确保行程不受影响。临近下午四点，青莲镇气温38度，卫生站还有几分钟就要关门，滚滚热浪中，59岁的罗新和60岁的萨罗佩克一路小跑，跳上车子出发了。

第二天傍晚,闷热依旧,天气预报说下周气温将连续突破40度。我和罗新找民宿老板要了几瓶矿泉水,去了他的房间,开上空调,我们就从高温与疫情下的徒步开始聊起。

罗新说起7月25日那天,他们从三星堆出发,经过一个小镇,想去一个茶馆歇歇脚却被驱赶的事情。茶馆里打牌喝茶的本地人很多,熙熙攘攘,但茶馆老板,一个眼神冷峻的老头,摆摆手,不让罗新进去。后来是老板娘出来说抱歉,不好意思啊,我们这里不让接待外地人。罗新感到不快,回到街上,跟正在拍照的萨罗佩克说起这件事,萨罗佩克对他说,你知道吗,4月份我们接近成都的时候,走在街上,还有人过来说,不要走我们家这一边,到街对面去!萨罗佩克说,当时他也很吃惊,因为从云南到四川,人们对他都非常友善,没遇到过这种敌意,所以不免感情受到伤害。当晚,他和美国朋友说起这件事,一位人类学家朋友对他说:"保罗,欢迎来到俱乐部!"

这位人类学家想说的是,当人们感到某种他不能解释的恐惧和压力的时候,就会本能地对外地人、外面的人(也就是俱乐部以外的人)产生疏离和排斥,这是人类社会普遍的现象。但与此同时,这位人类学家说,人的差异非常大,每个人对压力的反应都不一样,这个人对你这样,但他隔壁的邻居也许会对你张开怀抱。果然,萨罗佩克第二天遇到的人，就会邀请他进屋喝茶，好像不存在防疫这个问题。

罗新与萨罗佩克的这段谈话过去不到半小时，他们又走了两公里，到了彭州的一个村子，天气越来越热，他们真的需要休息了。这一回，罗新决定坐在一个村民家外面的大树下乘凉——他不想打扰别人，也不想再被驱逐了。没想到这户人家的主人见了外人，却热情招呼他们进屋坐，在罗新婉拒后，主人感到很不好意思，隔一会儿就出来和他们说说话，还给他们送来了刚摘下洗好的黄瓜解暑。"短短个把小时内，我遇到了两种完全不同的中国人。"罗新说，这让他又一次确认，"（哪怕是）同样一个文化下，个体的差异很大、很丰富。"

萨罗佩克也对罗新说，他从非洲以来的行走中，遇到的都是类似情况：差异就在瞬息之间，你以为到了一个地方是这样一种情况，另一个人马上就（用实际行动）告诉你不是这样的。

于是我们的交谈就从人的不同与相同开始。需要说明的是，以下对话主要来自2022年8月10日和8月11日我与罗新面对面的两次交流，个别问答则取材于2022年9月25日我与罗新通过电话的补充交流。为了保持阅读的完整与流畅，问答顺序略有调整，补充交流的部分亦不单独标注。

罗新　太多人滥用历史，历史学家应该监督对历史的叙述

杨潇 → 杨　　罗新 → 罗

自由是人的天性，人类实现自由是天性决定的

杨：您说的"遇到两种完全不同的中国人"这件事让我想起，您之前在播客"随机波动"里提起，疫情几年让您对"人究竟是怎么回事"有了新的想法。

罗：我跟保罗聊，说你走了十八九个国家，见了不知多少人群、族群，你感觉文化跟文化、国家跟国家到底有什么区别？他说，我不认为有任何区别，在这个（行走的）过程中，你看不到区别，你看到的都是个体，个体跟个体都是一样的。

杨：这个很有意思，本来国家就是人造的，甚至民族都是人建构出来的。

罗：对，个体都是一样的，这就印证了我的一句话——我过去常常想这个问题——个体没有什么大不同。但个体构建起来的整体，就是所谓的集体，现在叫民族国家，差别并不小。这个差别会造成冲突，造成巨大的伤亡、巨大的牺牲、巨大的仇恨。仇恨是有意制造出来的，而且让人认为为此牺牲都是正当的。我问保罗，你怎么认识这一点？他没有正面回答这个问题。我觉

得这个问题还是值得再多深思。

杨： 之前我们聊，人和人的差异很大很丰富，现在我们聊，个体都是一样的。这两个判断如何放在一起来谈？

罗： 我是这样理解的，在（保罗徒步全球）这个意义上，群体的差异很小，你看到的不是中国人和阿富汗人，你看到的是中国人之间的差异、阿富汗人之间的差异。这个差异并不是文化的、地区的、国家的，完全是个体之间的差异。

杨： 这是不是也和他的旅行方式有关？他是行走，有一个渐变的过程，而我们通常是点对点飞过去，很快就能感受到这种差别。

罗： 对他来说，穿越了国境之后，再也没有遇到国家，遇到的都是个体。这是一种很独特的观察世界的方式，因为我们总是以国家为单位来思考世界。

杨： 您刚才说的那段经历，让我想起您说本来想写一本关于长城的书，后来这个题目越做越大，变成想写所有的墙（walls）。

罗： 所有看得见的、看不见的、人造的、用于区隔、用于把人和社会隔离开来的东西。这是我现在思考的问题。

杨：怎么破题？如果真的完成，会是一部什么样的作品？

罗：我不知道，这是一个长期的问题。长城的行走和写作还是会继续，但是我希望自己的思考超越历史景观的长城，延伸到有思想意义的、把人类社会强行区隔开来的人造的wall，或者人造的制度、人造的文化。

杨：2019年年底，疫情爆发前，我在贝尔法斯特旅行，去看了和平墙与泰坦尼克号博物馆，那会儿刚好赶上电影《小丑》上映，我强烈地感觉到船与墙分别代表了开放与封闭这两种时代精神，而历史的钟摆正在悄悄转向。我不知道您怎么看这种摆动的周期？或者，这个周期存在吗？

罗：我不知道这个问题怎么看，但至少从二战以来的时间段来看，船是主要的，墙的因素在下降。只是在过去二十年里，我们突然意识到，有的人还是希望多建一点墙，相当多人觉得墙还是有意义，如果只看冷战后的趋势，我们可能有点天真。但是我有改不掉的乐观主义，至少从我们能够总结的人类历史来看，墙的数量在减少，或者说，至少在价值体系上，墙的价值在降低。

杨：每次我读到斯蒂芬·平克（Steven Pinker）的《人性

中的善良天使》这类为进步与乐观辩护的书,我当然承认他的数据和事实都对,但我也总忍不住想,如果人身处其中,譬如置身一个坏的周期当中,感受大概会不同吧。

罗:对,这是一个时间尺度问题。如果放在两千年的尺度里看,进步就更加鲜明,两千年前绝大多数国家还是奴隶制,很多人口处在和动物一样的法律状态、人生状态,可是今天,至少没有合法的奴隶制了。而人类已经有二十万年的历史,如果放到现代智人的尺度里,两千年也是很短的时间段。

杨:可是人的寿命就是七十年或者八十年,那个尺度对于一个人来说,意义是什么呢?

罗:最大的意义就是,我们一定要跳脱个体的生命尺度。个体的生命尺度,过去甚至只有二三十年。如果我们跳脱这种时间尺度,你会发现,作为一个种类的人,是有巨大变化的,而且变化速度越来越快,而且有一定的方向。过去,人们很讨厌说历史有方向,觉得决定主义特别天真,但是在某些意义上,我们觉得历史有方向。这些方向一定和人的本性有关,比如说,人类本性是向往自由的,任何人都向往自由,当然,任何人也都希望自己比别人过得好,但是毕竟这些人要在一起过，所以最后要协商，协商的结果就是不得不接受他人的平等地位。只要你接受了别人和你是平等的这个前提，最终自由一定会降临人间，这是人性决定的。在这一点上，我特别喜欢清华哲学系教授黄裕生写的《权利的形而上学》，那本书虽然没有明确写这句话，但我觉得（可以概括出来）：自由是人的天性，人类实现自由是天性决定的。我们的天性决定了我们的方向。

杨：我一直很好奇您这种乐观主义的底色从哪里来，是天生的吗，还是和您的研究有关？

罗：我也不知道。我年轻的时候，很熟悉我的人认为我有一种冲动，要扑向黑暗。也许，到中年以后我改变了。

杨：要扑向黑暗指的是？

罗：指的是更期待黑暗，或者说对黑暗更信任。确切地说，不信任这个世界上的光明，不相信会有更好的东西，总觉得会有更糟糕的东西出现。当糟糕的东西出现，我会说，还会有更糟糕的东西。我在三十岁之前差不多就是这样。

杨：和您的家境，比如您祖父的境遇有关？

罗：跟我小时候的经历也许有关联，但不是那么强烈。可能是我青春期前后的阅读，以及上大学前后（的经历），以及80年代末的一些变化造成的，那些变化对我的冲击比较大。

杨：可以说是创伤反应吗？

罗：对，我觉得我在那个时候的心态跟你在今天的心态很像，就是对价值有强烈的渴望，而且对这个价值迟迟不能到来充满愤怒，因此就不相信了，突然就有了一种幻灭感。那个时候一说到这种幻灭感，我的眼泪就下来了，但是很有趣的是，到了90年代中期以后，我发生了很大的变化。

杨：那会儿三十出头，遇到了什么事儿吗？

罗：我不认为有什么现实的（转折点），我觉得是因为我的研究工作、我的学术工作，我大概真正沉浸下来，成为一名学者。我真正成为一名学者——在各个方面，不止在学术表面——在内心深处成为一个学者，是在我做了北大教师之后。在这之前，我的心态是很复杂的。

杨: 会被社会上的东西带着走?

罗: 还有文学青年的一面。太容易下判断,而不是退一步做观察。我觉得学者应该有一点不一样,学者固然要关注现实,但是一个好的学者一定要在关注现实的同时保持距离。我过去做不到。

杨: 我做记者出身,很擅长把一个东西客体化,当你把一个东西变成观察的客体,就好像对它没有那么多情绪了,可能就没那么讨厌了。但我也知道这是"术",而不是"道",我理解您说的应该是"道"。

罗: 对,就是把它变成自己生活的一部分。不过我觉得也很难说,很可能是经过了那样的创伤之后,90年代中后期各个方面的形势都在好转,我能够看到学术在进步,政策在松动,松动的程度超过了80年代。你必须要看到这一点。虽然在政治和思想解放方面远远不如80年代,但是在实践方面,超过了80年代,国家真正在放开。比如自由出国,这在90年代后期之前不可想象,可是在那之后就出现了,一直持续到奥运会。当然奥运会之后有一个余波,真正中国人开始出国旅游是在奥运会之后。

杨: 护照开始变得"值钱"。

罗：对,那是一个余波而已。在这个意义上你又觉得,这个变化可能比80年代更彻底。我自己分析,可能就是这个因素,使得跟我同龄的相当一部分人,一下子变得内在安静下来。即使后来发生这些,也不再急了。真是看出了这种复杂性。

杨：那回过头来说,那种多数时候没法摆脱的个人感受,还是很重要的,对吧?它可能就直接塑造了你这个人的底色。

罗：我们认识世界的方式,在很大程度上取决于我们个人的生命历程,这也是我们的价值所在,每一个人的观察一定和别人不太一样,因为他/她的经历不一样。

学者应该想得透、说得透

杨：读您的《漫长的余生》,写中古前期的佛教传播给慈庆这样的女性带来的不仅仅是精神安慰,"让她明白,她遭受和见证的这么多苦难并非因为她做错了什么,而有着超越当前时间与空间的、深远且神秘的理由"。我读到这里,就感觉您不仅在写那个时代,也有自己的某些东西在里头。

罗：写到这个地方的时候，我特别兴奋，因为在学术意义上，我认为，过去没有人涉及这个话题。做研究的人的特点就是，一旦写到没有人写过的地方，就特别容易兴奋，说明这有学术价值，不管人们接不接受，自己觉得有独创性。

为此我花了很大精力，看了好多基督教早期历史，也很想去读一下印度佛教早期或者印度教早期历史，但是精力顾不过来，只能读一点儿基督教和现代宗教社会学的说法。就是说任何一种新兴的宗教之所以能够传开，一定是因为它给人们带来了某种程度的自由，自由就是解放。所以我想，对于那些没有哲理思考、没有哲学追求、没有受过很好教育的人来说，早期宗教可以让他／她和自己的人生达成和解，这很重要。我觉得最悲惨的事情莫过于，不能跟自己的人生达成和解。读《秋园》那本书的时候，最让我感到难过的是写到她死了以后，兜里有个字条，说这一辈子就这样了，这真的让人伤心。

杨：哪怕自我欺骗也是好的啊。

罗：就是，麻醉也是好的。我们人是文化的产物，麻醉是文化的一部分，是有必要的。你要跟自己达成和解，宗教在一定程度上提供了这个功能。这是伟大的功能，没有宗教、没有信仰的社会很可怕，没有人在死亡面前能够从容。

杨：您觉得您现在找到从容了吗？

罗：我觉得我在逻辑上想透了，跟那些科学家们一样。过去很多人说，人就是要传宗接代，那是对人最大的误解。因为人不是作为生物存在，人是作为文化而存在。你没有孩子，这不是遗憾，你没有文化创造，这才是最大的遗憾。

杨：人有冲动去超越生物学的限制。

罗：对，我想起最近一件挺感动的事，我的老师田余庆先生的去世对我的打击很大，我跟他之间的关系像父子一样，前不久我突然意识到，我跟他的关系比他在世的时候更亲密了，因为我现在随时想到他，做什么事都想到他，好像他仍然在指导我。我经常想，如果他在，会不会同意我这么做？如果处在他的位置，他会怎么做？他在世的时候我从来不想这些，现在想得更多了，也就是说他现在跟我的联系更多。所以，只要他是一个对你有意义的人，他就没有死。更不用说，他的学术创造对未来很多人都有意义。对于亲密的人、家人，他也一直都在。

杨：我们再回到90年代,您从乐观到安静,还有没有其他东西影响您?

罗：这就要说到我自己的老师。他们那一代人经历了那种惊涛骇浪,我们根本没法比,但我看他的生命状态,就产生了一种巨大的宁静的力量。那是特别好的人生,我也愿意过那样的人生。

杨：还是有安身立命的东西,而且是你能掌握的。

罗：对,人文学者的研究看的是个体,不靠团队,甚至也不靠学术条件,就靠自己。

杨：这种宁静感、笃定感,后来有变化吗?

罗：这些方面都没有变化。如果说有变化,其实是到了2008、2009年之后,我觉得我有责任面向更多人来写作。在那之前,我从来没给报刊写过东西。

杨：当时是什么机缘?

罗：应该感谢一个人,就是当时主持《上海书评》工作的陆灏。他经常催我稿,他催一篇我写一篇,我是一个特别愿意被人催的人,你不催我就不写,你一催我就马上写。《有所不为的反叛者》里一大半文章都是他催出来的,甚至《黑毡上的北魏皇帝》都是他催出来的。

杨：我看到您在好几个场合都提到，去普林斯顿高等研究院访问时认识的帕特里克·格里（Patrick J. Geary）教授也对您有很大影响。

罗：对，当然我去之前就对他有所关注，到了那里以后，才真正跟他有亲密的接触，受他影响更大，更觉得那是一个应有的方向。也就是在那个时期，我最经常给《上海书评》写稿子，几乎是每个月写一篇。

杨：您在帕特里克·格里的《民族的神话》中文版新书发布会上提到，"跟他接触之后，我才把很多责任感转化为行为。而且我在学术上，在许多观念上变得更彻底，我过去有那些想法，但是不大敢把它想得太透……"

罗：对，不敢往前走一步，不敢想得太透，也不敢说得太透，因为你想得太透，你就必须说得太透。但是跟帕特里克接触之后，你会觉得如果一个学者的思想不彻底，那么这个学者有问题、境界不高，所以必须在学理上把它说清楚。

杨：我想起我们参加单向街书店文学奖的颁奖典礼时，正是上海封城期间，深刻理解了罗翔在《十三邀》中说的，最希望获得的东西是勇气。

罗：那次活动他们问我,你最近在看什么书,我说我最近在看《续高僧传》,因为我想知道这些人在法难当中怎么反应。因为法难是突然降临的,他们本来以为人生一切正常,突然自己所信仰的不能再信仰了,日常生活要结束了,突然要改变自己的生活轨迹,这个时候你就看到所谓的"岁寒,然后知松柏之后凋也",你就看到那些坚持信仰的人在做什么,也有很多人不敢坚持了,包括一些大人物,去朝廷做官或者还俗。我想看到那些仍然勇敢对抗的人是怎么对抗的,他们愿意做出什么样的牺牲,这种不合作给人很大的力量。

杨：让我想起佛教说的修行,好像所有修炼都在为结束此生那一瞬间的纵身一跃、跳出轮回做准备。我的问题是,为了未来不做出让自己蒙羞的选择,我们此刻可以做哪些修炼?

罗：我倒不觉得我们要把自己的日常生活搞成宗教信仰者的"修炼"。我觉得应该认真过好每一天。我不把它看作是为了未来,而是要为了现在,就是享受现在。就做那些让自己能够满意的事情,这些事情应该有连续性,能够一直做下去,即使未来情况发生很大的变化,这种连续性仍然能够得到保持。

杨：当下，有什么事情是您害怕的吗？

罗：好像没有什么可害怕的了。这个时候能理解《论语》里那句，"君子疾没世而名不称焉"，从我们写作者的角度，是担心没有写出一本自己觉得死而无憾的书，就像司马迁对任安说，等他把手头的《太史公书》写完，怎样都可以。那我现在也可以很遗憾地说，我没有写一本符合少年时候的自我期待、符合那个时候的梦想的书。

杨：那会是一本什么书？

罗：我希望是一本跟我个人生命有很大关系的书。我想回头总结一下自己的少年到青年时代，写一下我所看到的七八十年代。那个时候当然我的年龄太小，不够敏锐，但是70年代跟我的个人情感有最深切的关联。

杨：可否具体说说？

罗：我在十五六岁之前的经历，跟我在十五六岁之后也就是20世纪80年代之后的经历，是很不一样的。那是两个不一样的时代，后面那个时代跟今天联系比较紧密，而前面一个好像是古典世界，从今天的眼光来看是相当黑暗的。但是，也许完全是个人经验，也许跟年龄有关。我现在很容易记起来的是那个时代的事情，我理解社会、理解人，经常要回到那个时代。它主要以画面的形式存在，也是我能记起的最早的年代。对于任何从黑暗时代成长起来的人来说，黑暗也有它温暖的一面，回过头看，其实属于正常人生的一部分。我们每个人都会经历一些不好的时光，但有些美好、温暖的东西是人生重要的力量来源，不可能都被埋葬到遗忘的深渊里，第一不应该，第二也不可能。

杨： 能不能具体描述一个画面？

罗： 我经常想起来的一个画面是我小时候在林场，林场分为总场和分场，总场办了一个子弟学校，我们家在分场，就要去总场的子弟学校上学。当时我上五年级，虽然父亲在总场工作，但他总不在家，所以总是我跟妹妹在一起。每过一两周，我们就要从总场回分场去，要走十公里左右的山路。应该是1976年的端阳节，正好是周六，我和妹妹在山上走了好远的路，到了下大坡的地方，远远看见一个人往上走，是我妈妈背着个包，提着个篮子，她说来给我们送粽子和鸭蛋。我们就坐在路边吃了几个鸭蛋，然后再一起走回分场去。我对这个画面记忆深刻，也许因为第二天，我母亲上班的时候就从墙上摔下来，送去附近五七干校的卫生所做检查,当时干校有很多知识分子,医生的医术很高,好像是在她的腹部摸到了什么东西,让她赶快去大医院检查。等她到了县人民医院做检查,发现是癌症,手术过后又活了一年零三个月。

杨:您是个历史学家,是否想过像何炳棣或者黄仁宇那样,把自己的回忆录编织到大历史里去,用那种"把自己作为方法"的写法?

罗:但对我来说这没有任何吸引力。我只想写个体的故事,相当于任何一个人回望自己的少年时光。

杨:您说的个体回望少年时光,可以说是回到文学吗?

罗:我不敢这样承认,但可能是这样。如果按照历史学的标准,你就会意识到你所关怀的情感和记忆的意义,没有多少存在的空间。它太个人了,跟我们说的历史框架之间没有关联,没办法赋予历史学上的意义。总之是回到个人,以文学还是其他形式,也许不是那么重要。

8月11日一早,我和罗新坐在民宿的院子里边吃早餐边聊天。我们聊旅行文学与非虚构,聊我很喜欢的斯坦贝克(John Steinbeck)写的美国旅行文学名作《横越美国》

(*Travels with Charley: In Search of America*)。罗新告诉我,这本书出版五十周年后,三个美国作者重走了他的横越之路,并研究了他公开发表的所有日记、档案文件,结果很容易地就查证出来,斯坦贝克颠倒了时序,编造了对话,还编造了人物——其中最重要的一个编造是,他在北达科他州遇到了一个导演出身、很生动的人,两个人有一段很长的关于艺术的对话,被认为是斯坦贝克艺术观的重要表达。结果,这段常被研究者引用的对话被证明是虚构的,斯坦贝克根本没到过那个地方,在那儿也不可能出现这么一个人,完全是他设计出的人物、场景和对话。

气温很快升了上来,同样开始上升的还有周围树上蝉鸣的音量。我们所在的这家民宿,位于青莲镇中心两公里外的"李白诗歌小镇",清一色的仿古建筑,但除了几家民宿,没有任何店面开门。我和罗新转移到室内,谈话从旅行文学的真实性开始继续。

非虚构跟史实研究一样,每一步都应该可核查

杨: 大概也有很多人为斯坦贝克辩护吧?

罗: 好多研究者。在斯坦贝克的家乡旧金山附近有一座博物馆,馆长是他的研究者,也写他的传记,他就为他

辩护说：我不觉得那些他编造的部分是反文学的，这也不说明他是一个撒谎者，我反而觉得这延续了他一贯的强烈关注现实的文学风格。

另外一个重要的辩护者是一位很有名的文学批评家，他给《横越美国》五十周年纪念版写了导读。他说，作为一个小说家写的游记，难免在细节上有让我们怀疑的地方，这些细节也确实被核实为编造，但即使是这样，斯坦贝克反映的仍然是那个时代真实的声音，照亮了那个时代，让我们能够理解那个时代。这种辩护有点像我们中国的文学理论总是喜欢说的，本质上是真实的。这位辩护者说，美国20世纪60年代发生或者即将发生的许多重大话题，包括环保问题、移民问题、阶级问题以及最重要的种族问题，在这本书里都有关注，这显示了作者有点像那个时代的先知，在1960年的一次旅行中预言了随后十年美国社会的时代主题。所以他说，在这个意义上，我们不得不说这本书很伟大，哪怕很多细节靠不住。

杨：所谓"本质真实"，不知道您作为历史学家怎么看？

罗：我不认为有本质的真实。我们任何人不能把自己当作上帝，我反对任何人代表时代，我们只是这个时代上亿人当中的一个观察者。我们用自己的眼睛观察这个世界，发现了问题，积极地表达问题，就是我们的责任。如果有本质的真实，也要半个世纪后的人来说这句话。作为（非虚构）个体写作者，只能写自己看见的、自己经历的。

杨：你的时代性、当下性也就在这里。

罗：只在你本人的眼睛里。就像我们昨天聊天，因为我走的是川西丘陵地带，所以对我来说骚扰最大、最令我痛苦的是蝉声，这蝉声如同炸弹在耳朵里炸开（*此时窗外蝉鸣一下子大了起来，好像听到了罗新的抱怨*）。当我把这件事情告诉朋友的时候，朋友马上把《三联生活周刊》的一篇文章发给我，好像是河南一些地方的农民在抱怨今年听不到蝉声，觉得世界特别安静。这突然让我想到了《寂静的春天》，一个没有鸟鸣的、安静的世界也很恐怖。我们处在不同的观察点，在河南农村，也许因为过度使用农药或者其他生态原因，没有蝉鸣了，但是在四川，在我这里，到处都是蝉鸣。我认为这两个声音同时存在，两个现象并不矛盾，没有必要把其中一个声音删掉。

杨：就像您之前说过的，彼此竞争的声音。

罗：对，正是各种声音都发出来，我们才知道这个世界是什么样的，否则我们以为这个世界就是某一个点上的样子。

杨：为斯坦贝克辩护的批评家所用的论据，其实是后见之明。

罗：而且是他的观察点而已，都未必是真实的。20世纪60年代还有许多别的重要的事情在发生，比如人们对太空的探索，从长远来看，也许只有对太空的探索才是人们真正向未来迈出的一大步，当然我们现在不知道。所以，匆匆忙忙地总结历史、概括时代，是很危险的。因为大家的时间尺度、历史尺度不一样。

杨：有时候人们会评价某个人的思想和洞察有"历史穿透力"，您怎么看类似这种说法？进一步说，存在"历史真实"吗？还是说，历史只是不同记忆版本的彼此竞争？

罗：我认为历史就是一场竞争，不同的版本、不同的声音、不同的观察、不同的记忆、不同的感受之间的竞争。如果说有历史穿透力，我想说，那只是因为更多的人有同样的感受而已，这些感受没有被表达出来，声音被覆盖、被压制，现在有一个人把这个声音发出来了，我们会感激他／她，说那是有历史穿透力。但这种声音也不可能是唯一的，中国现在有14亿人，你说出了7亿人的声音，毫无疑问很伟大，但还有7亿人的声音没有说出来，你不能说他们的感受不是感受。

杨：我们继续聊旅行文学，我看到2018年您接受《南方都市报》采访时说，"我甚至今后想在以非虚构为主的旅行写作里，纳入进虚构的内容，把幻想的部分也放进去"，您在这里指的应该是另外的意思？

罗：对，正好最近有人就《漫长的余生》问我，他把我的书和《王氏之死》对比，说后者用到了诗词，甚至用到了《聊斋志异》这些文学的、显然是虚构的素材来研究那个时代。我就跟他说，这些文学素材的使用，关键在于它们不是史景迁编的，而是跟王氏同一时代的人编的。也就是说，文学性的素材，只要它属于那个时代，而不是作者今天创造的，也可以当作历史资料来用，而且史景迁也一一注明了出处。就像我们说的，以诗证史。如果我写一篇非虚构文章，里头出现了白日梦，我就得告诉读者这是白日梦，不能说我在走路，走着走着碰到了孙悟空。所以，素材来源很重要，目的很重要，如何使用很重要。

杨：目的很重要，指的是？

罗：一定要把目的说出来，让读者知道你为什么这么做。非虚构最重要的就是这些原则，你得诚实，在各方面诚实，在技术上诚实，在思想上诚实。

杨：您提到希望把幻想放进旅行文学，我就想起一个常常被使用的技术：退思。

罗：我觉得要谨慎使用，因为这涉及一个问题：无法检查。

杨：但脑袋里的想法也很难核查。

罗：也应该说清楚这是什么时候的想法，不能把我现在的想法放到昨天的旅行中。我觉得非虚构一定要控制技术，就跟我们史实研究一样，每一步都可核查。

杨：有时候也想，这样会不会太严苛了？

罗：至少在初始阶段，有严格的标准是很重要的，跟学生开始写论文时有技术环节的要求一样。有的学生会觉得，写这么一小篇论文，要加那么多注释，是不是太繁琐、啰嗦？但这是训练，如果你把这个原则养成习惯，未来就不会犯很大的错误。如果你一上来就东拉西扯，不太在乎这些原则，是很危险的。随着你名气越来越大，写得越来越多，谁知道你将来会写到哪儿去呢？

杨：我知道您曾经特别强调不能"二次猜想"。

罗：不能把你的猜想当作下一个猜想的根据。

杨：好像不只是写作或者做学术,社交媒体上那些言之凿凿的"分析"都很容易犯这个错误。

罗：这是最容易犯的错误,我们日常生活中的思考都容易犯这个错误。我们假定了什么,就把这个假定当真。

想象力和创造力,在一定程度上就是勇气

杨：那对历史学家来说,想象力意味着什么?

罗：我觉得最大的想象力是,你提什么问题。我们做历史的经常说,重要的不是解决和回答问题,而是提问题。一个简单的例子,陶渊明写《桃花源记》,讲了一个故事,这个故事成为中国文化非常重要的成果,没有人不知道,但是严肃的历史学家过去没有把它当作一个史学问题来对待,因为这是文学作品,可是到了1936年,陈寅恪先生就写了一篇文章,他认为《桃花源记》是一部虚构作品,但也许在一定层面上又是纪实的,因为他得依靠一点现实的根据才能够幻想这么一个故事。这个现实的依据是什么?他就提出这个

问题来。当然,这还不是史学层面的问题,史学层面的问题是,"桃花源"是不是可能是真实的?是不是跟那个时代人们逃难经常用的坞壁(位于深山当中的建筑,宋代以后叫寨子)有关联?到这里,就变成一个史学问题了。我认为这是一个伟大的历史想象。虽然他接下来的论证,以及这个想象本身,我更倾向于不接受,但我得承认,这是一个伟大的想象。

二十年后,到了1956年,另一位伟大的历史学家唐长孺也写了一篇文章论证这个话题,也是在找实证的部分。他说,我想论证,桃花源是不是中古时代蛮人的家乡?国家正好缺兵、缺粮,这是不是蛮人社会被中央王朝强行纳入国家体系的早期阶段?所以,桃花源的发现,其实是桃花源时代的结束,也就是古典公社的结束。唐先生用了很多材料来佐证,我倾向于赞成这个说法。也可能未来会出现第三种想象,但我认为这两者都是伟大的想象,都做出了伟大的论证。我把这个叫作历史学家的想象力。

杨:拥有这种想象力必要的素质是什么?

罗:不知道,想象力就是创造力,没有办法的。大家都有同样的素养,读了同样多的书,这个不难,比他们读书多的人肯定有,但你不得不说,就史学创造力而言，陈寅恪先生和唐长孺先生在他们分别所处的时代都是最好的。

杨：您能再试着具体描述一下创造力吗？比如，是发现事物之间联系的能力？甚至，是脑洞？

罗：创造力是一个神秘的话题，或者说带有一定的神秘性，咱们得承认这一点，但不应该把它神秘化。可我还是想说，回过头来看学术史，有些人就拥有特别的创造力。这跟渊博无关。想象力和创造力，我觉得在一定程度上就是勇气。有时候你走到那个边上了，自己告诉自己，不要去想，太危险了，再往前走一步是不是要犯错误，错了就是笑话。现在还有许多人喜欢揪别人的"硬伤"，所以很多人会主动地停止想象。我强调思想要彻底，一个思想不彻底的人是没有想象力的。这里就存在一个问题：提出一个重要的学术问题与论证这个学术问题所使用的技术手段之间是有落差的。有时候论证可能有瑕疵、不完美，但并不妨碍这个学术上的想象有价值，有时候一个不完美的论证对学术创造力、学术贡献没有伤害，这是两个层面的问题。

杨：我读《邻人：波兰小镇耶德瓦布内中犹太群体的灭

亡》那本书，有句话我印象很深："要想清楚认识极权主义真正的毁灭性，光用已经发生的事去衡量远远不够，我们还必须看见那些未发生的事情……未被想到的想法、未被感受到的感觉、未被完成的作品、未能自然终结的生命。"——作为历史学家，怎么去看见那些"未发生的事情"、"未被想到的想法"？

罗： 历史学家不处理这些问题，因为没有材料。但是，历史学家要面对的问题是，把一个制度的潜力说出来，把一个体系的丰富性阐述出来。比如我们说皇权，就要说出它的潜力，皇权并不在任何时候都发挥作用，当它没有发挥作用的时候，并不是它的破例，而是它的延伸。这个时候我说思想要彻底，要用彻底的方式来解决这个问题，而不是说，我们只看到实践。比如，虽然是法西斯，但是有些法西斯很友好，这些德国人来了还给我糖吃，如果只看到人性温暖的一面，看不到机器本身（的潜力），就像狱卒给了你一个馒头，你不能由此认为监狱挺好，（给你馒头的行为）其实是对制度的破坏。我们讨论的是制度，就要把制度充分地阐述。

杨： 昨天我们讨论勇气，更多的是道德勇气，今天则说的是专业研究上的勇气，我好奇勇气是不是一个连接点,两方面在这里会合,有一种合一的整体的感觉?

罗:在我这里,是一致的。学术勇气,理论勇气,思想勇气,道德勇气,说的是一种勇气。

杨:我之前从没有从勇气的角度想过知行合一这件事。

罗:你有没有胆量去面对危险的时刻,在学术上这种时刻经常出现。

杨:把我们刚刚所讨论的,落到您刚刚出版的《漫长的余生》这本书里,您遇到的危险是什么?

罗:关于宗教这部分就是如此,因为不是我的所长,我的同事里有很多人对佛教、佛教史比我熟悉不知道多少倍,我的学生里也有这样的人,我在这方面很弱,不要说有研究,连重要文献都没有好好读过。照说讨论这样的问题很危险,很容易犯一些基本的错误,但是呢,我又觉得这是一个有趣的方向,也是一个有价值的方向,这个时候是勇气帮助了我,不管是帮我取得了一个成绩,还是帮我犯了一个会被人嘲笑的错误。我就勇敢地往前多走了一步。

杨:可能您要克服的一个心理就是害怕贻笑大方。

罗:对呀,就是贻笑大方,以我这个年龄,再贻笑大方是很危险的事情（笑），特别是被年轻人嘲笑。但我后来克服了这个心理，我想，即使我在某些细节上会有错误，这是难免的，我不可能避免，但是，这不影响我思考的方向，我甚至想，也许我还提示了别人，这是一个有价值的方向，虽然我没有能力深入下去，希望有能力的人将来深入下去。

杨：另一方面也是智识上引发了您的强烈兴趣。
罗：就像在过去土墙的墙洞里，看到了里头的许多风景，看到了活生生的社会。虽然就是一孔之见，你也进不去，但你知道里头有风景，所以你想告诉别人，那种兴奋感是忍不住的，所以就要写出来。

过去的人跟今天的人，在人性意义上是同一种人

杨：我们继续说猜想。一方面您说的猜想需要勇气，另一方面我读您的书觉得很有意思的是，您从"人同此心"的角度去进行猜想，就是古人和今人在人性上并没有什么不同，比如说都会心疼眷顾自己的子女。
罗：对，这样猜想的基础就是爱。我想，人的爱，大概自有人类以来没有什么不同——至少父母和子女的爱是

罗新　太多人滥用历史，历史学家应该监督对历史的叙述

人类很深刻的情感之一，不独属于某一个社会，属于所有的人类。在这个意义上，我就在猜想——这是一个很重要的推想：在埋葬自己的父亲母亲的时候，大家悲伤的心情差不多，因此，如果有物质条件来做墓志的都会做，并不是只给父亲做，不给母亲做。这也符合我们今天了解的北朝墓志的现状，也就是说，墓志更容易体现性别的平等。

从历史回忆来说，一家人过不了几代就不知道自己的祖母、曾祖母叫什么、姓什么了，但只要有条件，特别是在重家族世系的时代，都会把父亲这边的亲人说得清清楚楚，母亲这边就无所谓了，女人就从族谱里面消失了。可是，在儿子这一代人时，写墓志时还保留着母亲的名字，所以，通常我们只有在这一刻才知道她叫什么名字。名字才是真正的身份（identity），姓只是她的父姓，只有名字才是人。所以，在正史里面，找到有名字的女性非常难，出现在正史中的女性绝大多数没有名字，更何况，出现在正史中的女性在所有女性中所占的比例不到千万分之一。所以，墓志在很大程度上更接近历史真实。这个猜测的基础就是爱，在母亲棺材面前落的泪，一定不是假的泪，在这个意义上，我们会觉得一千五百年前的人其实是跟我们一样的人。

杨：您也曾说过，我所有的理解能力都来自当下，我们观察了现实，理解得越深，对历史的理解就越深，而不是一般人以为的，越理解历史，也就越理解现实。

罗：我相信有的人是读了历史书，才终于知道现在是怎么回事，但我想说的是，对于研究历史的人来说，你要想有创造性的成绩，要想理解得深刻，那一定是出于对现实更深刻的观察。因为过去不存在了，所以对于过去很容易浪漫化、过度想象，或者出于对自己的理性忠诚而对过去产生不可知的态度，但出于专业工作的需要，又不得不想办法去理解过去，所以在这个过程中存在好多问题。可是你由于观察现实、体察现实，有时候会很意外地终于明白过去那个事是怎么回事，因为人的变化是不大的，社会的变化是有限的，过去的人跟今天的人，在人性意义上，一定是同一种人，没有什么不一样。正因为这样，才能够理解过去。

杨：说到这里，我就想起以前在一本非虚构教材里读到的话，大意是，写作的创新是在文本意义上的创新，而最终的母题，往往在某种程度都是"陈词滥调"，就是那几个母题，爱、死亡、别离……

罗：即使是历史，也是讨论这几个话题。

杨：借由这些永恒的母题，一部历史作品也走向了文学，具有了文学性。

罗：对。

杨：我有时也想，母题人人都了解清楚，但为什么大多数写作者并没有完成好的作品？

罗：我觉得是历史资料设置了障碍。我们称之为史料的这些东西，是古人设置的，有的是竞争的结果，有的可以说是刻意安排的结果，比如正史就是刻意安排的结果。那些东西对我们今人来说，是宝贵的财富，也是巨大的负担——它设置了我们认识那个时代的障碍。很多人不能穿透那些障碍，里面有太多的陷阱：对权力的崇拜，对胜利者的崇拜，对民间痛苦的掩盖，对皇帝的景仰爱戴，后来的读者很容易跌入这些陷阱。为什么那么多的史学家终其一生都在写皇帝，不但写皇帝，还加一个"大"字，比如"康熙大帝"，这就是进了史料的陷阱。

杨：就像不停给神像上面刷东西。

罗：因为人内心深处的弱点、本性之一，就是对权力、对力量的向往，还有代入，有时候把自己想成了像皇帝一样，那么高明、那么威风、那么有力量的一个人，所以就爱看他如何展示这些力量和智慧。

杨：但有时候也确实受制于材料，比如您写《漫长的余生》，想要重建宫内宫外普通人的生活就非常困难，比如我作为读者想了解那时候普通人吃什么，但书里就只写到了板栗，是确实没有这方面的材料对吧？

罗：没有。南北朝都是政治史材料，没有社会史材料，（社会史材料）是唐宋以后才开始多起来。

警惕将现实与历史做直接性的类比

杨：还想跟您聊聊当下性的问题。您翻译的《历史学家的道义责任》那篇文章里提出，不要相信什么终极版的研究，"我们所提的问题部分地来自历史传统，但更多来自我们各自的当前社会。这便是为什么历史会一再重写，因为每一代所要了解的过去的事和方面各有不同"。帕特里克·格里举了两个例子，十字军研究和蛮族入侵在西方很热门，背景是文明冲突与难民危机，如果你把十字军写成当今世界的预兆，书想必会好卖——如果我从非虚构写作角度去理解这件事，我也会觉得，我们要非常小心简单的类比，小心各种隐喻，甚至小心各种押韵，是吗？

罗：这是很难避免的事情。因为和历史做各种类比，是我们基本的思维方式，没有办法。我们喜欢用过去来思考现在，比方说，在近十几年时间里，中国思想界甚至史学界相当多的人开始关注纳粹，包括我自己，我觉得这不是学术研究，而是思想焦虑，就是想看德国是怎么从一个欣欣向荣的欧洲后起之秀，在一百年内走到了现代性中最失败的典型。

用各种历史来作为我们的思想素材，是因为我们无法理解现实，现实太混乱、太复杂，你无法做那种观摩和抽象。但历史好像是别人替我们抽象好了，我们只要去阅读就好，而现实是无法阅读的。我们在写作中是不是要警惕这种类比？当然。可是难以避免，这是人类文化的一种结构性特征。

杨：这就是帕特里克·格里说的，从20世纪60年代他还是本科生起，就不停听到"相关性"这个说法，你没法回避这种历史与现实有相关性的要求。

罗：对。需要警惕的是，不要走得太远，不要做这种直接性的类比，你看那时候都发生了什么，因此我们接下来也要发生这种事情，这种类比很危险。历史甚至连韵都不一定押，更不要说重复了，因为历史条件是不同的。

杨：从这个角度看，在柏林的欧洲被害犹太人纪念碑下面的永久展览里，一进去就能看见普里莫·莱维（Primo Levi）的那句话，"它发生过，因此它有可能再度发生"（It happened, therefore it can happen again），其实是政治性语言，而不是历史性语言？

罗：也许是政治性语言，也许是道德性语言，毫无疑问它有意义，它让我们警惕，我们今天的行为，都有后果。过去的人的行为已经有了这种后果，这种警告本身，就会使得历史无法重复。

杨：有意思，我就想起您在若干场合都说过，今天我们做的各种事情、各种选择，都会对未来有影响，并不存在一个命定的结果。

罗：而且所有人的行为都会有意义，甚至一句话都有意义。

杨：我还想起1937年的时候，美国《新共和》（*The New Republic*）杂志以"民主制度在衰落吗"为主题邀请罗素、杜威等著名学者撰文探讨，意大利历史学家克罗齐（Benedetto Croce）拒绝了约稿，他把这种问题形容为"气象学"，他说，这就好比在问：今天会下雨吗？我是不是得带把伞？但政治问题不是天气问题，它不是自然界施加给我们不可抗的神力，它可以被我们影响甚至改变,每个人都是其中的一分子。但如果你用后见之明去看克罗齐的回答,你会感叹,那可是1937年啊,那已经是一个什么样的欧洲,法西斯如日中天,二战近在眼前……我就忍不住想克罗齐到底是什么心态?是他真的相信,还是他选择相信?包括当我们讨论乐观的时候,我也忍不住想,到底是我们真的乐观,还是我们在选择乐观?

罗: 我觉得不好分,是我只能这样想,还是我可以选择不去那样想,我也不知道。

今天读到的历史不是过去,而是对过去的认识

杨: 因为我自己在写一本关于德国的书,也很想跟您聊聊历史与记忆相关的问题。耶鲁大学历史系教授大卫·W. 布莱特(David W. Blight)写过一篇文章讨论记忆勃兴("The Memory Boom: Why and Why Now?"),他提到,在1980年前,很少看到有论文以"记忆"作为标题,但现在它到处都是。虽然也引起一些反弹,但只要你承认叙事不可能完全中立,就会面临彼此竞争的叙事(competing narratives)的问题。您怎么看史学研究的记忆转向?

罗： 在中国，大概是近五年，在历史论文或者相关的历史讨论里，关于"记忆"的词也发生了爆炸式的增长。把历史跟记忆做清晰的关联，认为历史是一种记忆，这个特别重要，因为在这之前，我们会想，历史是过去发生的事情，现在我们知道，它其实是记忆，而记忆本身是流动的、可变的、不稳定的。所以这个变化（记忆转向）是很积极的变化，对我这样的专业工作者来说，很乐于看到这样的发展。把我们已有的历史叙述，不管是历史著作、教材，还是日常历史的各种说法，都看作是对记忆的某种整理。

杨： 为什么是近五年？

罗： 也许与国外的学术有关，毕竟有一个传播的过程。要接受一个新的说法，要承认历史是流动的、可变的，还是比较难的。过去的人们通常接受未来是流动的、可变的，但是过去已经发生了、固定了，还能有什么变动呢？过去当然是不能改变的，但是对过去的认识一直在改变，而我们今天读到的历史，不是过去，而是对过去的认识。

杨： 补充一句，您说历史是一直改变的，并不是指历史上某个协定、某件事没有发生。

罗：对,如果这是事实(facts),facts是不能改变的,但对这个facts的认识和说法在不断改变,它的原因、后果、关联、短期和长期的影响,这些就是历史,它不断在改变。

杨：布莱特还说,记忆勃兴之后,那些曾被历史学家嘲弄为"神话"(myth)的东西,在20世纪80和90年代都进入了记忆研究领域……历史学家们一直致力于纠正神话,但在此之前,我们得先知道为什么这些神话得以扎根又绵绵不绝——有时候我会想,对记忆的关注是不是在某种程度上纵容了神话?

罗：但只有把神话也纳入到视野里去,才可能公平地对待过去。神话也有其道理,就像美国建国史上那些国父的神话,在美国从松散的邦联变成一个国家的过程中,发挥了重要作用。这些神话本身在美国史研究中已经被慢慢打破了,并不影响人们仍然讲述这些神话,也并没有削弱这些国父的形象,但人们不再简单地相信,只要照着这些国父们设计的道路走下去,未来就一定是康庄大道,人们认识到美国的诞生是相当多偶然因素混合的结果,而不是几个绝顶聪明的人简单设计的结果。

杨：在破除神话与研究神话上，中国和西方是否处在不同的阶段和语境当中？

罗：现在一个时髦的话题就是关于文明的起源，讨论东亚大陆上的古代文明是怎么发生的、什么时候发生、以哪个地方为中心等等。这种研究可以说带有现代科学性，跟传统历史学中关于"（夏商周）三代"的叙述有一定关联。这个关联如何发生，如何去做比较，就成为一个很热门的话题。我们都知道20世纪20年代，在顾颉刚的《古史辨》之后，中国古代历史与中国古代文献里关于夏商周乃至三皇五帝的记载就被否定了，在这之后，一定程度上可以说中国现代史学就成立了。这是很重要的，你可以说顾颉刚打掉了一个神话，而且这个神话被打得如此之彻底，推动了整个历史学科的发展，让史学方法发生了重大的变化。

但是很有趣的是，不到八九十年之后，又有一批人说，我们要走出疑古时代，要进入释古时代，也就是重新看待古代文献，那些文献记录不一定准确，但是有它的道理。这是一种新的对于古代神话的认识，并不是回到了顾颉刚之前，它进入了一个新的语境。但是，在这个语境下，有人就往前多走了一步，不但相信夏商周存在，而且相信更早的时代也存在，特别是在某种现实利益的驱动下，把中华文明往前推。这种认识背后的思想方法,是认为所谓的文明是单一因素、单一地域、单一人群的成果,我相信这在现代西方学术界是不可能接受的事情,但成了中国一部分学者努力的方向,也许不只是学者,还有更重要的力量在背后起作用。我认为这已经是一个神话版的文明史,但现在成了相当重要的一个话题。

杨: 您在介绍帕特里克·格里教授的《历史、记忆与书写》一书的"编者的话"里引用了他的几段话,非常有力量:"现代史学诞生于19世纪,其孕育与发展都是为欧洲民族主义服务的。作为民族主义意识形态的一个工具,欧洲各民族的历史书写取得了巨大的成功,但也使得我们对过去的理解变成了一个富有毒害的垃圾场,塞满了族群民族主义的毒物,其毒性已深深渗入社会大众的思想意识。"

罗: 挺有意思,我最近看我挺喜欢的耶鲁大学历史学家蒂莫西·施耐德(Timothy Snyder)这学期在耶鲁开的一门课《现代乌克兰的形成》,这门课的每一讲都上网,他在课里提出一个"深地理"(deep geography)的概念,说的就是帕特里克说的我们关于民族主义、关于历史的那些错误的理解。我们的历史教育里已经深深灌满了这些东西。因为我们的历史就是这样讲过来的，一代一代都这样讲，一代一代反复确认前一代人的话。我们的教育，无非就是对过去的确认。这样就形成了"深地理"，作为我们基本思维的深层、底盘，这就是民族主义。

杨：我记得您在《有所不为的反叛者》里提到，历史学家除了要确认神话，也要挑战神话，那么这个生产机制到底是怎么回事？

罗：有意思的话题。历史学家几乎都在做一些新的创作，要不然就不是一个够资质的学者，但总的来说，我们一生的工作都是对前面学者工作的确认，包括我自己在内，只在某些自己特别关注的问题上有所批判，努力提出新的说法。而提出的这些新说法，有的会被以后的学者所确认。历史上只有少数伟大的学者是推倒重来的人物，那是划时代的大思想家。

杨：在"深地理"的语境里，您会怎么思考我们的历史教育？

罗：我认为全面地改造绝对不是短期内能够做到的事情，即使是在非常自由的教育和言论环境下，因为那会对公众心理构成太大的挑战。但重要的是，在最基本的层面上，把那些基本概念、基本观念一点一点地澄清，并在这个基础上对某些事实做出矫正。比如，现在已经有人做的工作，一点一滴地矫正近代历史当中那些过去被当作教科书的基本内容、被当作"事实"来传播的内容。当然，这很难在通盘上撼动整个框架，但也许这些工作积累到一定程度，在未来某个时代条件的帮助下，会发生改变。

杨： 帕特里克说的一句话很有意思，"作为历史学家，我们的工作常常是做过去的看门狗，如果人们错用过去，我们就得在夜里吠叫，有时候还得撕咬，不过别指望会讨人喜欢。没人喜欢看门狗，可是看门狗很重要"——我是新闻业出身，看门狗（watchdog）更是新闻界自诩的使命，要监督权力。但也有相似性，要把过去据为己有的往往是权力。

罗： 历史学家作为看门狗，监督的是对历史的叙述，因为太多的人喜欢滥用历史。我们随时随地都在用历史，但大概主要是错误的使用。历史学家的责任是，通过训练自己，通过训练下一代的历史学家，通过写作好的历史著作，让更多的公众学习怎样使用历史。看门狗的意义就在这里。前面我们讲到，历史思维是我们人类思维的本质特征，是人类文化的结构性特征，既然这样，如何使用历史就变得特别重要。有人说，历史学家是去研究那些未知的东西，发现历史真相，那些说法不是没有道理，但我觉得更重要的是，去训练自己如何使用历史，防止人们滥用历史。

杨： 帕特里克也说过，"历史学是一个批判性的学科。批判性不是指说坏话，而是独立地思考过去及其与当前的关系，且不惮于加以区分；即使社会大众中间流行的是另一种主张，他们热烈地想要把过去与当今联系起来，为正当化当今而想象过去"——这里就来到了历史与记忆的区分问题，如果说历史只是彼此竞争的不同版本的记忆的话，那历史学家守护的到底又是什么？

罗： 守护的是方法。

杨： 而不是特定事实？

罗： 对。方法可以简化为技术性原则。没有什么事实是必须要守护的，因为事实本身需要反复论证。你使用了什么技术手段，呈现你认为真实的历史，我可以进行检验——历史学家就是来检验这个。

现实的发展难以理解,历史并不能帮我们太多

杨:这几年因为国际国内大环境的不确定性,我有一个切身的感受,越来越多的人都转向历史。一个高度不确定的年代,往前看不再构成信心的来源,往后看,历史是不是就成为人们的某种安慰?

罗:我最近因为备课,看了一些国外历史学家对历史有什么意义的讨论,他们也说,在近十几年里面,历史作品受欢迎的程度超出了他们的预期,包括一些意想不到的题目也被写了出来,不只是专业历史学家,记者、编辑等等也开始大量地写历史题材,去一趟书店就能看到这个巨大的时代潮流。学院派历史学家们试图理解这种现象,我看到有的美国学者认为,可能是当前时代有巨大的不确定性,不确定性越强烈,人们对确定性的追求就只能在历史找到。历史能给人带来稳定感,因为它和现在有关联,有稳定性、连续性的一面。我不知道这样的解释对中国是不是也有参考价值。

我从前几年开始,比较多在非学术的环境里跟人聊天交谈,那时候我也注意到了,为什么这么多人开始关心历史,毕竟这是一个相对冷门、在时代洪流里也不关于未来的学科。我当时说,当前社会有一种对于历

史的焦虑,现在看,是不是我当时的感觉是错误的?对于历史的关注,反映的不是对历史的焦虑,而是对现实的焦虑。对现实难以把控、对现实的发展也难以理解的时候,是不是就不由自主地开始关心过去?

杨: 对于这种趋势,您有什么提醒吗?

罗: 我不知道人们是不是想要从历史中得到一些答案,或者好的指引,如果是这种情况,我想说,我相信过去不能帮我们太多。你从过去中寻找,可能得不到那些答案。

杨: 也许更多的还是一种陪伴、一种安慰?

罗: 我觉得更多的是一种安慰,甚至是一种麻醉。

杨: 对于一个专业的历史学者来说,这种安慰存在吗?需要吗?

罗: 对我来说不存在,因为这是我的工作。在专业历史工作者中,反倒有一种比较强烈的对现实的焦虑,我研究的东西跟我们的现在是什么关系?这恐怕是一个长期存在、持续存在的焦虑,涉及意义的问题。

杨: 转向历史还有另外一面,是当人们无法获得正义时,就寄希望于历史来审判,我的问题是,历史会是一个好的法官吗?

罗: 我不知道怎么回答。我觉得这是一种想象,可能跟麻醉也差不多。你感到无力,就把它推给别的你认为有力量的东西。

杨: 每次一件大事发生后,人们都说"不要忘记"、"要记住"。但你要记录下来,才能让未来的人们看到,毕竟,未来的人们也面临不同版本的记忆的竞争。

罗: 在这个意义上,(记录)是有意义的。比如说,在各地因为过度防疫受到伤害的人,如果做不了别的事情,就做记录,为历史、为未来留下材料,我觉得这是有意义的。你心中有这样的历史感,你认为你的记录有价值。记录也是一种行动,而不是简单地说我没有办法,我推给历史,和现实没有关系。我觉得记录现实就是一种抵抗,就是一种行动,而且是现实的行动、负责任的行动。在这个意义上,记录的人,就是行动的人。

杨: 如果再往前推,也是我这两年会想的问题,就是"创造"这件事情,是否可以作为信仰的替代品?

罗: 不一样,我相信这两者不能互相取代。但是,抓住其中一个也很重要。尤其是对受过良好教育的人来说，对自我有一点期待，希望将来总有人能认识到创造的意义，在这个意义上，你容易有成就感。

杨：但如果没有解决信仰的问题，恐怕还是会有空虚的时候。

罗：那是难免的。也许那是创造的动力之一。

杨：您怎么看天赋和运气在您生命中发挥的作用？

罗：我还是更相信运气（笑）。所谓运气指的是条件。我不太相信天赋。在我的一生当中，从学习到工作，接触到不少天分很高的人，有的人的能力是我根本无法想象的，但是我觉得，几乎所有人都具有某些方面的天赋，有没有运气发挥这个天赋，才是关键。

杨：人们不太喜欢谈论运气，因为如果承认运气，人们获得的一切就显得没有那么理所当然。

罗：对，其实都是靠运气。正是在这个意义上，我们重视与不平等做斗争是非常重要的，这种斗争才能使更多人获得运气，也就是获得帮助他们发挥天赋的外在条件。

杨：在这个语境下，您怎么描述您这一代人？

罗：我们这一代人就是运气特别好。当我们进入到中学教育的关键时期，高考恢复了，后来能够继续读书，上大学。如果"文革"再晚五年结束，我这一代人中就只有极少数有机会接受高等教育，绝大多数人连好好读书的条件都没有，我可能就是一个林场的工人了。

杨：还有一个和创造相关的问题，因为最近大家都比较苦闷，我和朋友们有时就会交流这种苦闷。我的两个朋友，他们彼此不认识，也都是写作者，不约而同提到了"沉潜"和"淬炼"的态度。

罗：从个人体会来说，虽然我生在60年代，成长在70年代，受高等教育是80年代，很明显是一个上升期，然后又经历经济腾飞时期，到现在又面对这样令人焦虑的变化，但我觉得不只是我这一代人有焦虑和内在的动荡。但是这些经历在多大程度上能够成为财富，我觉得不好说。我相信经历是财富，但如何变成财富，我不知道。

杨：简单地把苦难理解为财富是很糟糕的一件事。

罗：很糟糕，我不能接受。我不会为了让自己的孩子成才，就把他推到黑暗当中去。但是我相信，处理得好的话，这些经历会是财富，但是对很多人来说，不容易处理好。也就是说，经历过荣华富贵，再经历萧条贫寒，是不是都能成为曹雪芹？所以成为财富是偶然的，不成为财富可能是必然的。

杨： 您思考过这个转换的过程是怎样的吗？

罗： 我觉得这得分不同的人。对思想者来说，就是要勇于思考，有道德勇气把问题想透。过去，你在上升期不容易想到的问题，到了这个时刻，你终于有机会看到问题的另一面，把这个问题往前推进，这个时候需要道德勇气，因为可能不只是个人痛苦，也可能出现外在的不安全感。对于写作的人来说，要善于表达，善于把挫折转化为自己的动力和财富。你也可以不说出来，但你在心里说清楚，在心里反复说。但绝大多数人，有自我保护的本能：干吗非得想清楚这个事呢？大多数人都是这样。

杨： 但对于创作者来说，太过直抒胸臆恐怕就不太容易再有淬炼和沉潜。

罗： 你要找到更合适的形式，在危险中找到形式是很宝贵的，而且形式才是创造，直抒胸臆不是创造。所以，一方面是道德勇气，一方面要找到属于自己的形式，属于自己的声音，把它表达出来。那才是对文化的贡献。

项飙、迈克尔·桑德尔 / 走出对成功的崇拜——从精英的傲慢看优绩主义陷阱

采访

范西林

整理

蔡芷芩

项飙	1972年生于浙江温州,1995年在北京大学社会学系完成本科学习,1998年获硕士学位,2003年获英国牛津大学社会人类学博士学位。现为德国马克斯·普朗克社会人类学研究所所长。著有《跨越边界的社区:北京"浙江村"的生活史》《全球"猎身":世界信息产业和印度技术劳工》等。
迈克尔·桑德尔 (Michael J. Sandel)	著名哲学家,哈佛大学政治哲学教授,美国艺术与科学院院士,索邦大学客座教授,牛津大学博士。桑德尔是社群主义代表人物,坚持批判自由主义的个人观,反思公共生活与公民问题,其代表作《公正》《金钱不能买什么》被翻译成27种语言,畅销全球并引起热议。美国政治学会授予其特别成就奖,《外交政策》评选他为"全球杰出思想家"之一。桑德尔致力于"公民教育"的通识理念,他的传奇公开课《公正》是哈佛大学历史上累计听课人数最多的课程之一,也是哈佛大学第一门在网上免费开放的课程。
范西林	牛津大学政治经济哲学(PPE)大三学生,2022牛津中国论坛副主席。

90年代,《哈佛女孩刘亦婷》曾风靡全中国,而现在,我们又有了一位新的偶像,谷爱凌——年仅18岁的自由式滑雪世界冠军,还以极优异的SAT成绩被斯坦福大学录取,在中美两国都成为了新的标志性人物。

我们从小就被教育:只要我们足够努力,就能进入好大学,实现阶层上升。正如谷爱凌所说:"只要足够渴望和足够努力,我就能做到任何事情。"这就是优绩主义(meritocracy)教导我们的。因此我们也自然而然地认为,如果我们没能成功,就是因为我们没有那么渴望或是不够努力。带着这种想法,刷题和课外班填满了无数中国学生的生活,但是只有极少数人能功成名就。

所以,优绩主义制的赢家是否真的是靠意志力或努力而取得成功?还是说,我们的成功很大程度取决于家庭、智商、性别和健康等运气因素?既然优绩主义没能带来理想中的社会,而是给中国和美国都带来了日益加剧的不平等和阶层固化,我们真的能问心无愧地享受胜利的果实吗?如果优绩主义不能塑造一个公正的社会,那我们该如何摆脱不平等的困境?

在今年的牛津中国论坛（Oxford China Forum，简称OCF）上，哈佛大学政治哲学教授迈克尔·桑德尔和马克斯·普朗克人类学研究所教授项飙受邀，以桑德尔教授的近作《精英的傲慢》（*The Tyranny of Merit*）为出发点，对今天我们应该如何认识成功提出了各自的看法，他们探讨优绩主义背后的陷阱，社会不平等的运作机制，也为普通人如何能在这样的社会竞争中找到自己的价值寻找答案。

范西林 → 范　　项飙 → 项　　迈克尔·桑德尔 → 桑

"择优录取"的优绩主义为什么成为了一种暴政？

范：想先请桑德尔教授谈谈什么是优绩主义？它与"择优录取"有什么不同？

桑：通常，我们认为优绩（merit）是一件好事，是理想的目标。例如当我需要做手术的时候，我希望由一位资质良好的医生来主刀，在这里，优绩的含义就是让资质良好的人在各种社会岗位上施展才能。

那优绩怎么会成为一种暴政（tyranny）呢？当它开始让社会按赢家和输家划分的时候，而这正是近几十年来发生的事情。在一定程度上,这种输赢划分与收入及财富差距的扩大有关。但不仅如此,随着贫富差距的扩大,人们对待成功的态度也发生了变化。那些成功人士开始相信他们的成功靠的是自己的努力,是因为他们的优绩,并且认为自己应该得到市场给予赢家的所有好处。在这样的心理暗示下,他们开始相信那些在底层挣扎的人也一定是罪有应得。

这就是优绩主义的阴暗面:这种残酷的输赢伦理让成功者过于飘飘然,以至于忘记了那些成功路上的运气和助力——家庭、老师、社群、国家和时代。

在《精英的傲慢》一书中,我的观点是:赢家和输家的划分正在加剧不平等,正在滋生耻辱和怨恨;它正在造成巨大的破坏,对于那些在激烈竞争、补习班、"996"中胜出的人而言也是如此。因此,优绩已经成为我们社会的一种暴政,它在赢家和输家之间划出了一条鸿沟。

范: 谢谢桑德尔教授。在中国,几千年来,优绩主义制度都被认为是一种理想的制度。两千年前的《礼记》里就提到:"大道之行也,天下为公。选贤与能,讲信修睦。"所以优绩主义一直与平等和公共利益相联系。请问项飙教授,您怎么看待这种优绩主义?它与今天的优绩主义有什么不同?

项: 这是一个很大的问题。我简短的回答是,儒家所称的"优绩主义"与我们今天的认识完全不同。在古典思想里,优绩主义基本上意味着择贤而任。事实上,根据才能和品德、是否胸怀天下,只有极少数人会被选出来。他们被选为百姓的守护者来管理公共利益,也就是社会财富。他们并不一定是有钱人,但他们受到尊敬,是文化上的精英。而我们知道,在儒家思想里,商人、会赚钱的人是被瞧不起的。也就是说,在艺术、文化、政治和经济领域,对优绩主义的认识还是有区分。

儒家思想里的优绩主义也包含着一种天然的不平等和差异:他们认为社会就是应该有阶层分化。身处顶层的是一小部分被选中的人,而其余的人并不参与竞争。这与今天的优绩主义有什么不同?我认为,这种古典理想和今天的现实之间有几点差异。

第一点是"抽离化"(disembody),也就是说,今天的优绩主义不再与其他形式的社会结构相关联,它几乎成为对每个个体进行分类、排名的普遍方式,每个人都可以参与到竞争中,去提高社会阶层。所以,随着现代性的到来,这种社会是天然不平等的、需要被分化的观念已经不再适用。优绩主义不再是像宇宙秩序一样的东西,而是一种个人化的评价体系,更多地关于个人的成败。

第二点就是迈克尔刚才提到的"暴政",我觉得这个说法很有意思,虽然听起来可能有些惊人或者讽刺。为什么这是一种暴政?因为优绩主义基本上不允许对立观点的存在,说你是失败者,那你就是失败者。这也许能解释社会上对优绩主义产生的怨恨和逆反心理。

最后,优绩主义是一个自我包含、自我参照的话语体系,它变成了一种绝对的东西。我认为迈克尔的书《精英的傲慢》很好地说明了这一点。我们常在作为准则和作为现实的优绩主义之间往返:它是一种我们想要努力达到的准则,还是一种可以被合理化的现实——我们所得到的就是我们应得的吗?这种往返在古典思想里并不存在,因为优绩主义在那时是社会秩序的基础,而不是个人的成功体验。

桑: 我想在此基础上提出一些看法,作为你刚才所说的关于儒家的古典优绩主义的补充——在西方传统中就是亚里士多德和柏拉图——看项飙教授是否同意。

柏拉图和孔子都认为,应该由最优秀的人来治理国家,来管理人民。但他们所说的"最优秀"是什么意思?不是最聪明的经济学家,也不是最出色的技术人员。项飙教授很好地指出了这一点：是指最有德行的人，而不只是技术专家（technocratic expertise）。德行与品性和判断力有关。亚里士多德谈到了实践智慧（Phronesis, practical wisdom），还有辨别公共利益的能力。这里所说的"公共利益"跟许多当代经济学模型所说的不同，不单单是实现GDP最大化。在古典的优绩主义里，无论是孔子，还是柏拉图、亚里士多德，都主张治理国家的人需要一些品性，一种对美德和公共利益的追求。这与所谓的"技术专家"相去甚远，我们今天却常把它与"由最优秀的人来治理国家"混淆。

一个生动的例子是越南战争之后出版的一本书，叫作《出类拔萃之辈》（*The Best and the Brightest*）。这本书详细地复盘了美国的决策者们如何将国家引向战争。约翰·肯尼迪和林登·约翰逊身边的人都很出色，他们有专业知识，是伟大的经济学家、国防专家，但就是这些所谓最出类拔萃的人将美国推到了时代的大败局中。他们缺乏的是判断力，是亚里士多德所说的"实践智慧"。

另一点我想在项飙教授发言的基础上谈谈的是古典优绩主义和当代优绩主义之间的对比。当我们说到经济的时候，我们会谈论政治上的考量；但当我们说到经济回报的时候，又往往认为一个人赚多少钱是衡量他是否优绩的标准，也是他对公共利益贡献的多少。美国和许多西方国家都这么认为，中国的情况是否类似就由项飙教授来谈谈。我们面对的是一种市场优绩主义（market meritocracy），也就是说，一个人的社会价值、贡献以及应得的回报是由市场决定的。我在《精英的傲慢》中试图论证一个观点：在说一个人对公共利益的贡献时，我们应该把评价标准从市场体系中收回来。这需要我们直接地去讨论什么是公共利益、共同的目标和意志，以及重拾传统的公民美德。否则，市场将替我们回答这些问题，那我们就会把市场结果和人们应得的回报混淆起来。项飙教授，你认为这样的问题只存在于美国吗？还是一个更普遍的现象？

项： 不，我认为这是个非常重要的观点。我想在迈克尔所说的基础上提出一些问题，实际上这是我一直在想的大问题，所以想听听迈克尔对此怎么看。

首先，关于市场优绩主义，我想故意提个刁钻的问题——为什么人们投票给特朗普？特朗普赚了很多钱，显然不管从什么标准来看，这都不是他应得的钱。然而特朗普的支持者并不反感在市场上赚大钱的人，他们更讨厌在华尔街和硅谷工作的人，还有像希拉里·克林顿这样的人。这是一个纯粹由市场主导的机制吗?

第二个问题,回到刚才谈到的技术统治。道德考量的空心化,让国家治理成为了精英之间的技术游戏,人们几乎无法参与决策。我在想,实际情况是不是更糟?不仅是道德考量空心化的问题,还有,技术官僚自身已经成为一个阶级,他们正在积极地建立新的道德准则。

对我来说,优绩主义其实是专业-管理阶级(professional-managerial class)有意提倡的意识形态。这可能解释了为什么工薪阶层会反感精英,却不反感特朗普和他的朋友们。那些投机者以十分野蛮的方式,在市场上挣了很多钱,人们却觉得没关系。

另外,我还想知道,除了感到屈辱,工薪阶层有没有感受到直接的压迫?比如说,在次贷危机中,工薪阶层会失去房子,并感到极大的屈辱。当他们去银行申请贷款、试图说明他们的情况来保住房子的时候,我可以想象,他们会被那些银行职员用晦涩的语言指导一番。因此,你不仅日复一日地感到低人一等,还会受到直接的压迫,因为你完全被那种语言所困,且无法回驳。

我想把这几者放在一块谈——技术官僚、市场机制和对工薪阶层的羞辱,它们都是大图景的一部分,但是否还有另一只房间里的大象——新的阶级之争?我们实际面对的已经不再是市场的暴政,而是一个超越市场的阶级的暴政。

桑: 是的,而且你的两组观察是相联系的。我写这本书的其中一个目标,就是要解释特朗普的崛起。人们为什么会投票给特朗普,工薪阶层为什么会投票给特朗普?即使他当总统时几乎没为他们做什么贡献:他提出过取消奥巴马实施的医改计划——虽然失败了——这会损害工人阶层的利益;他大幅减税,让大企业和富人阶层从中受益。那工薪阶层为什么还是投票给他,想让他连任?你提醒了我们,民粹主义反扑精英的原因之一,就是工薪阶层认为精英瞧不起他们。

如今让工薪阶层反感的精英,不是像特朗普那样的房地产开发商、电视真人秀明星,而是管理人员、专业人士、高知阶层。并不是钱让他们成为精英,虽然大部分人也赚了不少钱,在这个金融主导的全球化时代过得有滋有味。但对精英——他们正被工薪阶层反感——的定义中,还有另一层含义——教育水平。我们能看到,在美国以及英法,受过高等教育和没受过高等教育的人在政治和文化上的差距逐渐拉大。教育鸿沟、资质鸿沟、学历鸿沟是当今最深的政治鸿沟之一。特朗普曾经非常受低学历选民支持。一次初选胜利后，他在演讲中宣称，"我爱低学历的人"。他完全抓住了这一点。希拉里和之前的奥巴马、之后的拜登都得到了高学历人群的支持，但在低学历人群中不受欢迎。这就是分析反精英心理的一条线索。

让我们再回到压迫工薪阶层的大山：优绩主义。在很大程度上，塑造这一体系的就是那些在SAT、高考这些大学入学考试里脱颖而出的人。他们凭借这些考试获得了回报，经济上和社会地位上的，获得了在一个市场主导的优绩主义社会里所能得到的荣誉和奖赏。所以我们现在面临的一个挑战是，我们得重新思考高等教育的作用。我在书中提到，高等教育已经成了一种筛选机器，专为市场主导的优绩主义社会服务。这激起了那些没有大学文凭的人的反感，毕竟在美国，大多数人都没有大学文凭。不论在中国还是西欧，大多数人也都没有大学文凭。让高学历的人获得丰厚的回报，而低学历的人不涨薪资，陷入不平等的困境，这样的经济和社会评价体系是病态的。它会造成极大的心理和情感问题，对于成功者来说也是如此。

年轻一代正在经历巨大的焦虑、迷惘和心理压力

项: （向范西林）我觉得,高等教育在中国牵动着很多人的心,你认为呢?

范: 我刚刚也想问这个问题,因为在我的印象里,中国有很多没有受过高等教育的人,但反精英的情绪并不强烈。

我记得项飙教授之前在关于中国的研究中提到了一种"悬浮"(suspension)心理——每个人都在这个流动性极强、市场主导的社会中竞争,他们不觉得自己是边缘的,而是觉得大家都在参与同一竞争。这与刚才桑德尔教授所说的美国各圈层的排外心理有很大的区别。我想问一下项教授,中国人怎么看优绩主义的问题?随着市场在中国的深化,我们是否将在中国看到类似的反弹?

项: 这是个好问题。首先,我们关于优绩主义的探讨,并不是因为对优绩主义本身感兴趣。迈克尔也说得很清楚,他对优绩主义感兴趣,是因为想解释近年民粹主义在美国和世界其他地区的抬头。而在中国的语境里,我们对优绩主义感兴趣出于多种原因。人们高度焦虑,亟需找到一种社会与经济发展的新模式。因为现在的发展是不可持续的,考虑到地球资源、气候变

化等等因素,经济不可能一直像这样增长。中美两个大国有很多相似之处,但我们面对的最为紧迫的问题稍有不同,这让我们的对话特别有意义。

说到中国人对优绩主义的看法,我们可以在中美之间做个有趣的对比。迈克尔的书里有一点很触动我,就是特朗普的支持者实际上认为美国社会是很公平的。"只要你努力工作,就能得到你想要的",特朗普的选民比民主党的选民更认同这种说法,这让我很惊讶。但就像你刚才解释的,这其实是符合逻辑的。因为特朗普的支持者认为美国社会已经完全被优绩主义所主导,自己早就被排除在外了,别无他法。他们又认为得到自己应得的东西是天经地义的,那他们还能做什么?只能反抗。对特朗普的支持者们来说,他们并不会根据优绩主义的原则去规划自己或者孩子们的生活,因为他们知道自己没有出头之日。

但在中国,情况几乎正好相反。如果你问中国人,优绩主义是否主导了整个社会,我想他们会给出否定的答案。中国人会说,那些人有权、有名、有钱,一定是因为各式各样的其他因素。尤其是我们既有社会主义的传统,又经历了私有化的过程,如今还有"富二代""官二代"之类的说法,人们其实对结构性的条件有相当清楚的认识。整体来说,这不是一个优绩主义的社会,但人们会把优绩主义作为一种个体的策略。他们会说,身处这种结构之中,我们普通人别无选择,只有学习,尽全力考上大学,这样至少有张入场券。至于会不会成功,我们也不知道,但人总得先去尝试,是吧?因此,我觉得中国人不会将"优绩主义"作为意识形态全盘接受,而是将它作为个人的、家庭的策略,每个人都这么遵循着。这是非常矛盾的。

这就解释了我描述为"悬浮"的现象。这个词在中文里的意思是"悬在空中",就像蜂鸟疯狂地挥动翅膀,只是为了在空中停留,你不能有哪怕一秒的放松,不然你就掉下去了,你不能出局,不管胜利的几率有多低。这给年轻一代带来了巨大的焦虑、迷惘和心理压力。从结构上来说,这个状态是不可持续的。它会不会发展成美国那种几乎可以称作"起义"的民粹主义呢?考虑到种种因素,不太可能。总而言之,优绩主义作为社会整体的意识形态,或作为个人的生存策略,两种角色会发生反转。

桑:我想就这个场景向你提问:蜂鸟渴望留在空中,只能拍打着翅膀无尽盘旋,这种焦虑没有引起一种民粹主义的反弹,但是在我看来,也已经引起了一种反制运动,比如说反击"996"的"躺平"运动。某种程度上,"躺平"是对这种焦虑和竞争压力的反应吗?因为对许多人来说,这种焦虑无法带来任何前景。

项: 是的,我同意。但这只是一种非常直接的反应,本质上还是因为人们感到倦怠。当人们过于疲惫、过于迷茫,生活也就变得空虚。

我觉得"悬浮"这个概念很有意思,它暗示了一种当下的"位移"。我的意思是,年轻人在生活和工作中会面对各种各样的问题,但他们一直认为这不是最糟的,他们总会有时间和精力去应对和处理。对于他们来说,现在要做的就是闭上眼睛,假装意识不到各种问题,转而最大限度地获取当下能得到的一切,过着沉溺于工具理性的生活,比如寄希望于攒下更多的储蓄或是证书。他们相信总有一天能够摆脱当下的处境,开启一种新生活。但这当然是不现实的,因为他们没有真正面对和解决这些问题,另一种新生活与当前的境况是雷同的。"躺平"在某种程度上就是美国"大辞职潮"(Great Resignation)的中国版。这种退出、逃避的策略是被动的,所以现在我们面临的挑战是如何利用这些反应的能量,提出积极的替代方案。

桑: 是的。这就可以解释为什么有精疲力竭到要退出的人。而那些被激励的人,如你所说,出于个人或家庭的策略选择,把高考当作向上流动的途径,相信即使自己出身普通，也能借此攀登。这可能是美国和中国不同形式优绩主义的共通点，大家相信大学入学考试是赢得大学和好工作入场券的公平方式。

但无论在美国还是中国，最终哪一群体在大学里占多数的统计结果告诉我们，事实并非如此。在美国，不只"常春藤"，位列前一百多名的名校里，72%的学生来自收入水平前四分之一的家庭，只有3%的学生来自低收入家庭。尽管每个美国人都可以参加SAT、申请大学，但实际上来自富裕家庭的学生在高等教育中占多数。我了解到中国的情况也类似，顶尖大学中来自农村地区和贫困家庭的学生占少数。你认为什么时候这些统计结果会动摇人们对高考或SAT可作为优绩主义手段实现阶层跃升的信念？

项：这有点难预测。部分原因在于，中国人普遍意识到，社会作为一个整体不是按优绩主义运行的。如果想要成功，你必定需要一个好学历，但这显然不够。中文里有一个词叫"拼爹"，可见家庭关系十分重要，中国人是相当现实的。

我想你的问题是，我们该如何解释一个明显脱离现实的价值观具有的说服力？在中国，一个有趣的现象是，你会发现学生们的社会经济背景在过去几十年来越来越趋同，与之伴生的则是进步主义意识形态的出现,包括公平的市场、政府干预的减少等等。在20世纪90年代以前,更多的农村学生能够进入顶尖大学。为什么会这样呢?因为农村有重点小学、重点中学,它们培养偏远、农村地区的好学生,让他们能够上大学。后来,农村地区仍然有这些重点学校,但它们变得越来越不受重视。

我们的想法是,理应提供一个公平的竞技场,一场人人可以参加的考试。但这只是表面的公平开放,我们清楚地知道,大城市里富裕家庭的孩子们能在考试中表现得更好,因为他们可以准备得更充分。结果就是我们看到的,顶尖大学里学生的构成发生了变化。人们之所以还没有为这种变化担忧,是因为他们认为造成这种情况的条件本身是合理的,甚至它在形式上更公开、在程序上更公平了。至于它为什么实际上造成了不那么公平的结果,这一点你在书中解释得很好,一个公正程序也经常会制造出新的不平等,现状的改变恐怕还需要一些时间。

桑:我的看法与你大致相同。我们在这两个国家看到的优绩主义似乎都是程序正义的,每个人都可以参加同样的考试,并在同一标准下被评判。但实际上,今天的优绩主义是在捍卫不平等,而没有提供其他选择。

项:是的,我完全同意。

**即使我们不是优绩主义的幸运儿，
也要想办法过好这一生**

范：我想就一个中国互联网上的现象听听两位教授的看法。在中国有很多优绩主义偶像，最近的一位就是谷爱凌。几乎所有资优生都强调，自己作为一个"普通学生"如何克服了各种困难。在中文里，这被称为"逆袭"。这类故事加深了那种偏见——优绩主义赢家是靠自己的努力成长起来的。普通学生们喜欢他们，从他们身上汲取启发和希望，因为即便学生们知道自己身处一个不完美的系统，但正如刚才所说的，除了把优绩主义当作一种个人策略，他们没有别的出路。在这种情况下，这类故事实际上给予了他们更多在当前体制下努力奋斗的精神支撑。你们对这种现象有什么看法？普通学生应该如何看待这种优绩主义偶像？

项：我不知道迈克尔对谷爱凌了解多少，我也只是简单地听说过她。首先，我不认为她的故事特别有代表性，它一定程度上融合了一种特定版本的民族主义，而且展示了这种民族主义的自相矛盾。

我们先撇开谷爱凌不谈，不知道迈克尔是否了解在20世纪90年代末的中国，有一本畅销书叫《哈佛女孩刘亦婷》。很多家庭都把她视作榜样，那种对个人成功的拜物教（fetishism）与优绩主义的意识形态绑在了一起，而且是一个相当极端的版本。

不过我并不太担心这类拜物教，因为我认为人们可以比较容易地看穿它。另外，它往往与美国有关。如果你收集所有这些崇拜个人成功的故事，会发现大多是移居到美国的中国人靠自己实现了美国梦。美国梦其实是全球梦，包含跨国、全球化的因素。

我想在这里强调的是普通学生的应对方法。第一，冷静地、勇敢地从这种拜物教中走出来，珍惜自己的人生，去享受你想做的事情。第二，认识到维持这种拜物教的社会机制，拜物教会主导我们的社会生活及自我认知，其中一个严峻的后果就是同质化。他们告诉你，这是你掌控人生的最好方式，其他活法都不那么重要。如果你看到了"谷爱凌们"的例子，就会想自己应该像他们一样成功，被更大的系统认可。你会变得富有，还会变得光鲜亮丽，不同类型的资源在你身上高度集中，这就是专业-管理阶级的待遇，有钱、有权、有文化，这种资源的集中往往不分领域。阶级是优绩主义叙事中重要的一环。然而作为人类学家，我需要补充的是，在许多其他社会里，作为资源的声望、财富和知识往往分散在不同群体中，以达到某种结构上的平衡。但现在一切都同质化了，其他的生活方式被排斥在外。

我之所以提到同质化的问题，是想在这样一套标准化、正规化的程序之下寻找出路。我认为现在我们面临的一个问题，至少中国社会如此，就是通往成功的道路过于狭窄了，整个国家对成功的认定标准很单一。如果你想当一个诗人，住在偏远的地方，你也可以有不错的生活，但这会被认为是一种虚度。你的父母和亲戚会说你怎么这么懒，为什么不努力工作，去北京挣大钱？你反倒在写诗？在经营大型机构时，我们可能确实需要特定的程序、透明的标准。所以我不是说我们要摆脱所有程序，而是说我们要拥有更多的路径，应该"百花齐放，百家争鸣"，让人们能选择自己的生活方式，而不是规定了某种特定的生活才是最理想的。

桑： 对价值的多元化理解是非常重要的。它会是一个起点，帮助我们在由市场驱动、被高等教育定义的优绩主义之外，找到其他可能性。不仅如此，什么是贡献、天赋、德行和卓越，这些概念都需要我们去赋予多元的定义，从而创造一种更健康的社会生活。

我想回到这个话题的另一面，谈谈我们对个人成功的追捧，甚至是对个人在逆境中取得成功的期待——比如一个出身平凡或来自贫困家庭的孩子被好大学录取，成为"人上人"。首先我们得承认,在艰苦环境中取得个人成功是振奋人心且值得庆贺的。但危险之处在于,这种心情可能会变成项飙提到的"拜物"(fetish)。我想详细说说,当人们将这类励志故事当成普遍规律,认为社会系统就是这么运作时,会产生什么危害。

近几十年来,中美社会的贫富差距都在加剧。面对这种不平等,如果你简单地认为,只要有人能够通过高等教育完成阶层跃升就够了,这就是解决贫富差距的方法,那是不对的。我们很容易错误地将少数人成功跃升的励志故事普遍化,把它当成解决不平等问题的出路。如果我们看看实际数据,就会知道阶层跃升并不容易。经济合作与发展组织(OECD)曾做过一项研究,关于一个低收入家庭需要多少代人的努力才能达到社会的平均收入水平。研究表明,丹麦有很强的阶级流动性,只需要两代人的努力;在美国,这个孕育美国梦的地方,平均需要的则是五代人的努力;在中国甚至需要更长的时间。如果人们看到这项研究,可能会戏称美国梦在哥本哈根得以实现。但重要的是,我们要认识到个人的阶层上升不足以解决整个社会的不平等问题,否则我们将忽视其他与不平等作斗争、让生活变得更好的可能性——即使我们不是优绩主义的幸运儿,也要想办法过好这一生。我们要找到办法，让不平等不那么极端，不管一个人能否拿到奥运金牌或考上斯坦福，都能充分地成长。过分推崇个人成功故事的危险在于，它会分散我们的注意力，无暇为社会平等创造更多条件，比如重建公共领域，重视农村地区的中小学教育。

范： 我非常同意。在中国，人们几乎认为实现阶层上升的唯一途径就是高考，而且我们对成功的定义也很狭隘。曾有过这样的新闻报道，北大毕业生因为在街边卖猪肉而遭到了很多人的指责，认为他浪费了国家的教育资源；中国知名主持人白岩松也曾说过，"没有高考，你拼得过'富二代'吗？"我们可以就此进入另一个大家都很关心的问题——怎样才能走出困境？桑德尔教授，您在《精英的傲慢》的结尾呼吁大家创造更广泛的"条件平等"（equality of condition），让那些没有获得巨大财富和显赫地位的人也能够过上体面、有尊严的生活。请您谈谈，我们如何才能实现这一点？

桑： 我认为至少有两种方法可以开始尝试。一是刚才讨论到的，不再只着眼于对价值的单一理解，不再只关注高考、SAT或其他大学入学考试这一种向上流动途径，转而更加关心工作中的尊严问题，关注为公共利益做出宝贵贡献的每一个人，即使没有很高的学历，也不是什么对冲基金经理、管理顾问,是否都得到了社会的尊重和体面的回报。

另外,当我提出要实现更广泛的条件平等时,我想说的并不是确保每个人有相同的薪资和财富,一个好的社会需要的并不是经济意义上的完全平等。但一个好的社会必然具备这样的条件,不同社会背景和不同阶层的人,都能在他们的日常生活里、来往的公共场所中、共有的社会空间里彼此相遇。然后我们才会意识到,我们是共同参与了当下的生活。

社会不平等在近几十年来日益加剧,最可怕的后果之一就是富人和普通人生活方式的割裂,我们在不同的地方生活、工作、购物和娱乐,把孩子送到不同的学校。这实际上造成了整个社会的割裂。因此,我们需要在公民社会中突出公共场所和共有空间的作用,将人们聚集在一起,让人们跨越阶层的差异,彼此接触。只有这样,我们才能感觉到自己和他人在同一片蓝天下——这是我们在不平等社会里丢失的体验,因为我们被区隔开了。

项: 我完全同意迈克尔的观点。我们两个人都强调多元的重要性和对生命的共同愿景。我想再补充一些。

第一点,迈克尔在书中已经说得很清楚,大学教育本身是一件好事,但问题在于,大学教育变成了一个筛选统治者的机器，而不再是人实现自身成长的过程。第二点，更重要的是，大学教育正在成为一些人为自己财富辩解的借口。我们知道那些人能拥有财富并不是因为教育，但他们在得到一切之后会说，因为自己接受了教育，所以值得拥有这些，而这就是问题所在。我认为白岩松的话并没有错，对于来自下层社会的人来说，他们确实希望接受高等教育，问题的关键在于，我们如何防止教育变成加深并合理化当前不平等的一种机制。

目前我在德国，不得不说，我对德国的大学体系印象深刻。德国大学追求的是"嵌入式卓越"（embedded excellence），它们不仅有十分优秀的教师团体，而且时常关注地区性的问题，与当地保持着紧密的联系。可能你们很少听说过在全球享有声誉的德国大学，但他们正在做的是一些实打实的工作，正在解决当地社区和国内社会面临的具体问题。不知道迈克尔是否认同，我认为世界名校与所处地区的社会不平等水平紧密相关。大多数世界名校都在英美两国，而这两个国家的社会不平等现象也最为严重。用我的话来讲，大学几乎是一个"洗钱机器"（money laundry machine），将金融资本转化为文化和政治资本。这种转化是如何完成的呢？富人们将他们的孩子送到顶尖大学，这些孩子们在毕业后名正言顺地继续享受特权,富人们愿意投资这类大学,因为它们是社会不平等再生产的重要机器。然后这些学校变得非常富有,能够做出好的研究等等,还会有一个大型的公关团队去往世界各地与政客名流打交道。讽刺的是,许多中国人和印度人非常看重这些大学,可实际上它们与我们没有任何直接关系。这就是顶尖大学体现出的阶层性和虚伪,而我想做些什么去撼动这一现实。这些不应该是高等教育优先追求的东西,这种全球大学排名机制不仅荒谬,而且在政治上也有很大的危害。

不知道我们能否在年轻人中构建一种生活愿景,让他们更加关注当地。这就是为什么我一直在提"附近"——关注你的周围,了解附近的人,你的父母如何生活,谁是你的邻居,谁在清扫你的街道,垃圾是如何被收集的,然后在附近、在触手可及的生活中找到意义,而不是白白做梦。"你能去到你梦想的任何地方。"不是的,你要知道,你的梦并不真正地属于你自己,它只是霸权在你脑海中的投影。做白日梦的时候,你已经在某种程度上成为了霸权的俘虏。真正的自我是在附近、在你与周围人的关系中找到的。如果你现在与中国的年轻人交谈,他们几乎无法说清父母在做什么,谁是他们的邻居,他们住在什么样的公寓里。他们对附近知之甚少，却梦想远大，想要拯救人类——如果那样想的话，其实只是在重复陈词滥调，需要提醒自己是谁先创造了这些陈词滥调。"附近"这一尺度（scale）在我们寻找生命意义的过程中很重要。

寻找一种连贯的道德观，来重建当下的生活

项：我想问迈克尔一个关于尺度的理论问题。你之前明确区分了个人成功与普遍规律。那些个案让我们备受鼓舞，但我们不应该将个案普遍化来解释社会状况。我认为这非常重要，因为我们确实想告诉人们该如何生活，而不是叫他们只做批判性分析。生活不能只建立在批判性分析之上，人们需要思考早饭后该做什么。随之而来的问题就是，是否存在一种断裂——当我们思考个人生活时遵循一套原则，思考国内、国际社会时又分别采用另一套原则。我在现实中看到，例如，人们觉得国际事务是一场无关道德的权力游戏，国际社会顺应的是丛林法则，但国内社会不是这样的，我的个人生活又是另一回事。我想知道，你觉得人们用如此断裂的方式去思考和实践是不可避免的吗？还是说我们拥有一种跨尺度的一致性会更好?

桑: 这是一个深奥的问题。关于我们在个人生活、国内和国际事务上采用断裂的或不同的道德准则这一点,我认为你的观察是对的,我们的确在不同领域采用不同的准则。但我不认为我们在不同领域采用的思考方式——从最个人的问题到最全球性的问题——能够毫无关联。我认为弄清我们的位置也是寻找生活意义的一部分,不仅仅是我们与家人、邻居、社区、宗教的关系,还有我们与国家、乃至整个世界的关系。我们与自然界、所栖居的星球的关系,越发显现出一种剧烈的断裂,或者说分离。这种断裂过于剧烈,让我们暂停了对人与自然关系的反思,也让道德判断在思考自身于世界中的位置、自己应负的责任时消失殆尽。当然,坚持一种狭隘的一致性,让单一的道德原则支配我们的个人生活、社区生活以及我们与国家、世界的关系,在我看来是有问题的。但是,每一个有反思能力的人,有意或无意地,都渴望了解自己在更广阔的世界里的位置。在历史上也是如此,即便对于古代人来说,更广阔的世界最多就是自己的邻里、部落或者村庄。如今,为了理解自身与所处的社会阶层的关系,乃至与全球社会、大自然的关系,我认为这种渴望应该加强。无论在课堂上、在道德哲学中,还是作为个体与我们的父母、老师、朋友和政治团体交谈时，当我们思考自己在每段关系中的义务——无论多么普遍或多么特殊，都需要引导自己去做道德反思。毕竟，我们已经开始了解远在另一半地球的人们的生活、他们的抗争，国内外以及整个星球上的不公正行为，这些都对我们的道德反思，如何在自己生活的世界里创造意义，提出了新的挑战。

所以，认为单一的原则可以在任何层面、每一道德问题上为我们提供正确答案，其实是一种误解。但是，放弃将自身置于世界的愿望也是不对的，我们需要认识到外部赋予我们的身份、社群与责任。你觉得呢？

项：迈克尔，你所说的这些对于今天的我们特别重要。毕竟，我们将会目睹更多的冲突和对抗发生在这个世界上，更不用说气候变化带来的威胁。

我认为在如今的中国，引发焦虑的原因之一是，人们在道德原则上表现得过于多元化，有时显得过于务实了——虽然务实不是坏事。但是正如你提到的，如果一个人在认知上过于分裂，缺乏基本的连贯性，自然会有许多心理上的困惑和压力。在这方面，新一代的哲学家、人文学者，还有包括我自己在内的人类学家、实证的社会科学家，以及艺术家和记者们，真的应该携手共进，至少提供一些语言和构想，让人们或多或少可以建立一个连贯的道德观。这并不是说要有什么金科玉律,但在这个特定的历史关头,我们至少需要一些引导,不论它们在未来是否会被推翻。

桑:我想到一种方法,可以帮助我们寻找这种连贯性。我们得好好观察一下,什么是我们视作理所当然的事情,从而主动地进行反思。一种对于气候变化导致的全球危机的解释是,我们长期以来把自然当作一种工具、一个垃圾场,把自己当作统治自然界的主人。为了达到自身的目的,我们对自然采取了纯功利主义的态度。这种对自然的态度,其实也暗含着我们将人类同伴工具化的倾向——不论是在全球舞台之上,还是在我们自己的社区和家庭之中。因此,重新审视我们对自然采取的纯粹工具化与功利的态度,有助于重新审视我们以相似态度构建的社会和经济体。长期以来,我一直反对以功利主义的方式来思考社会公正。不仅如此,我们应该在每一个领域,重新审视我们是如何与更广阔的世界发生联系的。

我不是有勇气
或者有可能讲我所有想讲的话，
但是我绝不讲一句我不想讲的话。
／
锺叔河

止 步

每一次苟且的让步，
都会使得自身的自由空间
越来越小。
/
劳东燕

我们都置身于"正发生"之中。
/
戴锦华

文学是个体维护其独立性的最后的堡垒。
/
景凯旋

历史就是一场竞争。
/
罗新

宏观层面的一点点更改,
都有可能让个体抖落很多不必要
的沉重。
/
崔庆龙

不要害怕虫子，不要浪费粮食。
／
吕植

个人意识的幻灭，
是独立的、闪闪发光的躺平。
/
张乔木

吕植

/

人应当有取舍，
保护环境应当讲公平

采访 / 撰文

吴琦

吕植　　　北京大学生命科学学院教授，自然保护与社会发展研究中心执行主任，中国女科技工作者协会副会长，山水自然保护中心创始人。吕植教授致力于自然保护的研究与实践的连结，寻求自然保护和可持续发展基于证据的实用解决方案。她长期在中国西南山地和青藏高原开展大熊猫、雪豹等濒危物种的研究，观察自然与人类活动的互动。近年来，她专注于探索人与自然共存的机制和条件，并通过经济激励、文化价值观和政策改进等途径推动乡村社区主导的生物多样性保护与恢复，以及公民科学实践。

吴琦　　　《单读》主编，播客《螺丝在拧紧》主播。与项飙合著谈话录《把自己作为方法》，译有《下一次将是烈火》《去山巅呼喊》。

过去十年,进步主义的话语处于不断的失落中。一句笼统的"政治正确",就可以把曾经长时间引领我们的价值系统一笔勾销。我也受此影响,在主动和被动的反思之后,开始和过往的教育、榜样、精神保持距离,尽管它们曾是旗帜、是桥梁,但也可能是枷锁、是限制。

和吕植老师再次相遇后,我停止了这样想。

早在我求学期间,她就是北大校园里的传奇——一位长期扎根野外的女教授,在秦岭从事大熊猫的研究与保护工作,以一己之力守住了一个物种。对于年轻人来说,或者对于任何愿意相信社会改良的人来说,她的经历都充满感召力,在混沌的潮流中,标示出哪些是更为正确的事情,哪里是公平与正义的基准。

而就当我被新的社会现实所教育,甚至被其中更为灰暗复杂的部分说服的时候,转身发现吕植老师的步履一如从前,她依然奔忙在自然保护的一线,建设了更多的机构和团体,参与《生物多样性公约》缔约方大会的讨论和谈判。尽管今天的公众对环境问题的认识已经大为进步,环境问题甚至成了新的热点,但是,实践层面更真实的情况是什么，哪些环节依然缺失，公众如何有效参与其中，吕植老师都可以提供更深入的思考，并且带来新的行动层面的启发。

而不管我们是想批判旧的过去，还是建设一个新的家园，首先都应该弄清楚幻想与理想的区别。当世界陷于价值观的混战，想办法做一个好人，不仅没有过时，还比以往平顺的时刻更为必要了。看到我的老师依然与我在同一个真实的时空里共同进退，这其中蕴含的爱与平等，又何尝不是我们每个人与自然、与其他物种之间最理想的关系。

吴琦 → 吴　　吕植 → 吕

有多大的愿力，就有多大的希望

吴：这几年我观察社会上的各种变化，关于自然、环境的议题越来越显性、越来越频繁地形成公共讨论，大家看起来有很大的兴趣，尤其是疫情以来的一些社会新闻，比如野生动物进入城市空间，引起巨大的关注。另外，在城市里生活的人对于公园、野外这样的话题也有空前的兴趣，不知道这种兴趣是自然形成，还是被疫情期间被迫禁足的状态逼出来的。总而言之，我们都感觉到自然保护的议题慢慢地进入大家日常的生活当中。与此同时我就产生一个追问，这种社会舆论层面的变化对应到实际的自然保护实践层面上，到底有多大的推动作用？您在这个领域里工作这么长时间，看到这几十年的变化，肯定有发言权，在一线实践工作的进步体现在哪里？

吕：我是真的有切肤的体会。比如我发起的"山水自然保护中心"，之前想招五名志愿者用一个月的时间去西藏做项目，招聘广告发了一个星期，居然有将近三百人响应，这是以前很少碰到的。另外，现在不管是跟谁说起自然保护，的确是一个政治正确的口号，至少没有人会公开反对，顶多会有人说，我们也得考虑乡村的老百姓，这个说法也是对的。20世纪80年代，在我开始做熊猫研究这项工作的时候，当时在秦岭，要跟当地政府说这话，几乎都要绕着说，因为别人认为你会来影响别人的工作、影响别人的发展、影响别人的生计。当地老百姓也经常问，为什么要保护熊猫？它跟我到底有什么关系？这是后面可以展开说的一个复杂问题。最近这些年，我们没有到某个地方与人为敌的这种感受了，反而很多地方都邀请我们去，但我们分身乏术，只能挑自己喜欢的或者更需要的地方去。这个现象的转变,甚至让我觉得好多地方都已经不需要我这样的人存在,可以毕业了,这确实是巨大的转变。

我觉得跟几个方面的因素有关系,国家的经济发展确实是一个大背景。曾经有人做过一个"环境库兹涅茨曲线",它是一个钟形曲线,横轴是人均GDP,纵轴是环境的破坏,也就是说,在GDP很低的时候,GDP的增长是以环境的飞速破坏为代价,而到了一定的GDP水平以后,这个曲线就往下走。大家都坚信存在这样的拐点,在发达国家确实也看到了这样的拐点,比如美国二氧化硫的排放就呈现出这样的拐点,而且拐点还有具体数字,出现在人均GDP为8000到1万美元这个区间。所以大家往往会说,我们现在关注不到环境问题,是因为太穷了,必须先生存,先搞好温饱,然后再关注环境,这其实也是常识,包括我自己都很认同这个说法。实际上,尤其是城市居民对环境的关注确实跟GDP的增长有一定关系,所以尽管我很反对用GDP作为唯一的指标,但这个现象是存在的。比如2012年以后,中国的环境教育行业有一个火爆的增长,很多家长愿意让自己的孩子到自然里去经历、锻炼和认识,这是市场的需求。虽然到今天为止,自然教育仍然发展得磕磕绊绊,不是那么暴利的一个行业，能生存和持平就算不错，但是因为从事这个行业的很多人自己就喜欢到野外跑，所以他们有做下去的理由，还是在坚持。不管怎么说，这样一个行业从无到有出现了，这也说明了整个社会的需求。

另外一个指标是，现在不管走到哪里，你都会看到长枪短炮拍照的大爷大姐，而且很多人不光拍摄，还去做观察，记录自己看见了什么鸟，看见了什么虫子或植物，智能手机上也有很多识花、识鸟的软件，如果没有这种需求，不会有这种软件出现。以至于我们现在开始推动"公民科学"这样一种运动，让普通老百姓自己来观察，通过科学家的指导，或者通过科学家对数据的清洗，把它们变为一份对科学、对监测、对评估保护的成效有用的数据。所谓"基于证据的保护"（evidence-based conservation），就是说保护行动要靠证据来支撑，不管我们选择做什么，做了以后到底有没有用，要用证据来说话，光靠几个科学家到山里去收集几种数据，是远远不够的，所以就让公众、市民和广大爱好者的数据参与进来。这在全球也是非常火爆的现象，确实都表明公众的意识在提高。

与此同时，我觉得政府的引导也特别重要，我不妨就稍微展开说一下，因为我们国家从改革开放以来的自然保护运动的进程，我实实在在是一个亲历者。就像我刚才说的，在20世纪八九十年代，我们国家开始准备高速发展，市场经济确实带来了对资源更大的利用，比如对森林的砍伐。以前我们的砍伐采取了苏联的做法，砍多少种多少，基本上是可持续的，而且挑那些更大更有用的树来砍，留下小的树，留下所谓的母树，比如山梁上的树，它的种子就会四处散播，树也不能全部砍光，要保留一定的郁闭度。这样对森林的生态系统整体上没有大的扰动，比如湿度、温度，而且在这个基础上，又种出新的森林来供砍伐，因为木材的需求是建设的需求，也是刚性需求。我最早到森林里去研究熊猫的时候，看到调查队在砍伐之前会先到山上去把要砍的树标出来，严格按照这个数来砍，砍完以后还有40%的郁闭度，就是说太阳照下来的阴影面积占到40%。因为竹子喜欢阳光，所以在刚砍完的森林上就会蓬勃地长出新的竹子，熊猫特别喜欢这种栖息地，在刚采伐的迹地上，就会有很多熊猫过来吃竹子，所以我们当时觉得采伐与熊猫可以共处，还写了一本书叫《秦岭大熊猫的自然庇护所》。实际上秦岭的自然恢复确实非常迅速，人一撤出去，它又恢复起来了，有"人进动物退，动物退人进"这样一个不断拉锯的过程，在这个过程中，熊猫始终没有绝灭，让我们相信在一定的限度以内，人和熊猫在一定程度上可以互相容忍。这个度很重要，它恰恰在市场经济中被打破了。

90年代以后，市场经济发达起来，虽然砍伐的要求仍然没有变，但是不管用了，它没有钱的吸引力大，不管是在运输还是市场采购环节，大家都睁一只眼闭一只眼，光是采伐指标这一条就可以被卖来卖去。面对这种情况，我们那本书里描绘的可持续的情景就被打破了。那时我们觉得不能视而不见，潘文石老师就带着我们大家想要解决这个问题，在我们的呼吁之下，那个地方变成了保护区，森工局就被解散了，政府拿了很多钱来补贴。森工局的解散也给我带来很大的触动，我们当时确实有点一根筋，想的只是保住熊猫，关于人的事情想得少，这个可以放在后面说。不管怎么样，人们慢慢看到砍伐的坏处，1998年出台了禁伐令，全称叫"天然林保护工程"，在大江大河的上游停止天然林的采伐。这不是针对熊猫，而是针对1998年的洪水，那年的洪水损失很大，也死了很多人，抗洪救灾成了全国人民的大事情。大家就开始追究这次洪水为什么这么大，当然有气候变化各个方面的原因，但是跟森林砍伐造成的水土流失有直接的关系，所以就停止了四川、秦岭一带的森林砍伐。我觉得这件事是里程碑式的，在我们国家的环保事件中还都强调得不够。我观察到，它扭转了大家对森林的概念，以至对整个生态系统的重要性的认识。它通过行政手段完成，达到了立竿见影的效果。禁伐令出台以后，接着还有退耕还林还草，保护生态系统成了一件重要的事情，哪怕付出代价我们也要做，这表明了政府的决心，也只有政府能拿出这么多钱，在禁伐令的后面，是几十万森林工人的转产，包括后面几十年的退休金。这件事情是在政府的层面上扭转了大家对自然的看法，把破坏变成了有成本的事情，不管是行政成本还是资金成本，而保护自然还能从国家拿钱，这是第一次。

当时我正在四川平武县，从秦岭出来以后，我就觉得光说保护是不够的，必须得为在同样区域里生产生活的人寻找出路，这样，保护对他们来说才不是损失。那时我就模模糊糊地有了公平的概念。我们做保护，可能是一个外来的要求，站着说话不腰疼，我们并没有为此付出代价，但是对当地人来说，可能就斩断了他们的生计。这个问题要解决。所以在博士后结束以后，我决定做一些实践工作，听起来蛮难的，但我还是有点不服，就开始在四川熊猫最多的平武县做自然保护与社会发展综合项目。平武县的熊猫最多，但是砍伐也很厉害，每天我就看着七八百立方米的木头被运出去,我们找了所有替代种植的可能性,比如花椒、蘑菇,后来又找到生态旅游。但是我们心里明白,生态旅游可能对几户人家有用,但是对全县来说做不到,因为整个县的财税收入70%靠木头,没有一项生计能够这么快被转化成经济,转化成钱,让这么多人受益。就在我琢磨这件事的节骨眼上,就宣布了停伐,这是只有政府才能做到的决断。我当时非常感慨,还在10月1号停止采伐的标语下照了一张照片。我也第一次亲身体会到政府的强大,或者换句话来说,只要有决心,我们能做到,你有多大的愿力,就有多大的希望,所谓的"there is a will, there is a hope"。所以后面我做很多事情,都是力图促使这样的愿力和愿望产生。实际上我觉得是从90年代末开始逐渐出现了政府层面、社会层面的引导,最终产生了价值观的转变。

吴:您的回答让我松了口气,原来我们感知到的变化,在自然保护的实践当中也有印证,进步的迹象并不全是空穴来风。那么接下来的问题是,公众的意识或者公众的讨论,比如最近大家对鄱阳湖生态工程的关注,有哪些实际的效果?

吕:我觉得我们仍然在改变的进程之中。有一些改变我们看到了，比如我做熊猫的研究，可能哪怕政府不关注，老百姓也会关注，这是一个例外，我不觉得这是一个能够普遍应用的例子，它实在是太招人喜欢，所以我们穷尽自己的力量要保护这个物种。当然熊猫的数量缓慢增长的局面，根本上得益于1998年的停伐，虽然不是针对熊猫，但整个价值观的转变默默在发生，熊猫第一个受益。与此同时，熊猫庇护了生活在同一个森林环境里的各种物种。所以现在看起来，我们国家保护得最好的两个区域，一片是熊猫所在的地方，各个物种都有增长的趋势，除了一些大型食肉动物，另一片就是青藏高原，这里有另外一个原因，就是文化。藏传佛教这种众生平等、敬畏生命的观念，对神山圣湖的崇拜和保护，几千年来仍然是一个在实践的现实体系。所以我发现藏区这个现象之后特别兴奋，因为那时做自然保护是逆水行舟，但是一到藏区就很顺畅，立刻觉得应该把它纳入今天的保护体系。比如三江源国家公园成立以后，就采取了老百姓来做保护者的做法，在三江源国家公园里生活的每一户中都设有一个公益岗位，一举两得，既解决老百姓的生存、生活问题，达到了扶贫目标，老百姓本身也想要参与保护，就会做得很好。从各方面来看，哪怕是从功利的维度来衡量，都是一个非常好的做法，我觉得在全世界都是可圈可点的示范。

其实我们中国做出的更值得夸耀的成绩是朱鹮。朱鹮在20世纪80年代曾经下降到只有七八只，几乎就要绝灭，它在韩国、日本都绝灭了。中国在七八只的基础上，恢复出一个现在超过三千只的种群，虽然可能是近亲繁殖，但是这个物种仍然在大自然里自由地栖息，这是我觉得非常值得自豪的一件事情。在这中间起到关键作用的是，在朱鹮取食的农田里，不要用化肥农药，就是这么简单的事情。

吴： 朱鹮的栖息地是在哪一带？

吕： 一开始是在陕西洋县，也是在秦岭南坡。我做熊猫的研究也是在洋县，所以是眼看着朱鹮变得非常少，现在秦岭南坡上到处都有朱鹮在飞，一直可以飞到湖北这些地方。这确实是一个成功的案例，其实也做出了一定的牺牲，这个牺牲由政府来补贴，或者把朱鹮作为品牌，产大米来卖。实际上是有办法可想的，有些时候自然保护也没那么贵，一点点努力可以起到意想不到的效果。

与此同时，我也同意你说的，一旦生态这个词变成政治正确以后，有些人也会利用它。比如鄱阳湖的项目是一个保护生态的项目，但它的核心是要修建几个大坝，把水位拦起来，而水位的下降又要追溯到上游的大坝，这个变化并不是自然的变化，已经对下游产生了影响，现在又要淹起来，又会是一个不自然的变化。大坝本身会产生隔离，比如大家都觉得悲伤的一个新闻是白鲟的灭绝，实际上长江里的大型动物都处在非常危急的状况，白鳍豚也已经灭绝，其中还有希望的是江豚，江豚剩下一千多只。鄱阳湖和长江都是江豚重要的栖息地，必须要连通，大坝修建以后就有可能隔离它的栖息地。工程方会说这些问题我们可以解决，但是不是真的能解决，实际上没有经过实践的检验。比如现在修大坝都要修鱼道，让鱼能够溯游而上，但是没有一个大坝是鱼真的能游过去的。现在采取的措施都是鱼到了大坝下面以后，把它捞起来，用人工把它们放到上面，这当然也是一个办法，但是花很多钱修这个鱼道实际上就是一个摆设。

还有另外一些生态项目，比如对河道的整治，把河道弄干净，其实是不理解干净与自然相反，有时为了防洪，还要用水泥砌起来，但是在乡村甚至没有人的地方，没有必要防洪。洪水也有自己的生态功能，洪泛区水的消长，带来肥沃的土壤，实际上对当地老百姓和农业生产有好处，只需要适应它，千百年来人们就是这么适应的。我想说的是，以生态为名的做法，不一定对生态有好处,真正的目的有可能就是挣钱,其实挣钱也没关系,但起码不要对生态有坏处,现在我们看到的一些现象就是对生态有负面影响。我刚才说到以前我们开始重视森林,但可能忽视了其他的生态系统,在不该种树的地方种树,比如在草原、沙漠里种上树。其实沙漠有自己的生态系统,草原也是,湖或者河的滩涂,也不需要树,这种滩涂往往是一些大型的迁徙鸟类非常重要的栖息地,比如鹤,它们站在泥潭或者浅水里找食物,种上树以后它们没法起飞降落,实际上破坏了栖息地,而鹤类大部分都是濒危的物种。

所以说有的时候是出于无知,有的时候是出于利益,造成生态破坏的事情仍然在发生。现在也没有更好的办法,只有更严格的监督、更严格的考核,把生物多样性放到对这些生态工程的考核指标里去。比如国家现在出台的《山水林田湖草生态保护修复工程指南》,已经把生物多样性作为一个要求明确提出来,不仅限于单一物种,包括北京现在的百万亩造林工程,也提出来要种当地的乡土物种,要种多个物种。甚至我们的城市公园建设,也提出要把城市的绿地留出一部分作为野地来对待,任它自己长,这个实际上跟目前的绿地管理条例还有冲突,绿地管理要求干干净净,不能有落叶，不能有虫子，肯定要打杀虫剂，包括在北大，杀虫剂都打不少。但今年北大的环境比较好，我们看到更多的萤火虫，看到各种昆虫，就是因为杀虫剂少打了，而且在我们的努力下，北大现在离道路两米以外的落叶、杂草都不去管。这是可以管理的，可以通过监管、监测甚至奖惩措施来管理，现在也正在这样尝试。

不要害怕虫子，不要浪费粮食

吴：在您提到的这个"环境库兹涅茨曲线"的钟形轨迹里，尤其中间转折的这段时间，在不同的地方、不同的项目上会有实践的时差。我们看到了对鄱阳湖、白鲟这样的案例讨论，也有"山水自然保护中心"、"城市里的公民科学家"、"让候鸟飞"这样的项目在周围出现，那么更进一步，这些项目跟我们每一个人的关系是什么？它们不只是一小群爱好者的事，所有的人都在链条当中，而不是一说自然保护，就得跟吕老师一起去野外深山里。

吕：自然如果能够得到保护，光靠几个爱好者、几个专业人员是远远不够的。虽然中国现在确实在全球尺度上是自然保护相对好的状态,跟整体趋势来比,我们起码有一些逆向的变化,而全球确实大部分物种和生态系统都是在下降的趋势里,其实已经不能再等了。如果继续这样下去,地球有可能会崩溃,再加上气候变化的雪上加霜。其实气候变化带来的最主要的影响就是生态系统的崩溃,为什么我们提出"全球升温两度"这个概念,是因为有科学的证据,证明两度是生态系统能够忍受的极限,在两度以上,生态系统的恶化是剧烈的,所以要保持生态系统的稳定,这也是防止气候变化最主要的初衷。

说到这跟我们每个人的关系,其实《生物多样性公约》里最重要也没有实现的一个大问题,就是所谓的主流化,就是大家不理解,保护自然都在远处,跟我有什么关系。我一开始做这些工作,也都是跑远的地方,看西南的山地、青藏高原,都是现在自然保护最好的地方。留下最好的地方,把它们保持住,这当然非常重要,但事实上除了大型的兽类以外,你会看到虫、鸟、植物等等,更多生存在更暖和更湿润的地方,也就是人更多的地方,以前是森林或者湿地,现在我们把它变成了农田和城市。所以今天,但凡农田周边或者城市里有一点空间,马上就会看到聚集的物种。北大校园就是一个例子。我们从2003年开始在北大校园里做鸟类监测,到现在为止记录了将近两百四十种鸟,整个中国有一千四百多种鸟,而北大有五万人,只有一平方公里,也就是七分之一的鸟类都可以在北大这么一个弹丸之地里找到。这个例子是非常有说服力的,说明城市的空间同样重要,而农村包括农田对野生动物也同样重要。

而且这不仅对这些物种重要,对人也重要。因为人的健康是跟周边环境的多样性有关系的,比如现在的研究越来越多地发现肠道微生物有对健康的调节作用,而微生物实际上是我们体内的生态系统,它的多样性就跟健康有直接关系。而多样性正是从环境中来,是我们的体内和体外互换,通过食物和各种接触来获得的,环境的单一化会直接导致我们肠道微生物的单一化。还有研究发现,人的过敏跟肠道微生物的单一也有关系。以前人类可能没有这个问题,这都是城市化以后才出现的问题。有些确实也是比较新的知识,需要更多的传播,有些也有待证明。要从科学上证明A和B有因果关系,其实非常难,要经历一个很长的阶段。但是不管怎么说,有一个好的环境,人从本能上是喜欢的。发明生物多样性(biodiversity)这个词的哈佛大学教授爱德华·威尔逊(Edward Osborne Wilson),也创造了另外一个词叫

"biophilia"，它指的是人类对生命的喜爱，意思是亲生命、亲自然是人的本能。我们看见一个小的生命，看见一片绿色，看见一个湖，都会觉得心旷神怡，甚至愿意为它付钱去旅游，说明我们认可它的价值。现在清华大学彭凯平老师的团队也在做研究，证明自然和心理的关系，特别是心理压力在自然环境中会不会得到缓解，包括激素上的反应，这已经有很多科学证据。如果我们了解到这些，做一些事情、让出一些空间，对自己也有好处，一举几得，何乐而不为。

我自己也有个转变，就是从那些最美、最好的自然慢慢转到人多的地方，现在开始关注农田和城市生物多样性的保护。我们现在在环境较好的地方基本上都建了保护区，如果要扩大保护，可能边际效益更好的地方是在城市和农田里。首先，这些地方本来就是生物多样性丰富的地方，也是其他生物喜欢的地方，哪怕让出一点点空间，都会马上产生明显的效果，而且对生活在这里的人有益。如果农田的生产能够对自然更加友好，那么必然是少农药、少化肥，这样生产出来的粮食和其他食物都更健康，而转变食物体系，现在也是保护生物多样性里很重要的一个环节。在这个过程中，我们就要平衡农民的收益，因为这样的生产可能产量更低或者更小众，想要在市场上得到更多的认可，最终要落到消费者的认可上，所以它是一个体系，是一个链条，应该建立一个市场机制。实际上我们现在说的不光是保护自然，最根本的是保护人，因为人在地球上生存得越来越艰难，好的空间越来越少，让其他物种有生存的机会，也让人类生活得更好，这是最根本的问题。按照现行的资本主义、工业发展的趋势，人类肯定走不下去。回归到最根本的一个问题，就是我们要什么，我们要钱吗？要更大的房子吗？这些东西有代价，这些代价是我们要的吗？我们的生活和人类的发展现在不可持续，最大的问题就是用单一的指标来衡量好坏，所以现在才需要转型，生活、生产、消费等所有这些体系都需要转变，是所谓价值观的问题。

吴：您说的这个转变，可能跟最近三年整个人类社会被疫情打断的情况有关，一种普遍危机的出现，让我们看到过去的生产和生活方式不可持续，虽然很多人是被迫停止，但的确出现了一些对自然环境来讲更积极的信号。您从保护者的角度，从遥远的山野慢慢转到关注城市和农田，而这也是今天生活在城市尤其是大城市里的人的普遍心理，大家似乎对于单一的城市生活产生了某种厌倦，比如，去野外露营成为时髦，成为年轻人追捧的生活方式，另外还有公民科学家、自然教育、各种关于自然的App的出现，远处的自然保护其实出现在我们身边，我们可以去周围观鸟，也可以参加"让候鸟飞"、"猫盟"这样一些组织。那么从您的角度来看，城市里的人可以怎样更好地参与这种转变，成为这个转变当中一个积极作为的主体，而不只是跟随某种风潮或者时尚？

吕： 首先我觉得这次的疫情确实让更多的人体会到自然对自己的好处，这样的认识仍然是非常重要的基础。到户外去，到自然中去，的确是隔离生活带来的反弹，希望这个效应能持续下去。但与此同时，大家的认识还是停留在非常表面的层面，大部分人并不了解什么样的自然更好。我们做过一个调查，问北京的居民喜欢哪一类的绿地，一类是整齐、干净的，上面是树，底下是草，中间没有任何其他东西，一类是杂草、灌木、五花八门的树，路也不那么明显，结果70%的人喜欢干净的那一类。所以，你问大家喜不喜欢自然，很多人都会说喜欢，但他们其实喜欢的是多样性更单一的地方。当然这里面有好多原因，比如说怕虫子，怕不安全，这些是现实的考虑。我顺便说一句，虫子没什么好怕的，真正对人有伤害的虫子就那几种，虫子咬人这个传统知识是从小被教育出来的，被教坏了，其实它不咬人。虽然是一件很小的事，但转变起来还真的不容易，所以从小孩子开始，就不要给他们灌输害怕虫子的观念，当他们赤着脚去接触自然，打个滚，我们不要说太脏了，快起来。这些都是点滴的改变。

如果真的想要参与，办法倒是挺多，比如很多NGO都会有活动，招募大家一起去。还有一件事大家可以做，如果感兴趣的话，就是把你身边的一片地变成保护小区，不管是你们家小区，还是单位的绿地，你可以自己决定把这个地方保护起来，然后去当地林业部门登记一下就行了。比如我们在北大就建了保护小区，我们通过校长办公室通过了自己的决议，做出了一些管理的要求，比如不洒农药化肥，在一定范围内不清理落叶等等。这个案例甚至写进了联合国《生物多样性公约》第十五次缔约方大会的案例集。所有人都可以这么做，这就是所谓自下而上的行动，是自主承诺。业主可以跟物业公司一起商量，如果有业主委员会就更方便了，可以自己决定把这块地方变得更自然一点，如果愿意请NGO来做一些指导，也是蛮好。现在，北京市海淀区也决定要推出几个自然保护小区，包括居民小区、单位大院和企业场所，把这些地方的自然情况记录下来，同时观察它的变化，就是一份清单,是一份非常好的公民科学的记录。

吴:现在的网络平台上,也出现这样自发的记录者,不管是用文字还是用视频,有的喜欢自己在家里养植物,甚至成了这方面的专家,发起一些群组,给大家普及基本的知识。

吕:对,其实我并不是从小认识动植物长大的,现在有人问我,我会转身问我的学生们,怕说错。这些东西都是积累起来的。说到个人的参与,你到自然中间去感受自然,这肯定特别好,你自己也马上获得愉悦甚至疗愈,从中受益。要说到个人为保护做什么,有一条我觉得特别重要,想在这里强调一下,就是不浪费食物。现在我们仍然有这样的习惯,看见很多食物摆在桌上,有一种满足感,不光是摆排场,也有生理或者心理上的需求,但我们得意识到它的危害在哪儿。今天我们的生物多样性碰到的最大的威胁就是土地被转化、海洋被转化,为了获取食物、养活人类,比如森林、湿地被转化成农田、城市,因为全球人口一直在持续增长,那么肯定需要越来越多的粮食,所以在某种意义上就不可避免地要开垦更多的土地。但是另外一方面,有三分之一的粮食、食物在运输过程中、更主要是在餐桌上被浪费掉。如果我们意识到我们浪费的这些东西，实际上是以别的生命失去家园为代价，对我们自己也没好处，还多花了钱，我们是不是还要这么做？我觉得这是举手之劳可以做到的事情。另外，在消费的时候，可以使用消费者的力量，使用对环境更友好的产品，那么也能引导厂家往这个方向走。

不能停留在舆论的层面上

吴：另外一个现象是，这几年我们看到了一些形成广泛讨论的环境事件，比如象群的迁徙、鄱阳湖的保护工程、白鲟的灭绝，还有各种网红动物、网红动物园等等，它们似乎都在比较大众的层面上引起了大家的兴趣，当然其中也有一大部分相对娱乐化。这些社会讨论对于实际的生态保护而言，利和弊分别是什么？

吕：大家对媒体上的热点事件有一些讨论，但真正的讨论不多，真正深入的思考也不多，有的时候，真正有价值的讨论反而被淹没。有时公众对自然的热情确实也出乎我的意料。比如，2022年我们测了一棵中国最高的松树，居然一个晚上就冲到了微博热搜第一名，说明大家对此还是蛮感兴趣。首先这不是坏事，确实也可以利用这个平台多说几句,因为只有原始的森林才会有这样的树,没有经过干扰,没有经过破坏,没有被砍掉,大家可能都能体会到这种珍贵的感觉。但与此同时,如何把这种热度转化为有用的行动,或者是真正有价值的讨论,其实并没有自然而然地发生。比如有多少人真的关注鄱阳湖要修坝,大象离开栖息地的原因是什么。

后来媒体把大象的事件作为我们国家自然保护有成效的正面例子,我觉得也对。第一,大象种群起码没有减少,这么大一个物种,在人这么多的环境里,数量能够逐渐增加,说明环境是在改善。第二,大象跑了这么远,没出一件伤人的事,沿途的老百姓也没抱怨,而是花了很大力气来引导大象,让它们最后能回去,当地保护部门和管理部门的做法真是可圈可点,在全球也引起了很多正面的反响。但是,真的不能停留在舆论的这个层面上。这其实是一个特别好的机遇,让大家讨论到底出了什么问题,大象为什么不老实待在自己家里,跑这么老远?根本上还是缺乏天然的食物,那么食物又为什么会缺乏?退耕还林以后,如果是天然恢复的森林,林下有草,可以供大象吃,但如果它们长成了橡胶林——橡胶实际上是一种作物,而不是森林,不光是橡胶本身不能吃,人还要保证橡胶不被杂草淹没，去割林下的草，让橡胶长出来，在这种情况下，这个栖息地就变得不适宜大象生存。还有一些地方，修了水坝以后，水涨得凶，大象就回不去了，被隔离在比较偏的角落，吃的也不够，它们就去骚扰老百姓，产生很多人象冲突。在这个背景下，我们应该好好来讨论一下怎么解决大象的问题，我们现在的空间有限，究竟能养活多少头大象？大象的栖息地应该怎么来恢复和营造？橡胶林应该怎么做？因为橡胶种在比较平坦的低海拔森林里面，和大象的栖息地是重叠的，现在橡胶的价格较低，那么是不是能够让一些橡胶林回归成大象的栖息地？这样的讨论应该展开。讨论问题，用坦诚而积极解决问题的态度，会赢得更多的尊重和理解。但是现在大家都非常小心，有的问题后来就不让说了，我觉得蛮遗憾。

吴：这和我们前面聊到的错位和缺失有关系，一方面能够感觉到普遍的兴趣和关注在上升，但是落到实际的保护当中，又缺乏专业的路径，或者说缺乏结构性的认识。形成这种结构性的认识其实最好的方式就是通过公共讨论，形成一些共识，再经由大众媒体去传播。从我个人的专业角度，总觉得这个过程当中缺少一块拼图,就是公共讨论的缺失。

吕:说到这里,我有点惭愧。2000年的时候,我曾经跟一个朋友商量,说做一个节目来专门谈环境的问题,因为我们有这个背景,可以谈得深入一点,但是由于种种原因没有做起来,现在也不知道还能不能做。我们现在看到很多网红、博主也在做这个努力,仍然还不够。这是一个公共话题,环境保护本身也是公共利益,所以必得公共参与、公众了解和知情,这方面的确还是欠缺。比如,"生物多样性"这个词都有点拗口,现在我基本上就会直接说自然,其实自然就是生物多样性的另外一个说法。一说自然,大家都能理解,但又显得好像不够专业,这里面的确还有专业知识。我有的时候就吞吞吐吐,不肯说黑白分明的话,因为事实上,是非曲直通常都有前提条件,这是为什么做科学的人说话往往不如网络上的传播者那么干脆、那么斩钉截铁,这也是一个问题。但是,从传播上来讲,肯定有好的办法来解决这个问题。

如果价值观体系不转变,就没有真正的希望

吴:前面您也提到,在青藏高原的观察和经验对您很有启发,甚至让您恢复了对人类与自然相处的信心。那里的环境,不管从文化、宗教还是自然的角度,对于今天已经高度现代化的城市文明、现代人来讲,还有哪些具体的参照意义?或者,那里对我们来说只是一个幻境、一个乌托邦式的存在?尤其在自然保护的领域,有哪些经验是我们可以向他们学习、进而共享的?

吕:这是一个蛮复杂的问题,也是我仍然在琢磨的事。你提得非常好,藏区的经验是不是可以扩展到别的地方去?在不同的文化背景、不同的经济发展阶段、不同的政治制度背景之下,是不是可能被复制或者被学习?我回答不好,但是我想说一下我学到了什么。我前面说到在秦岭做熊猫研究时,我把林业局给弄没了,那些人也都是我的朋友,我跟他们朝夕相处七八年。去年夏天,我去看了其中几位,都七八十岁了,尽管现在看起来还挺好,后来各种补贴也都跟上来,生活还是可以,但是当时那种失去的情绪、对生活的焦虑也是真实的。这让我学习到,我们在保护的时候要考虑公平性,谁要保护,谁会失去,是不是有一个平衡。所以在成立"山水自然保护中心"的时候,我们的宗旨叫作"生态公平","公平"这两个字我们平时不挂在嘴上,但这是我们行为的准则,把当地人变成保护者,并且让老百姓从中受益,这成了我们在当地工作的主要线索。另一方面就是公民科学和公众的参与，我们做的基本上都是自下而上的事情，因为我们相信，只有人愿意保护，保护才能成为现实，而生活在这个地区的广大老百姓是最主要的人，外面的人可以去发动、可以提供支持，但最终是当地人来决定。那么当地人为什么要去做保护？这一直是个很困难的问题。大家会说我们还很穷，为什么要做保护？等"库兹涅茨环境曲线"到了拐点，才能去考虑环境的问题，会不会太晚？在我进入藏区以后，这个问题得到了一定程度的解答。

我印象特别深，有一次，我问一个林业局局长，当地一共有多少保护区，实际上我知道那里只有一个，就是西藏昌都的马鹿保护区，结果他说有56个，他说马鹿那个是官方的保护区，我们还有55个老百姓的保护区，就是我们的神山或者圣湖。我第一次听到这样一个体系，就去看这些神山圣湖，结果他们真的是在做保护，不在这些地方从事活动，比如山上有虫草，但他们不去挖，而虫草多贵啊。我说这是为什么，他们说都发过誓，一直遵守传统，神山圣湖是他们生活的保障。我后来才理解这种万物有灵的信仰，山神才是主人，人只是过客，我们借用别人的土地和资源，所以得有礼貌，要自律。这种对自然和土地的敬畏之心在我生长的环境里是陌生的。藏区的经历让我反思了自己在认识上的局限,让我打开和谦卑,也看到了一些新的可能性。当然不是所有人都要去信仰藏传佛教,这也跟从小的宗教教育有关系,在藏区长大的孩子,不管将来做了什么,对自然的敬畏之心跟我是不一样的,我是后天学来,他们是天然的,所以这让我对人有信心。我们看到那些磕长头的朝圣者,都会很感慨,我就去问他们祈祷的是什么,基本上的回答都是人类幸福、世界和平这么大的愿景。后来我了解到,他们得到的教育是,给自己祈祷升官发财、身体健康是没用的,必须得发善念、做善行,大的环境好了,自己才能好起来。像环境保护这样的公共利益,太需要这种共识、这种公心。

虫草比黄金都贵,能在这个上面做取舍,我真的很服气,这里就涉及孰轻孰重的比较。当我们说到利益,习惯上等同获得什么资源、钱和报酬,而精神方面被忽略了,在我们现行的资本主义体系下,缺乏这个维度。这也是为什么1972年不丹国王提出国民幸福指数时,一开始大家都觉得是乌托邦,但是现在他们国家建立了这样一套指标和考核体系,包括睡眠、教育、健康、文化传承、当地语言、环境保护等等。联合国也在推广类似的多指标体系。其实都是我们自己的选择，是选择钱还是选择别的，我们到底追求的是什么。很多行为学、经济学的研究都表明，钱不一定能带来幸福，那我们为什么一直执迷不悟呢？藏区的例子给我的教育就是，人可以做到取舍，当然前提是价值观的体系，也就是你说的结构性的东西，如果这个结构不转变，可能真的没有希望。今天我们不只说生态文明，也在说经济转型，但传统势力总是更加强势，因为它已经占有了生态位，不肯放弃，石油工业、煤炭工业仍然主导着我们的能源体系，新能源就占不到市场，在政策上占不到优势，那么怎么才能做到全方位的转变？转变到底靠什么？我现在也很困惑，我想肯定不能只靠自下而上的推动，但自下而上的正面案例非常重要，有助于说服力量更大的人，这是可行的，人们有可能做这样的选择。青藏高原的案例，价值是在这里。

吴： 您一直在强调价值观的转变，尤其是整体的价值观，那么对于现代文明来说，主要由西方社会参与构建，所以我们过去会有一个思维惯性，总是去西方社会寻找价值观系统，比如北欧，他们最近有非常年轻的环保代言人，有各种新政策。那么我的问题是，除了西方，我们还可以看向哪里？一是您提到青藏高原这样的个案,二是今天很多答案有没有可能从中国内部来寻找?或者说我们是否有这样的机会,不管是自下而上去做努力,还是真正自上而下做决断?

吕: 这个的确是我正在思考的问题,也不光是我,我想全世界很多人都在思考,答案究竟在什么地方。实际上资本主义自身也在做一些修正,北欧是一个非常显著的例子,它的高福利安排跟资本主义的初衷是不一样的,当然也有很多批评说它的社会缺乏活力,这个见仁见智,生活在那里的人才有发言权。北欧人的环境意识确实非常强,那里的消费者购买东西,真的会看产品的生态足迹,看它到底消费了多少能源、消耗了多少土地和水等等,而且他们的各种部长都是年轻漂亮的女性,这一点让我非常赞叹。所以,我觉得有的发达国家已经在走后资本主义的道路。

其实早在20世纪70年代,挪威的阿尔内·内斯(Arne Næss)就提出了"深度生态学"(Deep Ecology),他从社会结构、文化结构的角度来探讨人的需求和欲望的增长,最后导致地球崩溃的局面,他其实受到很多东方哲学的影响。东方哲学教人有节制,这一点我觉得跟基督教的扩张性不太一样,基督教跟殖民和资本主义的发展联系在一起,但是东方从来没有这样的过程,一直是非主流的。现在,地球被人类的扩张影响到这个程度，可能需要我们收敛、自治、自律，这个在东方哲学、文化和宗教里有更多表现，所以我觉得也许是文明的轮回，或者文明在不同阶段的需求，很幸运有这些多元的文化和价值观的存在。我可能不是一个信教的人，但是我对佛教里面的很多理念非常认同，释迦牟尼可能在两千五百年前就看到了这些问题，归根结底是我们人要什么，它不是无限的。其实西方近年来的反思也是如此，比如《增长的极限》（*Limits to Growth*）这本小小的书产生了巨大的影响，以及"深度生态学"的思考，包括后来对可持续发展的反思，到了1972年，联合国召开了第一次人类环境会议，这一系列事件其实都有联系。实际上人类发展到这个阶段，思考都是朝着更加节制自己的方向在走，但行动却一直滞后。人类的敌人就是自己，问题就在于，我们怎么来管理自己。

不过这里的确有公平性的问题。比如我们马上要在蒙特利尔开《生物多样性公约》COP15第二阶段的会，讨论"2020后全球生物多样性框架"，这和气候变化的"巴黎协定"同样重要，因此希望有一个更加开放的环境，让更多人参与讨论，特别是发展中国家，包括原住民的代表等等。且不说很多原住民文化中许多宝贵的人与自然和谐共生的知识与文化我们今天仍可以学习借鉴，就像藏区的神山圣湖，我们保护地球、保护自然，不能忽视原住民的权利，不能忽视弱势群体的潜力，要充分发挥他们的作用，如果他们连会都参加不了，怎么发挥呢？自然保护中的政治、经济问题，怎么通过公平的途径来实现，让每个人和国家各得其所，特别是欠发达国家的权利和选择得到保障，这的确是非常难的平衡，现在把条款都写出来了，但每一个条款要能达成一致，这非常艰难。我觉得中国在某些方面的经验值得借鉴，比如我们现在用大量财政转移支付来支持更偏远的地区从事生态保护，如果全世界都采取类似的做法，通过一个更加公平的机制，不管是市场机制还是政策机制，让老百姓更加自愿地支持保护，就会更好。

在全球范围内，我觉得现在需要拿出越来越多的案例，让大家来研究创造这种转变的条件究竟是什么。刚才提到，我自己体悟到的一个是，我们过度地关注钱，而人需要获得的满足是多方面的。马斯洛的需求理论说下层的需求满足了才能往上走，但我的观察是二者可以同时发生，在任何一个阶段，人都有精神需求。藏区的例子就是这样，重视精神需求是其中可以复制到其他地方的元素。比如我们在四川的村子里看到，年轻人回乡来做保护工作，挣的钱比在外面打工少，但他们获得的自我满足感更多。第一，他们是给自己的家乡做事情；第二，他们陪伴父母、陪伴孩子一起长大，生活是完整的；第三，还能经常接触社会各界的人，媒体的报道对个人而言也是自我实现。我觉得需要考虑，自我价值的实现在穷的时候依然是可能的，不论是《生物多样性公约》的谈判，还是谈到2030、2050年的目标时，我们都没有充分考虑精神上的满足这一点。

吴：听您聊到人的需求尤其是精神满足的重要性，这个可能溢出了我们对自然保护专家的刻板印象，上次采访您的学生、复旦大学的王放老师时，他也说到自己不想成为那种极端的自然保护主义者，尽管其实你们谈到的都离极端还很远。

吕：我觉得非常重要的一点是尊重每一个人的选择，如果他的选择不是你想要的，你需要了解的是他需要的是什么，如果要创造你所认为的理想的选择，比如人和自然更加和谐地相处，那么你需要创造条件让别人做这种选择，而不是简单地去要求别人，或者用道德来压制。对我来说这是一个漫长的学习过程，是许多年来的反思。你要说极端的话，我们当时保护熊猫的做法，把林业局变成保护区，可能可以划到比较极端的一类。尽管当时是紧急状态,不那么做不行,当然也争取了一些补贴,但是从我们的角度确实考虑得少,也碰了壁,有些人不满意,才触发我去想这些事情,而不是简单地指责别人没有觉悟。不管你是一个话语权大还是话语权小的人,我们的行为对其他人都会有影响,所以需要不停地反思,力求让这样的影响是平衡的,至少是无害的,甚至对大家都有益,其实不是那么容易做到。当我们说要追求多重的目标,单一的目标有害,而我们自己却在做单一的事情时,那就是知行不合一。

吴：当您需要考量的维度变得越来越多,具体工作的展开会越来越困难吗?

吕：这倒没有。因为当地老百姓的生活,他们每天的选择和生计,本身就是特别多维度的。把自己放到一个生存或者发展的场景里,去体悟当地人的需求,本身就是特别好的研究。我们在做观察的时候,有时候特别想努力达到目标,就会把自己扔进去,目标实现不了就很沮丧,早年的时候更是这样,有很多失败的尝试,但是,后来我学会了把自己稍微地剥离出一点,也就是项飙老师说的"把自己作为方法",把自己作为研究对象。我们跑到当地去,有时根本不理解情况就失败了，话都没有说对，话语其实体现了你有没有同理心，是不是能够共情，究竟是自我中心还是把自己放在别人的位置上去替人考虑，这实际上非常重要。人类学强调客观，但是我们是要介入，这点我跟刘绍华老师也聊过，她显然也是注重参与的，因此被非议说她做的不是人类学。其实我觉得属于什么学真的没关系，了解学术的框架有必要，但是在我们讨论真问题的时候，甚至是寻找真问题的答案时，没有必要拘泥于这些框架，到底是中立的还是有价值选择的，我觉得都可以。

吴： 我过去特别喜欢问别人到底是悲观还是乐观，然后再决定怎么去行动，但是听您讲完，觉得这种态度的二分没有什么价值，如果我们能深入地去看具体的每一件事情、每一个项目、每一个问题，了解所有参与者的意见，以及相应的后果和代价，可能就自然找到了自己的位置，然后你能做到哪里，就做到哪里。

吕： 做不到的时候，也不用把自己全折进去，你就作为观察者，脱离一点，继续往前走。失败很正常，不要为一次失败太过执着，这实际上也是一种"我执"，尽管我可能是出于对社会好、对地球好的目的。实际上所有没有实现的、没有达成的事都有原因，都有它的合理性。

吴： 而如果我们已经意识到某些行为模式是成问题的,那么自己也可以参与到构建某个案例的过程当中来。

吕： 现在,城市的生物多样性正是一个热点,在"2020后全球生物多样性框架"草案里,新加上了城市这一条。每个城市居民都有机会参与,所谓"不以善小而不为"。这个世界会不会好?其实答案在我们自己每个人手里。

劳东燕

/

法律的核心问题是，
良好的社会秩序如何可能

采访 / 撰文

晓宇

劳东燕　　法学博士，清华大学法学院教授、博士生导师，主要研究方向为刑法学。发表学术论文九十余篇，著有《功能主义的刑法解释》《风险社会中的刑法》《罪刑法定本土化的法治叙事》与《刑法中的学派之争与问题研究》等，译有《法律科学的悖论》等。

晓宇　　1991年生，湖北武汉人，青年作家、学者，英国牛津大学博士，澳大利亚国立大学研究员，曾供职于联合国，从事冲突协调和国际发展的工作。现任北京大学国际关系学院助理教授。长期进行评论和非虚构写作，作品见于《单读》、《小说界》、洛杉矶书评中国频道，《三联生活周刊》、澎湃新闻、《卫报》(The Guardian)、《外交家》(The Diplomat) 等。出版有《利马之梦：晓宇的拉美笔记》。

新冠三年。武汉期间，罗翔的视频出现在视频推送之中，普法教育以始料未及的方式进入我的生活。接二连三的公共事件后，我开始有意地寻找法律的回应，发现了劳东燕。她的短文几乎及时地出现在每一场拨动人心的事件之中。顺藤摸瓜检索后，许多曾经印象深刻的事件和这个名字联系到了一起。2014年陆勇代购抗癌药案、2015年贾敬龙杀人案、2016年天津摆摊大妈赵春华非法持枪案，以及近两年的人脸识别、正当防卫与人口买卖等公共问题，劳东燕都没有缺席。除了作为学者发表论文和政策建议，她的公共写作像是同为绍兴人的鲁迅所写的"匕首"短文，一次次地正中事件的争议靶心。

数次抵制小区的人脸识别计划后，她被媒体冠以"刺头"的名号。在2021年的年终总结《直面真实的世界》一文中，她对"刺头"的缘起做了解释："正是包括我在内的很多人选择忍让退却，才让恶人能肆无忌惮地继续为恶。在某种意义上，对于周遭环境的日渐恶化，选择忍让退却的我们，其实都负有消极不作为的责任……在不拉低自己的前提下，是应该考虑坚决反击的。"

劳东燕　法律的核心问题是，良好的社会秩序如何可能

一位清华大学的法学教授决定反击。我进入大学体制后，更能体会她的反击所需的"冲决网罗"。退却和沉默近乎是一种理所当然的选择，至少没有人会指责退却。即便有心，面对现实，危机感从社会层面抵达个人，更多是"四顾心茫然"。劳东燕做了不同的选择。她的回应既符合大众朴素的正义感，情感丰盈；又从法学的专业出发，有理有据。一个讲道理、有温度、有情义的法治社会成为想象的可能。

一次出现在公共事件中或许是意外，持续性地出现则是一种选择。劳东燕的置身事内，有三重身份的叠加：刑法学者、法制建设参与者、公共发声人。我好奇这三种身份的形成轨迹，她怎么看待知识分子的责任，怎么保持时刻实践的热忱。她的回答没有回避和躲闪，谈及过去的节点多次精准到了日期。

她否认知识分子为大众代言的框架。在她的理念中，那是为自己作为其中一员的群体争取权利，谈不上代言。正因如此，知识分子的行动需要边界。超出自己的专业领域，就和外行的意见没有两样。她同时否认自己是有意追寻热点，因为不少事件在她给予关注时并未成为热点，她强调自己更关注具有一般意义和普及性的个案。至于数次"踩中热点"，她将之归结于方向感——在关注宏大议题和社会发展、并做出价值判断的过程中所形成的方向感。许

是个性使然，从上大学开始，她就不期然地有对"大问题"的关怀。过去数十年间，在法律实务、学术研究和公共参与之间的流转中，她的宏大关怀没有褪去，且在较真的精神中，变成了面向危机、面向日常的一种实践。

晓宇 → 晓　　劳东燕 → 劳

业余的关注：中国的现代化转型

晓：我们追本溯源，从成长的经历说起，什么样的经历和环境让您选择法学的道路？

劳：我的成长经历相对单纯。我老家是浙江绍兴，上中学之前，内心的理想是当企业家，后来改投法律是一念之差。也许是从小受影视作品中警察形象的影响，一念之间选择了法学，本科上了华东政法大学，从此走上了法律的道路。大学时期，我对法律专业谈不上很喜欢，倒是对看起来与法律无关的问题有强烈的兴趣。如今回看，对这个问题的关注在相当程度上影响了我之后的人生。在大学期间的业余阅读生活中，我很关注这样一个问题：为什么中国在近现代发展过程中，没有率先走向现代化，而西方却走向了现代化？

这种业余的关注塑造了我的阅读兴趣与知识结构，会有意识地去读一些启蒙时期以来的政治学和社会学理论。历史学方面，则是对明清时期感兴趣，因为那一段历史关乎中国现代性的道路选择。法律之外，我对整体性的知识兴趣浓厚，但再往前的中世纪或古典理论，我了解比较少，这大概和我的问题意识有关。

晓：对整个社会的转型问题的关注。

劳：学生时代，黄仁宇的《万历十五年》和费正清、孔飞力、列文森的书都是手边读物。我希望从一个现象出发，看到它背后关于中国的结构性理论。国内有如曹锦清的《黄河边的中国》、于建嵘的《岳村政治》，都是从局部的现象出发，洞悉中国的社会结构。我自己作为浙江人，其实只了解浙江，后来去上海和北京，仍然是中国非常狭小的一部分。

我的求学中有两条线，一条是专业，另一条是业余。这种业余的关注，是围绕具体问题展开的，要说和法学专业有什么关联，那法律也是现代化转型过程中的一部分。当然，当年我未必清晰地意识到这一点。我的研究，习惯于把法律放在社会变迁的大背景去观察，应该是受了大学时代以来业余关注的影响。

我是1992到1996年读大学，那个年代的学生有社会关怀的比较多见。正好赶上1992年邓小平南方谈话说要开放,整个环境的禁忌很少,至少我在学生时代没有感觉到特别的禁忌。我记得学政治经济学的时候,还问过老师关于国家资本主义的问题,当时这种问题是能跟老师正常探讨的,不觉得有什么禁忌。

晓: 我通过阅读反观自己出生的90年代,印象是在经历迷惘和冲击后,当时兴起的辩论是"我们要怎么走下去"。这样的争论发生在迅速转向市场化的时期。很多人的选择实际上是"下海",而您选择继续在法学界。为什么?

劳: 可能是政法学院的传统,当时的政法高校毕业生基本不考虑从商。这跟专业选择的路径有关系。法律分成公法和私法,公法是制约公权力,私法关注的是平等主体之间的关系。从大学时代开始,我就对公法更感兴趣,刑法也属于公法的范畴。1999年去北大读研究生的时候,我曾想过换专业,比起刑法,当时我对刑事诉讼法更有热情。在美国,刑事诉讼法被称为小宪法,和被告人的基本权利保障密切相关。读博期间,我去德国交流,你要知道我们整个刑法教义学深受德国与日本刑法理论的影响,技术性强,但我本人一直更喜欢思想性的东西,部门法或特别讲究精工细作的方法与技术约束了思考的深度与广度。所以我能理解为什么韦伯一开始学法，后来会选择社会学，尼克拉斯·卢曼也一样。

2002到2003年，我作为在读的博士生，到德国慕尼黑大学交流一年。当时资助我出国交流的奔驰基金会，向我提供了继续在德国读博士的机会，当时基金会的主任曾担任海德堡大学的校长，答应为我推荐公法领域的教授。我清楚地记得，我在2003年10月底回国，11月收到奔驰基金会秘书处的邮件，让我提供简历等材料。我当时在寻找教职和去海德堡读公法方向的博士之间犹豫，一直到2004年1月才投了找教职的简历，后来清华那边确定了工作，所以，放弃了去海德堡读博的机会。这又是一念之差。如果当初清华没要我，我应该会去德国读宪法学，走上完全不同的道路。与具体的刑法问题相比，我对国家权力的制约，包括国家在现代的社会治理中应该充当什么样的角色、社会应该怎么组织起来等问题更感兴趣。

晓：除了学者的身份，您有在检察院和法院的挂职经历。在实操层面遭遇法治现代化中的具体问题，和学理上的不同之处是什么？

劳：我的实践经历有三段。第一段是1996年本科毕业后去实务部门就业。法律专业的多数学生选择政法机关就业，我原本想去上海第一中级人民法院，我是上海市优秀毕业生，但是找工作时被排在第四位序：本地男、外地男、本地女、外地女。后来，我去了上海市人民检察院第一分院，在起诉部门工作。1996年，国家修改了刑事诉讼法，由纠问式改对抗式，原来法庭调查是法官主导，在修改以后，负责出庭的检察官在庭审中的角色分量加重。90年代的刑事诉讼改革受到英美法程序正义的影响。我要学习写案件审结报告，怎么在法庭上发问、出证、质证，实操层面的技巧掌握起来还是比较快的。一年后，实操层面学习的边际效应递减，学到的东西感觉就比较少了。之后我被调到起诉部门的秘书科，这对想要在体制内晋升的人来说可能是好事，但离办案就远了。我更喜欢办案。

选择离开实务部门的根本原因是在机关里自我的失控感。在办案过程中，比如关于行为的定性问题，我愿意表达真实的意见，有时也会和领导发生争论。当然，事后发现当初我的看法未必正确。如果一个案件涉及定性争议，比如我认为是敲诈勒索罪，而领导认为是抢劫罪，照理说，我作为承办人，写上自己认为的敲诈勒索的意见并无问题。但现实的规则是，如果领导改变定性，万一以后案件处理被认为有问题，领导的责任可能就比较大,反之,如果是承办人自己改意见,领导直接写同意,他就没有这一层责任。在知道领导意见之后,一般人就会选择改自己的观点,但我就不怎么愿意。

在机关工作,你的整个人生、发展怎么样,主要不是控制在自己手里,而是控制在别人手里。自己无法掌控前途和命运,这让我心生苦闷。在秘书科没干多久,我决定辞职。1998年3月,我就提出辞职,当时的直接领导不同意,也找我谈过职位升迁的问题,但我还是下定决心要离开。辞职请求迟迟未批,那半年过得倍感煎熬,获批之前还要继续负责任地工作。当时我准备考研,如果单位不给转档案,后面考上了也根本录取不了。当年考研报名截止日期是11月10号,如果拖过10号,又得再等一年,还好在10月中旬,单位终于放行同意我办离职手续。离职手续办完后,我于10月下旬到北京,当时住在北大对面的蔚秀园。那年研究生考试的时间应该是1999年的1月31日。

晓:而后,您的实务经历是以刑法学者的身份进入到实践之中?

劳:2017年到2018年,我在海淀法院挂职,2020年到2021年,在最高人民检察院的研究室挂职。这是我另两段实务经历。因为之前在实务部门工作过，处理过案件、庭审、提讯被告人，知道整个过程和公检法的内部关系，所以更切实感受到刑事诉讼的问题主要不出在实体法而是诉讼法层面，比如公权力和被告人之间的不对等。

在海淀法院是常规性的挂职，是协助分管，得以有机会去观察基层法院内部的运作。最高检的挂职是有分管的，这和作为旁观者的挂职就有些不一样。我当时在研究室挂职，分管的是一处的工作，一处是研究室两个核心处室之一，主要负责刑事实体法方面的司法解释和规范性文件的制发工作，需要在办公系统里审批报上来的文件，同时担任最高检案例委员会的委员，有投票权和发言权。所以，在最高检的挂职，我有实质性的参与。当时我一周会去三天，前半年有时候会去四天，清华这边的教学还继续，我会把课集中安排在一天或两天，这样就不至于影响学校里的教学安排。

最高检的挂职经历对我的影响更大。首先就是参与了一些司法解释与规范性文件的制发工作，知道了司法解释是怎么做出来的。当时正好遇上刑法立法修改，我代表最高检去全国人大法工委参加立法修改方面的工作会议，所以对立法修改过程有参与并有所了解。《刑法修正案（十一）》草案曾征求过最高检的意见，负责起草回复的处室正好是我分管的，在我经手的环节，我加上了一条，增设对已满十四未满十六周岁的未成年少女的性侵犯罪，我认为刑法上对未成年少女的性保护仍是不足的。后来得知，其他中央部门也提出相同意见，所以，这一意见后来被立法机关所采纳，立法增设了负有特殊职责人员性侵罪。

另外还有两个大的启发，一是参加检委会旁听时，发现司法机关高层的决策者在考虑问题时，除了法律的部分，还会考虑政治和社会的因素，对社会效果的追求偏向明显。这让我意识到，决策时不只限于考虑法律因素，单从法律角度的决策有时候可能事与愿违，需要有顶层思维。第二个启发，在中国如果你想要提与社会治理相关的法律建议，就要知道体制的运作逻辑，在此基础之上提出具有可行性的方案，而不是理想化的设想。单一的学科知识、看上去理想型的方案，在实践中很多推行不了。因为你改不了机制，如果希望有变化，就要在现行机制之下考虑如何去引导，这是顶层思维和现实语境的结合，做综合判断。我个人的感受是，如果人家只给书面稿征求意见，有时候发现不了问题，也提不出什么有价值的意见，但在工作讨论中，听人家的发言，得到更多的信息，更容易提出有建设性的意见。不是说人家提的意见正好和我的一致,而是在沟通的场合中,能突然涌现原本根本没有的想法。

晓: 听上去还有交往理性的可能,在交往交谈中构建出一种新的共识。

劳: 这种场合能够了解到更多的信息,知道制度构建的实际意图,才能迅速地做出判断。作为学者,我在挂职工作中自己做了一些调整。学术伦理和实践伦理不一样,学者可以说这个不行那个不行,但作为实践者,说完不行后,必须给个替代性方案。如果替代性方案不被接受,则要考虑如何给自己反对的方案补漏。我当时有双重身份,和领导有不同的意见没问题,但同时毕竟也是集体决策的一部分。我通常会先说个人倾向性意见,比如某个案例不该采用、某个规则有问题,同时,我也会讲,假如我的意见没有被采纳,继续用多数意见,最好弥补哪一块的问题。

至于为什么没有选择到体制内任职,还是在对自己命运的把控上,无论大机关还是小机关,都有这个问题。做两份工作很辛苦,另外就是觉得对自己的学术可能有耽误。所以,虽然一年挂职的收获很多,但深感疲惫,再加上当时已有一年多没写学术文章了,因为教学任务不能落下，最后就只能牺牲科研的时间。你知道，作为学者，有一年半不看书不写文章，内心是有些慌的。即便职称问题解决了，但我对自己的学术还是有期待，以我眼下的年龄，学术走向成熟，有很多新的想法，所以希望在学术上能继续有进益。近些年来，我一直对互联网时代网络和数据技术的社会影响有所关注，也为此做了一些知识上的准备，希望能对包括数据安全、个人信息保护和金融犯罪等新型领域的问题进行研究。挂职结束后，我在2021年的下半年完成了三篇学术论文，大概符合自己的要求。但是今年（2022）以来的状态就不好，基本上没有进行学术性的写作，早知如此，可能就还不如再挂职一年，这样的话，了解的东西可能更为全面与真切。

公共法学：直面现实的精神

晓： 您谈到司法解释和指导案例，而我们能看到的是社会公共事件对于法律进程的影响，比如您发表过意见的贾敬龙杀人案、天津大妈持枪案、陆勇案等。从普遍的大众情感到法律规定，法治建设是以这样"冲击－回应"的方式展开的吗？

劳：你提到的贾敬龙杀人案、天津大妈案、陆勇案，我不是有意去介入，而是因为自己的学术研究关注而偶然介入的。比如贾敬龙案，我关注不是因为舆论影响大，而是正好做了死刑适用标准的研究发表[1]。我认为贾敬龙案不符合现有的死刑适用标准，即便是从司法政策的角度，从最高法已经公布的一些死刑适用案件来说，也不该适用死刑立即执行。当时没有个人微信公众号，文章是通过"法学学术前沿"的公众号发出的，同时也通过在最高法挂职的师兄转递了意见，但这个案件后来还是判死刑。

天津大妈持枪案类似。我被邀请参加中国政法大学的一个专门讨论该案的论坛，我在论坛上对这个案件发表了看法，之后媒体好像有报道。从刑法的角度来看，我认为不符合非法持有枪支罪的构成要件，不应作犯罪处理。这个案件中，用于射击气球的枪支是否是刑法意义上的枪支存在疑问，同时天津大妈根本不知道这个枪是刑法意义上的枪支，不然怎么会公开摆摊，让大家都知道她在犯罪呢？所以从客观要件或是犯罪故意、违法性认识的角度，都可以得出无罪化的结论。后来我接受围绕该案的约稿，针对这个问题在

---

[1] "死刑适用标准的体系化构造"，《法学研究》，2015年第1期，第170—190页。

《华东政法大学学报》上专门写了一篇论文。

至于陆勇案,其中涉及仿制药问题。陆勇被认为涉嫌构成销售假药罪,后来媒体报道该案,引发较多的关注,检察机关最后决定不起诉。清华法学院的卫生法中心曾经请陆勇来参加关于仿制药的研讨会,我也参加了。陆勇案是典型的形式上似乎构成犯罪,但基于朴素的法感情很难认为成立犯罪的案件。我当时写了一篇论文,讨论价值判断与刑法解释之间的关系[1]。如果从价值判断的角度认为相应行为不应作为犯罪处理,那就应该把这种应然判断贯彻到法律解释与适用的过程中。我在论文中考虑的是,如果要把陆勇的行为去罪化,究竟有哪几种路径,在此基础上来反思价值判断在刑法解释中的作用和角色。

刑法解释不是仅指法条的字面含义,其中必然涉及价值判断。如果大家都认为他的行为是英雄式的,那怎么能把英雄式的行为解读为刑法上的犯罪呢?认为国法和人情相互冲突的想法不尽妥当,把天理人情纳入到对国法的解释和适用中才是合理的做法。我不仅就该案本身提了几种去罪化的路径,由此还进一步去反

---

[1] "价值判断与刑法解释:对陆勇案的刑法困境与出路的思考",《清华法律评论》,第9卷第1辑,2017年,第138—158页。

思，怎么通过刑法解释得出应然的、符合正义感的结论。这篇文章是我的学术写作，因涉及个案，可读性相对还不错。2018年，《我不是药神》的电影出来，文章受到比较广泛的关注，有个毕业的学生把我的文章发在他的公众号，改了标题，有六七万阅读量，还被好几个公众号转载了。作为一篇专业文章来讲，这样的阅读量还不错。所以，前期我热点案件的"介入"，都有相应的学术论文。

晓：还有一个正当防卫的问题，大家觉得和自身权益相关，我们开玩笑说，现在只要还手，就至少是防卫过当。

劳：对，在2014年的时候，我就认为对防卫类案件的处理中存在唯结果论的问题，一旦有死伤结果，就反过来倒追防卫人责任，这在制度安排上不公平。2014到2015年，我在日本访学，就写了相关的文章[1]。
写完后，我发现唯结果论的做法与在利益衡量方法上的缺陷有关。在正当防卫中，作为正当的一方，不应该将其权利做单纯利益化的处理，把权利下降为利

---

[1] "结果无价值逻辑的实务透视：以防卫过当为视角的展开"，《政治与法律》2015年第1期，第13—24页；"防卫过当的认定与结果无价值论的不足"，《中外法学》2015年第5期，第1324—1348页。

益,然后进行利益衡量。包括紧急避险的情形,单纯的利益衡量也有问题。假设你是稀有血型者,去医院时正好有稀有血型的人出交通事故大出血,要你献血,你不愿意,人家强制抽,构不构成紧急避险?如果单纯按照利益衡量的话,生命权比轻微的健康权更为重要,会得出可以成立紧急避险的结论,但我们凭直觉都认为不应该成立紧急避险,否则到医院时岂不是人人自危?这就是纯粹做功利主义的衡量,没有正当权利维度的考虑。不能简单说强制抽血不对,如果你醉酒驾驶,不愿意接受检查而被强制抽血,我们都觉得没有问题,为什么?因为前面案例是把你当作工具,而醉酒驾驶中的强制抽血不涉及被工具化的问题。这篇文章后来也发表了[1]。我写完这些文章后不久,因为于欢案等一些案件引起全国性的关注,正当防卫就成了一个热门话题。

晓:到了2020年,我记得是最高法、最高检和公安部出台了依法适用正当防卫制度的指导意见,反思传递到了政策制度的层面。

劳:这个意见的出台正好是在我挂职的时候。2020年9月

---

[1] "法益衡量原理的教义学检讨",《中外法学》2016年第2期,第355—386页。

份，还是我代表最高检去参加的新闻发布会。正当防卫指导意见的修改，很大程度上吸纳了学界的观点，在最高法起草的阶段征求了刑法学界十几位学者的观点，后面又邀请包括我在内的几位学者提供书面意见。对这份意见的制发，我有比较深度的参与，因为在最高检的阶段，正好是我分管的处室负责这个意见的制发工作，也因此，后来是我去参加的新闻发布会。在当初做正当防卫方面的研究时，并不知道这方面的问题在几年后会成为热点，也属于不经意间踩到的。前面说的贾敬龙案、天津大妈案、陆勇案以及正当防卫的问题，其实都是自己有相应的学术关注，偶然地有所介入，并不是抱着关注热点的想法。当然，自己关注的学术问题，不时地与热门案件相关联，可能是由于我在做学术研究时，比较注重方向感，对于具有一般意义的刑法问题比较敏感。一个具体的个案，如果没有一般性的意义，我通常不会很关心，如果它有一般的意义，具有现实或潜在的社会性，我会下意识地给予更多的关心。

晓：后来您开了自己的社交媒体平台，更加积极和主动地介入了公共事件的评议。

劳：这是从2019年的时候开始的，一个偶然，可能改变了个人的发展路径。当时有朋友建议我写微信公众号,我就从当年的1月份开始试着写。起初几篇都是校园里的主题,比如作为女性导师跟学生之间怎么相处等,反响还可以,后来也会就一些热点社会事件发表评论,有了一些影响力。到2019年下半年,在公众号上发了一篇关于人脸识别的文章,引发了全国范围内的关注。

我当时看到北京市公交地铁系统要推行人脸识别,认为这种行为有很大的社会风险,在合法性上也存在疑问,所以就写了那篇《人脸识别技术运用中的法律隐忧》。这篇文章影响力很大。我的终极关怀一直是公权力应该如何合理地受到制约,让它发挥作用又不至于带来重大的危险,因此从这个角度来说,我关注人脸识别的问题有其必然性。后来我得知,全国人大法工委还把我的那篇文章作为内参资料进行报送。关于人脸识别的问题,后面有很多媒体持续跟进,到年底的时候,公共舆论开始意识到个人信息泄露的危险和保护的必要性。之后就有了包括央视在内的媒体的采访。总的说来,在人脸识别的问题上,事态发展的趋势和我文章表达的立场是一致的。文章的传播起初虽然费劲,但是因为蝴蝶效应,引发了对人脸识别问题的广泛关注与讨论。

我发在公众号上的文字和学术性表达不一样。从事学术研究多年，我一直用学术表达，曾经怀疑自己是否具有与公众对话的表达能力，公众号写了半年左右之后就比较顺了，能够比较熟练地在两套话语体系之间切换。学术性表达跟公众性表达不一样，公众性的表达更讲究易读、可接受性，同时，思想性与价值判断也不可或缺。在公共表达领域，我发现自己也有能力写，又跟本职工作不相冲突，当然是希望能用上。公共性写作是这样开启的。

晓：即便我读您的论文，好像跟之前接触的法学论文也不一样，能感到激情和情感的表达。

劳：我早期学术功底和论证能力不足，所以会用文字上的表达来进行补足。我的文字能力在读研时代就颇受肯定。当时在北大学术氛围比较宽松，我导师认为观点新、角度新与表述新都属于学术创新，所以受到了相应的鼓励。另外，我自己有个特点，虽然从事技术性强的部门法研究，但一直更喜欢有思想性的东西，也更关注相对宏大的问题，比如法治在整体上应往什么方向推进等。刑法问题作为我研究的主题，我的习惯是将它们嵌合在一个大的框架中，由此来展开观察、进行研究。面对宏大的东西，要学会一层层地把它具体化，而对小问题，则要将它放在宏观的制度化架构中加以考察。这是我的研究习惯与偏好。所以，有时写的虽然是个小问题，但背后有对宏观问题的关怀。这样的研究会有鲜明的个性，人家会觉得冰山下面还有更丰厚的东西。

晓： 我们从公共事件说到人脸识别和数据保护。过去公共事件可能不发生在自己身上，发生在别人身上，但我们共情，觉得事情不应这样，从而要求法律做出回应。现在发生这种情况，日常生活中我们发现权利受到某种侵害，但找不出合适的回应方式，您的回应很快引起了关注，我们从法律层面突然能有一个正当的回应。

劳： 可能我的共情能力与代入感比一般人要强一些。我一直就认为，他人经受的不公遭遇，也是我和家人或迟或早会面临的。比如关于枪支的问题，如果严格按公安部的枪支标准，即枪口比动能大于1.8焦耳／平方厘米，我们在市场上给孩子买来的枪支玩具有可能就是超标，如果家里有男孩，这个问题和你密切相关。再如正当防卫，对防卫人要求这么高，那我们自己遇到不法侵害的时候怎么办。在2020年关于正当防卫的指导意见出来前，我在研究了现有司法对正当防卫条款的适用之后，得出这样一个结论，守法公民遇到不法侵害，最合理的选择就是逃跑，如果不逃的话，要不被对方打伤打死，要不你把对方打伤打死，然后坐牢。这样适用正当防卫的条款，社会效果势必是抑善扬恶，从社会治理的角度来讲也很有问题。

有些人会强调观念本身的力量，但我一直认为观念需要制度化，价值判断需要制度化。只能借助于制度化，才能更好地引导国民的行为。你认为什么样的社会氛围是好的，什么样的行为是好的、可以的，就需要用制度去引导。通过引导与规制行为去改变人们的观念，这是更为可行的路径，相比于通过改变人们的观念而期待人们的行为发生相应改变，要有效得多。这一点也有心理学上的依据，我从来都不觉得自己是在为别人代言，而是觉得他人的权利里面始终包含着我的一部分。因为自己也完全有可能被置于那种处境之中，如果相关部门可以这么对待别人，自然也完全可能这样来对待我。从这个角度来讲，我不觉得我是一个在为民众代言的知识分子，在维护他人权利的同时，其实也是在为自己维权。也正是基于此，我很少考虑值不值得，没有那种觉得自己被辜负的情结。我认为自己就是普通人中的一员，在为他人呐喊的同时，其实也是在为自己争权利。如果人家能够理解更好，不理解的话对我的伤害也不大。

晓： 民众不是一个整体，不是所有的人以个体权利的意识来看待自己与社会的关系。面临可能的风险或是处于风险社会之中，有些人宁愿选择放弃部分权利，让公权力对私人领域有更深的介入，换取一个更安全的可能。

劳： 观察现实，你会发现，退让是无止境的，所以我不赞同通过无原则的妥协来换得一时的安逸。那种情形下，权力的扩张步步紧逼，最后让你躲无可躲。人不可能没有妥协，但是有些事情不该妥协。

人们经常说，"适应不能改变的，改变不能适应的"。我认为这里面的"能"和"不能"，要改成"应该"和"不该"，即适应应该适应的，改变不该适应的。比如说互联网时代的到来，个人和法律都需要适应网络时代的社会发展，这不取决你认为这个东西是好还是不好，为此需要去储备相应的知识，了解网络和数据究竟如何改变了社会。在价值判断方面，我觉得良善的社会秩序有应该坚守的价值，如果属于这类价值，那就不应该放弃。

虽然这会增加个人的拧巴感，但不该适应的，凭什么要适应呢？如果通过学会适应，让自己适应了那些不该适应的东西,个人的自主性就会很成问题。若干年之后,就会发现变成自己都讨厌的人。所以,我更赞同这样的立场:适应应该适应的,改变不该适应的。如果没有能力去改变社会,至少应该保持自己不被外部世界所改变。

微观改变:如何展开日常实践

晓:谈到改变,我有一个具体的方法问题。比如日常生活中回到小区,碰到了人脸识别,不是所有人都有法学的思维和回应能力,我如何意识到问题涉及的法律是什么,具体的条例是什么以及法律层面能做什么?

劳:2020年3月的时候,我们小区突然准备推行人脸识别,当时看到通知我就写了一个法律意见书给物业公司与居委会。虽然当时《个人信息保护法》还没有出台,但民法中有一些基础性要求,比如征求同意、提供替代选择等。除民法之外,《网络安全法》也做了相应的规定,征得同意是基本要求。另外,《刑法》上也有关于非法获取公民个人信息的规定。这意味着,即便是在当时的法律框架下,未征得同意即推行人脸识别的单位或个人也要负相应的法律责任,可能还会有刑事责任,而不只是民事责任,因为非法获取个人信息可能触犯侵犯公民个人信息罪。在我的法律意见书送出后,我们小区人脸识别的推行就搁置了。

2020年下半年,小区推行人脸识别更为普遍。我在政法大学参加一个学术论坛,他们邀请我去讲小区人脸识别的问题。我顺便就说了一下我们小区的情况和我的意见书,当时现场有记者,就把这个事给报道出去了,后面引发一大波对我的采访。可能在媒体记者看来,在人脸识别的问题上,我不仅是个建言者,同时还是个践行者,而作为践行者的一面,无疑更具有新闻价值。在中国,大家对隐私权普遍不太重视,而人脸识别的问题不仅涉及隐私也涉及安全,所以怎么向公众表达才能让大家重视起来,是需要认真思量的。在接受媒体采访时,我会更多地强调安全方面的风险,因为这可能是公众更加关心的,比如,通过具体的案例去讲人脸识别信息的泄露与滥用对人身财产构成的危险。这样的讲述方式,公众更容易接受,动不动说抽象的权利,人们不一定会在意与上心。

今年,我们小区突然又要推人脸识别,这一次主要是以疫情防控的名义。设备都已装好,且已经通电,每次进出单元门的时候机器都会自动抓取人脸信息。小区物业与业委会这次在法律层面应该是做了相应的准备，包括表面上也给了替代性的出入方案。我与几位业主通过调查发现，现有的方案并没有征求业主的同意，同时备选的方案实际上是变相的人脸识别，而且提供服务的科技公司存在过度收集个人信息的问题。第一次去找物业公司时，对方说是业委会的决定，后来，我们几位业主一起出面，征求到小区20%以上业主的同意，并启动与物业公司、业委会与居委会的几方谈判，要求提供与人脸识别不进行实质绑定的其他进出方式，并要求提供服务的科技公司修改隐私政策的条款。这个事情现在还在谈判过程中，不过，我们小区的人脸识别又搁置了，目前还没有推行。

晓：小区不会忌惮于一个身为践行者的清华法学教授吗？

劳：在我们这，这种事情取决于你较不较真，与身份关系不大。严格来讲，无论是物业、业委会、居委会还是街道，在推行人脸别时都没有提供充分的法律依据。这一次出面维权，就不只是像上次那样，发一下法律意见书就可以，而是需要发动更多的业主，以获得更多人的支持。一个发现是，在这种涉及小区居民共同利益的问题上，其实存在相当程度的共识，由于存在共识，所以获得更多业主的支持也没有想象的那么难。比如，我们要征求到20%以上业主的同意，看起来工作量很大，但四五个人组织起来后，很快就获得三百多户业主的同意。在谈判的时候，不同专业方向的业主相互协作，发现事情的推进并没有起初想象的那么难。清华的校训是"行胜于言"，行动的确至关重要。

晓： 听上去您的参与在宏观政策和微观日常世界同时进行，在不同层次之间和权力进行协商，是怎么样互动和关联的？

劳： 这个问题我倒没有认真想过。在自身权益面临现实的威胁时，我觉得自己应该成为践行者，不能只停留在言说者的层面。如果动不动告诉别人应该积极维护切身权益，但涉及自己的权益时，就怕麻烦就让步，从做人伦理来讲是有冲突的，内外不一致，甚至可能给人虚伪的感觉。2020年小区推行人脸识别时，我有具体的行动，现在又要推行人脸识别，我竟然没有任何动作，这也不符合常理。在某种程度上，今年的行动是之前的惯性或者路径依赖起了作用，如果原来没那么做，可能怕麻烦就算了。毕竟，要写多份法律意见文书，还要发动几百户一起来参加维权，工作量还是不小的。

这个问题也使我关注到基层治理中原本没有注意的

问题，比如业委会，业主把权力委托给业委会来行使，可是业委会的运行机制透明度各方面都有不少的问题，它就是一个缩影。小到业委会大到政府，都是受委托的权力架构，当中制度架构应该怎么保证透明度，确保受委托一方正确地行使委托的权力，这是社会治理与国家治理中都面临的问题。如果你觉得有问题，是不是应该投入一点时间与精力？也是基于这样的考虑，今年我报名参加小区业委会换届的筹备工作，负责牵头起草小区的业主管理规约以及业主大会和业委会的议事规则。我其实不是一个特别积极主动的人，只是会比较多地考虑个人做事的责任伦理，当然有时也会被惯性牵引。在进行批评的时候，扪心自问一下自己是否投入了时间与精力，是否有所参与。这样一问，就觉得自己也应该有所付出，所以就参与了进去。

晓：标签是身不由己的。并不是每一次较真都会成功，而是要经常面对挫败。你怎么看失败？

劳：挫败的确会有的，在为权利发声的时候，成功的例子当然也有。贾敬龙案最终判了死刑立即执行，但天津大妈案最终判的是缓刑，尽管没有做无罪处理有些遗憾，但这是目前相对能接受的结果，这跟没有发声还是不一样。当然，天津大妈案我只是众多发声的人之一，只是尽微薄的努力，最终的改判，是很多人一起努力的结果。

重庆市有个案件，一位女子的第二任丈夫要强奸她和前夫生的十三岁的女儿，在她丈夫要对女孩进行强奸的过程中，她趁着丈夫躺下的间歇将对方杀死。关于这个案件，我在2020年底接受了记者采访。当时检察机关已经起诉，而我当时在高检挂职，身份上其实不合适，但我觉得这涉及当事人的命运，所以还是接受了采访。我的核心观点是，在这个案件中，不法侵害是否已经结束在证据上没法证明，应该按有利于被告人的原则，认定不法侵害正在进行当中，所以，我认为这名女子的行为是正当防卫，不应作犯罪处理。今年这个案件的判决出来了，虽然故意杀人罪成立，但法院判的是缓刑。

我是这样看的，有时候值得冒些风险，毕竟影响人家的命运。如果没有媒体关注，这名当事人可能会被判得很重。也许你个人冒一点小的风险，就可以让案件得到较为妥当的处理，使得别人的处境有很大的改变。另外，这还不仅是个案的问题，以后出现的类似案件怎么处理，会影响后续案件中其他人的命运。司法解释在正当防卫上立场的转变，当然跟大家共同的推动有关系。陆勇案涉及假药的法律标准问题,我原来认为立法修改会很难,但关注面与影响面扩大后,法律事实上就做了修改(2019年,《药品管理法》对假药的定义就做了大的修改)。对于你认为不合理的事情,应该发出声音,并设法把声音扩大,扩大之后就有可能引起改变,如果你不发声,就没有任何改变的可能。所以,发声是一个必要条件,但不是一个充分条件,我认为应该试一下,也值得试一下。挫败感当然会有,今年关注的好多事件都没有太好的结果,但发声永远比不发声要好。

晓: 至少有一种教育意义。

劳: 它不是教育意义,你会发现它有现实的后果。比如丰县事件之后,公安部启动全国打拐专项运动,至少会办一批案件,在办理这批案件当中,可能就改变了一些人的命运,对不对?对于民众高度关注的问题,体制多少还是会做出反应。有时虽然看起来没有回应,其实内部已迅速地运转起来。

晓: 法律多大程度要对公众的朴素情感或是正义感做回应,或是说就事论事?这样回应的界限到底在哪里?

劳: 不应该把人情、天理和国法理解成对立关系。对法条完全可以有多种解读，为什么要得出违背天理人情的结论，而不把天理与朴素的正义感整合在对法条的理解当中，做出使三者相互协调的解读呢？朴素的正义感值得尊重，有些案件中，反而是用了所谓的专业判断，得出的是让人匪夷所思、违背常理常识的结论。有些个案有一般性的意义，不一定是热点，但涉及常理和法律之间的关系，也值得关注。"红星新闻"在2022年报道了两起重婚罪的案件，公共层面的讨论不是很多，但我觉得有意义，所以在微博上评论了这两起案件。很多受到家暴的女性逃离原来的家庭，离婚手续麻烦，报警可能也解决不了，所以女性的选择往往是逃离，之后和别人结婚被以重婚罪起诉。我在微博上表达了我的观点之后，也有间接性的效果，为体制内的领导所看到并接受，在内部会议上传达了对此类案件不应作犯罪处理的立场。

晓： 即便面对挫败感，面对违背常识的地方，现在大家碰到权利损害的第一反应是寻找法律，这不是一直以来存在于中国社会的反应，是近几十年的法制建设形成的"法的精神"？

劳： 普法让法治有所进步。大家会发现，社会中如果你学法律或者是律师，人家一般不太敢惹，惹了之后有点顾忌，会发现这些人跟你较真。践行层面，虽然会给自己增加成本，但如果每次都妥协，短期来看好像有好处，长期来看影响所有人的权益保障，每个人都乖乖地服从，治理方式中存在的问题就永远都得不到改变。有人不服，进行反抗，你会发现其他人也会效仿，提意见的人多了，治理方式中的问题也会有所改变。我认为这才是良性的关系，从长远来看更好，而不是眼下苟且的让步。每一次苟且的让步，都会使得自身的自由空间越来越小。

方向感：有温情的秩序与自由

晓：您的写作发声中会追溯法律体系背后更广阔的社会背景，指出法律的建构性，同时您也说改造社会一个重要的工具是法律。法律被建构，又重新建构社会。

劳：从法律的角度来讲，你要改变人们的观念，要让人们从观念到行动，这中间有很多步骤，每一个步骤都容易出意外，太漫长也太不可靠。比如买卖人口和妇女问题，你说改变观念，五十年还是一百年？这个过程中有很多人被牺牲、被侵害权利，没有得到应有的法律保护，凭什么呢？我更相信通过制度改变人们的行为,通过改变行为去进一步改变人们的观念。观念需要通过制度来落实,需要具体化为行为规范,先让人们按照这种行为规范行事,然后再去改变其内在的观念。简言之,先改变行为,再改变观念。这是更为有效的路径。

法律不仅有社会理论的维度,还应有政治哲学的维度。政治哲学维度解决法律的意义,也就是价值判断与正当性的问题,社会理论维度解决法律的功能。一方面,法律需要跟外部环境相契合,必须与时俱进,这是功能的维度,这个意义上的法律不意味着比以前的法律在价值上更好,而只是它更适应当下的时代。另一方面,法律涉及对社会秩序的安排,代表的是伦理共同体对意义的追求。我近些年来的研究会注意同时从两个维度出发,用意义的维度来制约功能的维度。现在法律发展的趋势明显更强调适应性的面向,即过于强调法律在社会中的功能,而削弱了对其意义面向的追求,然而,法律从亚里士多德以来就一直和政治关联在一起,要解决的核心问题从来都是良好的社会秩序如何可能。所以在刑法理论的构建与发展中,要顾及意义的维度,使得功能发展的走向受到政治哲学层面基本价值的制约。这里有反思性的调整空间,需要不断地试错和调整。

晓： 您描述的是一个有伦理、有感情、有温度的法治社会。

劳： 对，我现在经常跟学生说，要去了解人文学科，人文学科解决价值问题，哪些良善的价值值得追求。社会科学告诉我们社会是怎么样的，法律本身处于社会系统之中，如果对社会一无所知，怎么可能发挥调控社会的作用，又怎么可能适应社会的发展需要呢？法律本身更多地偏向技术性，它没有办法解决往什么方向发展的问题，在很大程度上，这种方向感是社会理论与政治哲学共同提供的。从法律与社会理论之间的关系而言，法律如何发展才能适应社会的演变，这个意义上的方向感需要借助于社会理论；立足于法律与政治哲学之间的关系，要实现社会秩序的良善法律应当捍卫什么样的价值观，这个意义上的方向感需要借助于政治哲学。

需要用应然的价值追求来制约功能性的适应。适应的时候，属于"不得不这样"，它是一个必要性的问题，但在必要性的选择中，必须考虑良善的秩序如何可能。就法治来说，不要把它消解为简单的秩序安排，而把良善的面向给弄没了。一个社会如果混乱不堪，对所有人都不利，为避免每个人对每个人的战争，秩序是必要的。在此基础上，还要注意分清好的秩序与恶的秩序，去努力追求一种好的秩序。不能动不动就说因为有了秩序，就觉得好得不得了，因为就秩序本身而言，还可以追求更高层次的良善的秩序。

晓： 我好奇您是怎么在学术研究中完成应然和功能的协调？您一开始做刑法，后面谈及对法律体系性的思考。

劳： 我早期的研究严格来讲不是典型的法学研究，有师长曾经认为我的研究属于剑走偏锋，可能是受到社会学理论的影响。这样的研究，在看待刑法问题时，是站在一个外在的观察者的角度，比如考察某个刑法原则早先如何发展起来，它的内涵与作用是什么，后来发生什么样的变化，为什么发生变化等。我以前的文章总是外在的视角。好处在于有助于发现内部参与者看不到的东西，不利的地方是偏重于解构，而缺乏积极的建构。我一度比较苦恼，从外在的视角做刑法理论导致研究处于边缘性的地带，虽然发表看着不错，但并不是主流的刑法教义学。

2014到2015年，我基本上完成了学术的转型。我有强烈的价值判断，接下来的问题是如何把这种判断体现与凝结在法律的适用之中，立基于此，相应的刑法理论应该怎么发展，这都是研究中需要直面的问题。比如就死刑适用标准的研究而言，就需要考虑怎样把价值判断即限制死刑的适用,融入对死刑适用标准的解读与建构之中,基本的路径是通过扩张死缓来限缩死刑立即执行,立足于此来决定怎么解读《刑法》第48条所规定的死刑标准。

当然,这种调整不是抛弃外部的观察视角。于我而言,外部的观察视角始终不可或缺,但现在的研究中,我会把外部视角所观察到的东西定位为帮助寻找方向的思想,然后用法学的方法论,用主流的教义学的写法,依据这种方向感对罪行规范或者刑法规范做出合理的解释。做解释的时候,法条本身构成一个支点,应然的判断则构成另一个支点,我用社会理论与政治哲学理论来决定另一个支点要往什么方向走,用法律技术来充当两者之间的桥梁。我的学术由此完成了重大的调整。自从调整之后,我觉得自己对于刑法理论发展方向的把握比以前要好,同时对法条的解读能力也有明显提升,增强了对具体个案的处理能力。

晓:您怎么看待自己的状态,是否算是自由的?您的理想状态,或是良好的秩序,如果谈得具体一些,对个人来说意味着什么?

劳:在我对秩序的想象中,国家的终极目的是国民的自由和幸福,所有制度构建都服务于这一目的,而国民是由每一个具体的个人组成。我反对把对抽象秩序的维护放在第一位。在20世纪中期之后,对于法律发展有一个基本的共识,强调对基本人权的法律保障,所以,利益衡量或制度安排应当有底线,不能把人工具化。

在保护基本人权的基础上,还有幸福的价值。现代社会发展几百年形成的共识主要是消极意义上的自由和权利,积极的方面还需要做与时俱进的探索。我们的法律体系受到19世纪乃至以前的政治哲学影响,现在出现问题,老是说回归古典,但我认为回归古典,在价值诉求上没有问题,但依靠的路径有问题,因为整个社会的基础发生了变化。我关注社会理论,比如哈贝马斯和卢曼,看他们对这个时代的重大命题的诊断,看他们给出的解决方案,如果把这些作为基础共识,在刑法领域我再作相应推进,在方向感的把握方面,可能会更准确一点。

就我自己来说,谈不上说达到了自由,那是我期望达到的状态。所从事的专业会影响我对这个问题的理解,我认为,想要追求个体自由,以制度上存在相应保障作为必要前提。我希望能做一些制度上的推动,一个使个人追求自由与幸福成为可能的制度框架,仍有很多的努力空间。就法学来说,做学术不是虚的,哪怕做基础理论，也是希望可以为制度建构的良性发展准备一些条件，尽一点绵薄之力。

反思来看，我可能不是一个特别纯粹的学者，做学术不是我的终极目标。虽然也能感受到知识的乐趣，但我做学术的终极目标在于，希望自己在学术上的努力能有助于法治大厦的改进与完善，从而为个人追求自由与幸福奠定必要的制度基础。

晓：这也许更符合19世纪和20世纪初知识分子的定位，追求知识的过程中伴随强烈的改造社会的愿景，以及介入公共生活的需求。

劳：我的专业具有公共性。对于公共问题的关注，我一直是从法律的角度来观察与评论。所以，我认为我是在做专业知识分子该做的事情。如果以后还继续参与公共性问题的讨论，我会一如既往地守着专业的界限。这会是我的公共关注的边界所在。

崔庆龙
/
下沉年代,我们该如何保持乐观

采访 / 撰文
罗丹妮

崔庆龙　　二级心理咨询师，心理博主，常在微博上记录自己在工作和生活中的思考与感悟。经营有公众号"DeepMind深思"，内容主要涉及精神分析临床与生活的体验式分享和一些泛心理学的深度思索。

罗丹妮　　图书编辑。北京师范大学历史系博士毕业，先后供职于中华书局、理想国，现为单向空间编辑总监。

"我真的EMO了","我觉得我抑郁了"……这样的感叹,在过去的2022年,对每个人来说都不陌生,心理健康正在成为人们普遍关注的焦点问题。

中国科学院院士、北京大学第六医院院长陆林在一次演讲中提到,新冠疫情使全球增加了超过7000万抑郁症患者、9000万焦虑症患者,数亿人出现失眠障碍,在中国,近1/3居家隔离者出现抑郁、焦虑、失眠症状。根据2020年初世界卫生组织关于新冠疫情对大众心理健康影响的调查,创伤后应激性情感障碍(PTSD)在人群中发病率可达20%以上。而在中国,抑郁障碍和焦虑障碍的发病率原本就很高,均达7%左右。

与此同时,心理学正在成为一门显学,大众媒体成为心理学"科普"的主要阵地,《国民抑郁症蓝皮书》显示,70%的患者从微信公众号、微博、小红书等网络社交平台获取抑郁症的相关知识;越来越多的年轻人通过互联网心理服务平台接受心理咨询,参加各种机构组织的心理学培训、疗愈课程。从原生家庭的创伤、亲密关系的难以建立、恐婚恐育恐社交——"我爱不动了",到找不到工作的虚无感、失业后的无力——"我只想躺平",好像每个人的"个人问题"都可以纳入精神分析的框架,被分析、被解答。

心理学真的能成为这个时代普遍性抑郁的解药吗?下沉年代,我们该如何保持乐观?带着这些问题,我采访了独立执业的心理咨询师、也是深受网友喜爱的博主崔庆龙。

单看崔老师的微博,甚至想不到他是一个执业的"心理咨询师",他的文字中鲜少出现我们熟悉的心理学词汇(比如原生家庭),也几乎看不到"大段输出"。与平台的碎片化属性相反,他的遣词造句高度凝练,十分在意字词的选择和长短句的搭配能否准确呈现心理状态、思考过程的推演逻辑和复杂面向。比起提供答案,他的工作更像是一个导游,带着读者走进自己内心的迷宫——那些矛盾纠缠、荒谬吊诡的情绪背后,真实的"问题策源地"。

正因如此,我们的谈话是从对事实、现象本身的描述开始的。

罗丹妮 → 罗   崔庆龙 → 崔

是不是存在普遍性的精神抑郁?大家都病了吗?

罗: 请允许我开门见山抛出第一个问题,您觉得现在是不是存在普遍性的精神抑郁？这是个真问题吗？越来越多地听到身边的朋友、家人、同事说自己抑郁了……会不会有另一种可能，是因为大家对心理健康、精神健康的认知变多了，所以"能识别出来的"抑郁人群数量更多了？

崔：我觉得这是一个真问题，不管是从个人体验来讲，还是如你所说，大家开始对抑郁症有所关注、有认知，"能识别出来的"抑郁人群越来越多，两者都有。我们先不说别的，就把抑郁替换成一种情绪，比如说低落、沮丧、无意义、无价值感、没有希望、热情下降、没有动力……这是很多人现在普遍的心理状态；它是抑郁发生的现实环境，真正的抑郁也会在这一基础上，以更高比例和概率出现。

罗：我完全同意您刚才说的，我们有一种普遍性的抑郁情绪，或者说心境状态。不只是年轻人、中年人，青少年的精神健康问题也日益凸显。我一个多年的朋友、安定医院的医生告诉我，这几年最让他触动的一个变化是：来医院看病的青少年越来越多，病患的岁数越来越小。从您个人的从业经验看，是不是会很直观地感受到抑郁人群明显增多了？

崔：其实我工作中的直接体验还不是那么明显，因为首先我能接触的人群还是很有限的，长期咨询的来访者居多，轮换频率并不高，所以不足以去描述这样一个整体趋势。让我感受最明显的反而是上微博以后，在一个公众平台面对更多人，看他们的评论、反馈，这是一个大数据级别的反馈，能从这些人表述的话语状态中感受到那种情绪。当你写到一些和躺平、丧、无意义感、低活力感、低心理效应有关的话题时，很多人非常有共鸣，你能感觉到他们对这些词汇非常认同，他们是有感知的。

罗： 想请您从专业的角度帮我们厘清一下，抑郁症作为一种疾病，跟我们刚才聊到的抑郁情绪之间的分别是什么？

崔： 你可以这样理解，咱们说的抑郁情绪，其实就是抑郁症的温床，或者说是它的前置阶段。我们可以说很多人有抑郁情绪，比如说以前有100个人在抑郁的心境下，最后有10个人变成了抑郁症，现在有1000个人在抑郁心境下，最后有100个人变成了抑郁症，是这样一种关系。情绪和症状的区别是什么？情绪就是过一阵子你自己就恢复过来了，人有自主的情绪调节功能，就像你今天生了一天闷气，几个小时或者一天过后，气就消了，情绪的孕育和消散有自然的时间周期。当情绪在一个合理的周期内没有结束，还有向更加严重的身心失调的情况发展的趋势时，就是症状化了。症状化相当于是更严重、更失调的状态。

这也是为什么心理诊断中会非常关注一个人的病程，也就是典型症状的持续时间。比如说对抑郁症的诊断一般是两个礼拜，超过两个礼拜症状不能缓解、不能消退，这个时候就可以初步诊断，根据严重程度来判断是轻度、中度还是重度。在美国《精神障碍诊断与统计手册》（DSM-5）里有九个评估维度，如果现实情况与其中的五个方面或者超过五个方面都吻合，且超过两个星期，就可以初步诊断为抑郁症。

罗： 哪九个维度呢？

崔： 一、抑郁心境：抑郁心境就是我们常说的抑郁情绪，有点类似于我们平时说的丧，但单纯的丧是一阵子的，可调节，可复原。抑郁是一种难以调节和复原的情绪，它不是单一的离散情绪，而是多种情绪，尤其是低落、无助、绝望、虚无等体验的复合体。

二、几乎每天以及大部分时间的兴趣减退，快感缺失：比如一个人以前会有很多兴趣活动，会去做很多事情，但是现在对这些活动都不感兴趣了，什么都不想做，什么都觉得没意义、没感觉。

三、体重变化：有些人的体重也会在短时间内发生明显变化,主要是体重的减轻,超出了正常范畴的波动。

四、睡眠变化:要么是失眠,要么是嗜睡。人在抑郁时很难睡个好觉,这和下一条人们可能存在的精神性激越或迟滞也有关系,也就是植物神经系统的紊乱。

五、几乎每天以及大部分时间的精神性激越(高度唤起的、兴奋的)或迟滞(迟钝呆滞):激越与迟滞相反,病人脑中反复思考一些没有目的的事情,思维内容无条理,大脑持续处于紧张状态。在行为上则表现为烦躁不安,紧张激越,有时不能控制自己的行为,但又不知道自己为何烦躁,因此患者可能惶惶不可终日,临床上易误诊为焦虑症,但仔细地检查会发现,这类患者精神状况的主线还是以抑郁为主,不过焦虑状态是可以同时存在的,和激越的那部分有关。

六、几乎每天都疲劳或者精力不足:简单来说就是心理效能极低,稍微做点什么都觉得特别累,或者什么都做不了,感觉自己的力气都被抽空,连应对基本的生活和个人卫生都觉得困难。

七、自我价值贬低、内疚和自责:一般来说,典型的抑郁症患者并不会抱怨世界,他们的一切攻击都指向自己。用一些心理学流派的话来讲,攻击性向外的时候,人就不会抑郁了。不过还有一类抑郁状态,被一些心理学家划分为性格型抑郁，这类人会在自责的同时，不断抱怨外部世界，但是这种性格型抑郁一般有其他人格问题作为前身，比如自恋型、抑郁型、边缘型、表演型等，他们的抑郁实际上是自身原本人格问题遭遇环境变化后的一种反应。

八、注意力减退或犹豫不决：简单来说，就是没有办法去做任何需要投入专注力的事情了，不是一般人那种看一小会书，玩一小会手机，而是连那一小会的专注都做不到。其实也是一种低心理效能的表现，意识的聚焦需要我们的心理活力来做支撑，这是一种心理上的涣散、失焦。犹豫不决也是一样，当一个人心理效能很低的时候，几乎没有办法做选择。因为选择意味着要承担责任，而对于一个彻底没有了力气的人，什么选择都很难做，也很难承担。

九、反复出现的死亡想法：比如自杀的观念、企图等，这个会因为抑郁症症状的严重程度而有所不同，越是接近重度抑郁，自杀的企图心就越强，而且采取的是非常决绝、没有余地的行动。这里需要再提一下性格型抑郁，这种抑郁无论情绪多么痛苦，无论表达多少次自杀，实际上都不会有真正的自杀行动。

上面这些维度不要孤立去看，还要考虑病程，至少同时满足五条，且持续超过两个星期没有消退，才可以考虑诊断为抑郁症。即使一个人觉得自己符合五条，且已经超过两个星期，都不一定能自我诊断，因为抑郁症要具有专业背景的心理治疗师进行人为的评估和判断，需要和患者进行深入交谈，收集更加详细充分的资料，才能做出诊断。

其实很多心理学工作者对于抑郁症的诊断相当谨慎，因为抑郁症这个词本质上是症状学术语，它是一种外省性的观察，并不能很好地描述一个人的内部世界。但从提供药物支持的角度看，它是有价值的，因为身心是一体的，我们的生理调节可以影响到心理变化。但药物无法根除导致一个人患抑郁症的心理因素，这也是为什么很多心理治疗在药物介入后，还会联合心理咨询进行干预。

是我们的心理需求变多了吗？

罗：我们刚才谈的是通过外部观察形成的一个基本判断，接下去想跟您探讨一下现象背后的成因。我先从一些门外汉的"偏见"出发，比方说，我们认为抑郁的人越来越多，或者说大家这种情绪表述越来越常见，会不会有一种可能性是，现在我们的心理需求变多了？

情绪变得更加敏感，自我意识增强，认为我个人的感受需要被尊重，各方面情感的需求也变得更多，因此人们普遍有一种不满足感，常常感受到隔绝、被误解。人们对这些心理需求本身的表述、认知，是不是也受外部环境的影响很大？比如社会思潮、社交媒体的影响和塑造？

举个不太恰当的例子，有人会说，我们的父母辈或者年纪更大的人，他们可能没有这么多心理需求，是今天的现代人"想太多"。我对这种观点很怀疑，我觉得我们的父母辈、老人家其实内心同样有这些感受、需求，只是他们可能没有找到合适的话语来表达。这些年外部环境的变化可能在心理健康科普的层面提供了一些资源，当我们在情绪、心理上感到痛苦的时候，能够讲出来了，差别是不是在这里？还是说这也是一个假问题？

崔：我依然认为它是真问题。首先是环境的变迁，我觉得过去人们身边的心理资源比较多，社会支持系统比较完善。就拿我自己的观察来讲，前几年如果有情绪不好的时候，身边是有很多人的，随时可以找到人以各种形式，不管是娱乐还是分享，去和他们创建一个活动、一件事情，把那个感受转移掉，或者投身到更有反馈的事情中。但是现在我会感觉到这种情况的概率明显变低了，首先不太容易找到这样的人，大家都相距很远，不管是空间上还是别的方面，大家都很忙，还有一种莫名的疏离感。不像以前，你随时可以去打扰一个人，现在好像有蛮多顾忌，大家都要把心事放在内心更深的一个地方。

罗：您会怎么看这个问题？大家好像对于界限感也变得很敏感，这背后改变的是什么？为什么我们每个人之间的距离变得越来越远？

崔：我觉得谈论一个人某种思想观念或者意识状态的改变，都一定是有背景的，人的内部状态可能改变，而且他的改变一定反映外部的变化。也就是说当人与人之间趋向于更强的界限感的时候，这首先反映的是人们下意识的不安全感、不信任感，而这种情绪是社会整体传递过来的。

某种意义上，我们可以这样想，这个社会对于竞争的强调更加激烈了，人与人之间的关系从一种相对友善的、可以亲近的、粘连的关系，变成了一种需要戒备、需要竞争的关系。所以你看现在很多人与人之间的关系，感觉像是要防范对方，或者要和对方保持一定距离，要避免打扰到对方。你对人的预期已经和以前不同了，以前哪会想这些，你去谁家直接就敲门了，哪管你在吃饭还是在做什么，但是现在感觉对方好像会介意，你可能也会介意对方同样的举动，这是关系层面的环境的变化。大家好像一方面缺失了一些东西，但是一方面又会以这种方式继续守护着这种缺失的状态。所以我想说这其实不是个人的问题，个人根本掌控不了这种转变，自我意识的改变一定反映了社会潜在的不安全感，需要一个人以更强的边界优先去保护自己的担忧、恐惧、不确定、不踏实，代价就是人与人之间多了一层隔阂，多了一种难以亲近的感觉。

另一个方面，你刚刚说的，老一辈人是不是没有语言、没有词汇，我想也不止如此，他们的状态也发生了改变，为什么？我有时候在一些长辈的微信群里面，我觉得他们可能不太能够融入到现在的互联网时代，但是他们会用他们的方式分享一些东西，比如分享了一个可能被辟谣过的、完全不科学的养生文章，或者是一条防止诈骗的信息。你会发现，其实他们也在努力地参与、分享，去跟随这个时代，但好像做不到。我觉得他们的状态有一些落寞、寂寥，因为子女都不在身边，邻里之间包括亲戚之间的往来频率也下降了很多，我完全可以想象他们平时在家可能也会看看手机，看一些他们关注的内容，但是他们没有办法把自己的情感、想法分享出去，只能变成一个链接、一个转发，但是转发出去之后又没有回应。其实这是一个挺孤独的场景，我都可以想象，但是更早以前，他们可能身边有孩子，家人之间相距也不那么远，还会聚在一起打打麻将，或者有一些亲戚之间的往来。我能感受到他们其实也比从前更孤独、或者说更低落，同时他们确实也没有词汇去表达这些。

罗：从另外一个视角看，您觉得会不会我们把情绪看得过于重要了？现在各种媒体、平台都很强调情绪价值，有关注、回应热点议题的因素，也有赚取流量的现实利益考量。如何看待人们今天的情感诉求？

崔：首先我觉得重视情绪在任何时候都不是一件坏事，因为国人骨子里面其实对感受这件事不是那么重视，我们对于云淡风轻、宠辱不惊等心理状态有着一种文化层面的理想化认同，对于那种情绪汹涌的自我状态隐藏着一种轻视。但从这几年传媒所关注的焦点，以及大众热议的东西来看，大都是和情绪有关，说明人们心底还是在意。但我觉得大家在情绪上又普遍有迟钝感和麻木。

我试着站在一个媒体人的角度想，做什么样的内容大家会关注，首先一定是要和大家的内心感受有关系的、大家在意的、在情感上有所触动的内容，这样就很可能会让一大群人产生共鸣，媒体可能就是在以这样的方式生产内容。

为什么又说很多人在某些方面是麻木和有钝感的，因为除了在公共视野中被热议、关注的事件外，好像大家基本不关心其他事情，只有特定的、和他们直接相关的东西才能唤起这些情绪。这就像社会上出了某件事，大家都跑过去围观，好像这件事情和自己有关，关联了自己的某种情绪，能够与之共鸣，甚至是同仇敌忾。但在另一些时候，我们却对身边发生的很多事视而不见，甚至对同类抱持着一种深深的疏离感和戒备。这就像是一群人走在路上，每个人都隔着两米远，好像对什么都漠不关心，突然前方有三五个人争执、撕扯起来，大家迅速围过去，情绪特别投入，可很快事件平息，人们又立刻四散，回到各自戴着口罩、没有表情的状态下。

总而言之，我觉得我们对情绪并不是过于看重，问题在于我们该怎么去理解和表达，如何才能说出自己真正的诉求。在现实中，往往人们的情绪被裹藏起来，一旦有分享的渠道，或能聚集这些情绪的地方，比如一篇热门文章的评论区、一条微博、一个热搜，大家那一刻就愿意去分享，很快把情绪集中释放，让很多人看到。但回归到真正的现实生活中，你却感受不到这些情绪，觉得网络和现实是两个世界。

罗：还有一点，我发现人们往往更容易对别人的事情、特别是公共事件发表自己的看法，却很难跟身边的人讲自己的事情，特别是年轻人。比如说，一个明星爆出私生活的丑闻后，大家会各抒己见，把这两个人的恩恩怨怨分析得明明白白，可就是不能够讲自己，比如谈谈自己过去的恋情、现在的亲密关系，这几乎不可能。

崔：对的，需要有一个人去替代自己心里那个受害者的身份，也需要一个人扮演自己心里那个加害者的角色，一定要把心里的受害者和加害者外化，把自己的情感全部投注在上面。其实自己真实的那部分减少了，或者还是被压抑了，正因为压抑了，所以才会投射出去。

应对普遍性的情绪低沉，心理学能做的和不能做的？

罗：如果我们说这种普遍性的低沉是一个真问题，您刚才也讲了，它背后有很复杂的社会结构变化的影响，在这种情况下，心理学能做什么？不能做什么？比如，我看到这样一种说法，认为心理学可能提供了不少描述和解释工具，借助它提供给我们的概念、理论甚至方法，我们能够分析出自己的根源问题。但很多时候好像也只是止步于此，它并不能帮助我们进一步解决问题。心理学的有效性和局限性在哪里？心理咨询师能做的和不能做的，分别是什么？

崔：这两年越来越有一种体验，仿佛所有的宏观问题都想让心理学去回答。我不认为心理学在宏观系统内有那么强的调节能力，相反，我认为它是社会末端系统的维护者，是在这个层面引发人们对一些问题的普遍重视。对于环境参数的变化，心理学只能回应，而不能回答。我以前接受了很多采访，回答了很多问题，但是如果你仔细去看，它已经不仅仅是心理学的范畴了，那是我将一个人的心理境况纳入到社会学、经济学框架下，得到的我个人对于这个世界运行规律的理解。它甚至不能算一种解释，仅仅是一种理解。如果说我能通过这样的对话去影响些什么，那么我希望人们能够知晓，那些我们所有人认为是对的事情，那种激进的物质主义，在很多时候会长远地破坏一个人的心理幸福，甚至会破坏所有人的心理幸福。

那么心理学能做什么呢？有很多心理学家都在自己的

科研领域，或者咨询室里默默无闻地付出着，他们在自己的纵深领域中做了很多了不起的事情，但并不是每个人都能有幸接触到这些资源和服务，除非我们大多数人都能被这种关怀和服务所覆盖，但从经济现实的角度去讲，这又不可能。因此我们又需要一种传播意义上的泛心理学，能够在广义上调节大众情绪，增加自我理解的可能性。比如我每天发微博，很多人看了确实有被安抚的感觉，安抚也是一种价值，更准确地说，安抚是一种情绪调节。我们每个人都需要一种能力来调节自身的情绪，因为我们的情绪每天都在被一些不确定的事情扰动，如果情绪长期不能调节，它就会变成问题、病症，所有的心理问题其实都是积累的结果。所以你看，我没有给出建议，没有指导什么，甚至没有说教，我只是在描述一种心理现实，但很多人对于这样的叙述本身就有感觉。这就是我曾经所说的"心理氧气"，自体心理学家称它为自体客体体验，或者叫密友自体客体体验，即一个人和另一个同类共享某种体验的感觉，这种感觉能够帮助一个人理解和接纳自我经验。

然后就是个体的心理治疗，这还能和我们前面聊的话题对应上。你说现在很多人内心有一些东西不能讲出来，我觉得咨询师提供的最底层的价值，就是不带评价地倾听。这种倾听能让一个人把自己心底最深处、在别人那里难以分享的情绪痛苦和隐秘感受分享出来。情绪的不可分享性对一个人的心理健康伤害极大，如果有一个场所能让你把话讲出来，这对很多人来说已经有很大帮助，有疏导的作用。弗洛伊德和布洛伊尔曾经探究过一个叫安娜·欧的患者的病例，她有很严重的神经症症状，咨询师没有做什么，就是经常听她讲话，她的症状慢慢就消失了。我说它是一个最底线的价值，因为心理咨询不仅仅是倾听，还要能回应，能理解和诠释，这些都是来访者在心理健康和心理成长上最需要的东西，而这些又是很多人在现实中难以寻觅的。

宏观上，我觉得心理咨询师确实做不了什么，就像我以前说，当一个社会出现问题、人们普遍被某种消极情绪影响的时候，可能需要更多的社会学家或者人类学家，在架构设计的层面对它重新优化。这个时候，宏观层面的一点点更改，都有可能让个体抖落很多不必要的沉重，在这个意义上，他们的作用可能更大。如果说他们起的作用少了，下面打补丁的人就需要很多。为什么现在都说咨询师热门，就说明需要打补丁的地方越来越多，这是效率比较低的事情，应该双管齐下去改善才比较理想。

罗：刚才您讲到广义上规则的改变，换另一个角度，当我们讲到个体的时候，您觉得会不会存在这样一种情况，有些问题可以通过一些更积极的反思或者更有自主性的行动来面对和解决，但有些人把心理咨询当成了一种逃避：我只寻求安慰，我不去面对真实的、可能导致我陷入这种困境的原因？

崔：如果一个咨询师是靠谱、专业、负责的咨询师，那他做的工作一定是帮助来访者去面对真正的现实。但这种面对现实，并不是把一个心理脆弱的人直接丢到最残酷的环境里，因为每个人的人格发展水平不一样。记得我以前写过一篇文章，大概意思是人在不同年龄阶段，所面对的现实是不一样的，比如小孩子能接受的挫折和成人能够接受的挫折完全不一样，一个婴儿几个小时里得不到回应，就会唤起强烈的分离焦虑，甚至是死亡焦虑；一个小孩第一次走进学校大门，预感要和大人分开时，也会非常恐惧害怕，小孩子的心理确实更脆弱、更敏感。虽然很多人长大了，但是他的内心可能还停留在某个年龄阶段，依然很脆弱，所以咨询师给予来访者的是他心理年龄上可以接受的现实，并且一点点推进，让它变得越来越成熟。这种根据一个人的心理现实水平给予恰当回应，并且一点点引导向一个更成熟的过程，是心理咨询中一种少有的体验。尤其，这个世界对成年人的期待，就是他应该像个成年人，但其实对于很多人来讲，心理上可能还是个孩子，这和年龄没有关系。

罗：一个心理咨询师的专业性和职业素养体现在哪儿？近年来，提供咨询服务的平台、个人越来越多，都很热门，有时候也比较难做甄别。

崔：最基本的职业素养就是你能接纳眼前这个人。可能听起来很简单，但你试想一个场景——你刚刚遭遇了情感背叛，而你的来访者，就是一个喜欢在情感关系里欺骗和伤害别人的人，你还要去共情他的痛苦，这并不容易。这意味着咨询师真的能努力接近一个中立的位置，不含评价地去倾听和理解。另一方面，你要有能力识别来访者言语互动背后可能包含的隐藏信息。比如有的咨询师和来访者就是闲唠嗑，这种对话就已经脱离了心理咨询的范畴，因为咨询师脱离了自己的职业身份和角色，也相应地失去了自己的功能角色。要注意的是，咨询师并不是在纯粹的现实层面回应来访者。比如来访者一来咨询室就抱怨自己今天和伴侣的关系，然后你也加入这个热烈讨论，替来访者说话，骂对方的伴侣……这样并不能帮到对方，你需要关注一些更潜在的东西：比如他们是为什么吵起来的，两个人有没有什么典型的互动模式，这样的互动模式又和来访者的成长经历有什么关系，他是否意识到了这一点，他是否在用一种想要得到尊重的方式，却偏偏制造了更多冲突的局面。这背后有很多东西都需要咨询师始终保持高度共情、存疑的状态慢慢探索。

咨询师做的最重要的一件事，就是把对来访者的深刻理解，变成来访者自己对自己的理解，这一过程的不断重复，就是心理成长。这是一种综合了专业能力和人文素养的工作。咨询师的职业素养，体现在你要真正关注那些对来访者有意义的事情、问题，并触及它。你要把他的利益，他的心理健康、他心理成长的利益放在最高的位置上，这恰恰也是专业能力的体现。如果不具备专业能力，你识别不到这一点，甚至会觉得只要陪着聊聊天就可以，确实有人就是这样做的，但事实上，不管什么样的咨询都不鼓励闲聊，心理咨询本质上是有心理学理论支持的谈话过程，你们的对话一定是要有心理意义的，哪怕你们那一节不说任何话，都不应该是在闲聊的状态。当咨询变成闲聊的时候，就有可能出现你说的逃避现实的问题，不光来访者在逃避，咨询师也在逃避，逃避他们真正应该面对的问题，这就是心理学中所说的"共谋式僵局"。

所以我觉得你首先得达到职业水准,才能够表现出职业道德。

这个行业一方面竞争环境十分市场化,另一方面从业的门槛又比较低,很多人都可以进来,但不是每个人都能做好。大家普遍认为自己有助人热情,对人类有同理心(几乎每个人都有这种幻想),但实际上能做得了并且能做好的人并不多。这个工作需要个人自身的素养,对于人性的深度认识,对人内心的黑暗有很高的接纳度。你一旦有偏见或者自己的先占意识,工作很可能就做不下去,会产生抗拒、厌恶,给不了真情。这是最核心的素质,还不是理论性、技术性的东西。所以这个行业在国内虽然看起来门槛很低,但是它的上限其实很高,大部分人进来以后,其实没有办法进入到一个真正职业化的状态。因为市场的竞争机制也挺残酷,我知道很多咨询师到现在都是入不敷出的状态,能有一份体面收入的咨询师依然相对少数。我上次看了一个资料,好像30%的咨询师入不敷出,30%到70%的人月薪在5000到1万之间,只有少部分咨询师能做到月入过万,甚至是月入数万、数十万,但那种极高收入已经不是纯粹靠做咨询能获得的,它还涉及比较资本化的运作,所以这个职业的马太效应也比较显著。

罗：我想再多问问,您刚说到,对咨询师来说,最重要的就是看他是否能把来访者的心理成长摆在最重要的位置上。我的问题就来了,心理成长的意义该怎么界定?我们应该不能简单地把"心理成长"置换成变成一个更好的人、拥有一个"健康"的心理状态,那它到底是什么?

崔：咱们说得肤浅一点,它首先是情绪的调节。一般来找你咨询的人,肯定是情绪上有困扰的,这是最显而易见的,首先你得把它视作来访者的一种利益去考虑。再往深处说,这些情绪的产生一定是有来由的,它一定关联着某些东西,关联着人潜在的一种认知、一种对世界的感受和一些创伤。就像你在地面上看到一棵树、一株花,表面叶子干枯了、花瓣生虫了,再往下看,其实它的根部老早就有问题了。你顺着表面的情绪走下去,走到深处,那个问题是什么就会慢慢浮现出来……我觉得这是心理咨询和一般的人与人之间对话、分享不一样的地方。你需要去关注对方更核心、更本源的东西,换成一个词汇,就是创伤,你要去关注他的创伤是什么。在这个意义上,创伤就是你要去锁定的、需要和他长期对话的一个位置。这就需要你的专业能力去聚焦这个问题了,你要知道他的哪句话是在反映这个创伤,哪句话是在防御这个创伤,它是否正塑造着咨询师和来访者之间某种特有的关系模式,这是一个很微妙的东西。

罗: 我觉得现在人与人之间的对话其实比较难正常进行,你很容易就会打断对方,你的注意力也很难一直聚焦在对方身上,很多时候大家都只是着急说出自己的看法,很难认真听对方絮絮叨叨地讲一件事情。倾听者变少了,讲述者也在失去一种连续表达自我的能力。因此,我觉得心理咨询很奢侈,在50分钟里面,无论你集中地表达,或是认真地倾听,都是一种稀缺的体验,而这种稀缺在我这样一个专业外的人看来,可能体现了一种人与人之间情感的浓度。所以我也在想,心理咨询有效果,会不会很大程度上是源于一种感情、一种爱,就是你感受到自己被理解和认同后的一个结果? 会不会心理咨询的有效性,可能跟不同流派的理论、方法关系不大,更多时候是源于这样一种情感投入、亲密陪伴? 一个人对于另一个人全然的关注,倾注自己的时间、精力,本身是不是就会产生疗愈的结果?

崔: 你说的有一部分挺正确的,你可以把它说成是一种爱,但我们在这个语境下用这个字的时候,它很独特,不同于我们日常中的表达。我觉得也可以理解成它是一个同类在另一个同类身上感觉到的一种安全和被关注，以及许可和宽容。用我经常提及的心理学术语来讲，这是一种自体客体关系，也就是说，它是一种能够促进人格发展、增强心理功能的关系。这种关系体验每个人都需要，但其实很多人都体验不到。就像你说的，每个人都希望自己是话题、对话的主导者或者分享者，更乐于更急于去表达自己，这就意味着可能在很多对话中，没有人被真正倾听。

但我理解，这种相互分享、相互倾听的关系非常稀有，大多数人都不具有，这就意味着，这种需要在现实环境里被抑制。这并不是说你随便找个人愿意听你讲话就行，在很多电视剧、电影里，咨询师坐在那里一言不发，但是来访者一直愿意讲，很多人说为什么不在现实中找这么一个人？其实这里隐含了一个前提，就是你要先确认对面那个人能理解你说的话，并且愿意听你讲，如果你感觉到面对的那个人对你的接纳程度不够，或者认知水平不够，他的积淀、思想深度不够，他哪怕坐在那里一言不发，认真听你讲，可能你也不会有多大兴趣，这又是很微妙的东西。首先你得感觉到这个人有能力识别你、理解你，这又不是一两次就能得到的感觉，他的回应或者他的表现证明了他真的理解你，他接下来的沉默或者等待、无言，才对你有意义。

罗：那么，抛开前面您提到的整个外部环境的改变是心理学难以独立完成的，落实到个体层面，什么是心理咨询师做不到、或者很难做到的事情？

崔：我觉得是现实层面的事情，比如一个人说他最大的困扰就是没钱，他想发财，你不可能帮他有钱，你自己都不一定有那么多钱。但是我们需要留意一点，有时候来访者提出一个不切实际的想法，但实际上他想要的可能并不是那个东西，而是一种心理层面的确认，比如一个人把尊严和财富关联在一起，背后也许恰恰隐藏的是自尊方面的创伤。再比如，一个人有某种生理缺陷，长期遭受歧视、嘲笑，这是很无力的事，你不可能鼓励他说这不重要，自己对自己的认可才最重要，这样的鼓舞是没用的，甚至会起相反作用，这是很残酷的现实。再比如，一个人选错了结婚对象，但是现在离婚的成本又非常高，他很痛苦，这也是一个很现实的问题。你当然可以和他一起在现有的生活框架下寻找一些新东西，让自己过得更好一些，但有些是改变不了的事实，已经定型。所以我想说，心理咨询并不是万能的，它还是更关注人的内在一些可以改变、有可能性的地方，当然也许内在改变了，外在也会受影响，但有些现实层面的东西，你做不了什么，换言之，只能接受。

罗： 我身边有一部分人对心理咨询、心理学非常感兴趣，还有一部分人是特别爱研究占星、塔罗、九型人格等等。分析自己，也分析别人。我想问，这些跟做心理咨询或者运用心理学原理分析自己有什么不一样？

崔： 我觉得大众对于很多心理学的概念会有一种过度使用，有些时候他们可能更多地把词汇、术语作为标签去使用，这样解读出来的人非常扁平化，好像这么复杂的一个人，只剩下一个属性、一个标签，最后只是更便于他们去认知、处理。所以我觉得大众和真正的心理学还是有距离，你真正地去探究自我，就会发现这是非常艰难的一件事。为什么我以前经常写微博说，我觉得现在的人需要一些复杂性，很多人推崇大道至简，但那并不是一般人能得到的体验。如果你没有复杂过，就无法简单，你一简单，那就是无知。

所以，首先需要认识到一个人本身是复杂的，有很多面向，他在那一时刻和这一时刻有可能不一样，他在那个情境下和这个情境下也有所不同，没有一个可以界定的本性去描述他。人其实非常动态，虽然说一个人有相对的倾向性，但这个倾向性也是可变的。我们说某个人就是某种性格的时候,指的是他更容易做出某件事,表现出某种情绪、某种行为、某种想法的倾向,不代表他就完全固定了。这个倾向性又是基于某种内核,而内核是可变的。一个人如果真的想要改变,虽然很不容易,但在不同的环境下、在不同的关系里,他可以发生自我更迭。所以我想说的是,人其实是在变的,虽然他身上有一些相对固化的属性,但是他还是有可变性,这是一个毕生发展的理论。

罗:跟其他学科相比,您觉得心理学能够提供一些独特的方法论吗?对其他学科、领域产生影响、有借鉴意义?

崔:我觉得亲子教育最受心理学影响,同时也是对社会正面影响最显著的领域。比如"依恋理论"诞生的那些年,刚好处在二战前后,当时有一本书叫《44个少年小偷》(Forty-four Juvenile Thieves),是心理学家约翰·鲍比(John Bowlby)对二战期间44个有长期盗窃行为孩子的研究。他发现,那些有偷窃行为的孩子,绝大部分都遭受过家庭的遗弃,或者和父母之间的情感分离。那时还有很多弃婴被丢到保育中心,大概由一个人负责四五十名婴儿的生理照料,每个婴儿都被喂得很饱,而且睡眠充足,但是那两年内的夭折比例还是达到50%到70%。当时很多人搞不懂，在有吃有喝、睡眠充足的情况下，这些小孩为什么会夭折，后来才发现，情感的介入非常重要，后来的依恋心理学理论确认了这一点。

"情感获得性"，就是一个人在关系中不仅需要生理性的照顾，还需要对方足够的情感反应和回应，如果没有这种情感层面的确认，婴儿同样会觉得自己活不下去。也就是说，你真的要感受到给你提供基本照料、养育的那个人是带着情感、带着祝福的，看见、回应和参与你这个生命，这样你才能够健康、不抑郁，才能够活得有热情、有动力，感到温暖和安全。这就形成了一种养育层面的方法论，它必然不是机械或定量的，必须要包含着人性的自然在里面。你看现在大家在讨论好父母是什么样的，好妈妈不是完全地溺爱孩子，而是有合适的分寸，应该在孩子有需要的时候给予回应，还要能在孩子需求满足的时候及时地退场。这些看起来不像是完全科学性的描述，有点感性，但它是对的，它被那些没有经历过这些理想、健康的环境的病人验证过，也被那些健康的人实际的心理状态验证过。

现在大家谈论孩子自信心的建立、他们对两性关系的看法、性知识的普及、性别认同的问题、对父亲母亲的感受，这些都包含了心理学知识在其中。而此前没有哪个学科很系统地把它作为知识去普及、去讲述，所以我觉得心理学最大的影响就是在亲子养育方面。尤其是约翰·鲍比的依恋研究，直接影响了英国政府对于保育政策的修改，后来世界卫生组织也给了鲍比很高的赞誉，因为他用自己毕生的研究，说明了真正良好的养育应该是怎样的。

当精神层面集体缺氧，个人如何重新找回快乐？

罗： 能不能请您从自己的观察和判断出发，对我们当代人现在的精神现状做一个整体概括？我观察身边的年轻人、中年人，大家的心境好像处于一种十分焦灼的状态，情绪也总是被各方力量搅动，例如：面对不确定的未来，大家倾向保守、消极，将眼光更多聚焦在个体和当下，不做中长期的规划，选择"躺平"；与此同时，只能活在当下的虚无感、孤绝感又侵蚀着我们的情感世界，越来越多的人感到迷茫、无力。独生子女政策之下成长起来的几代人，一面深受亲密关系的捆绑、束缚，因而惧怕、怯懦家庭、婚姻；一面又极度欠缺安全感，渴望被他人、被集体认可、接纳，需要意义感和价值感。

崔：这确实是一个不好回答的问题，想要去概括它，其实还挺不容易。我觉得现在人已经到了必须掌握一些什么、知道一些什么，才能够相对没有风险地活下去的这么一个阶段。这说明这个环境迫使一个人必须要有更强的精神韧性、有超越自己年纪的智慧。如果环境是友好的，其实很多人不需要去寻求解答和指引，就像道家所说，他可以凭借一种天真自性就能和环境两不相伤。比如我们小时候，其实也不知道太多东西，但挺快乐，那个环境允许你健康生长。现在我觉得就像是游戏突然变得很困难，没有攻略就过不去了，得照着攻略按部就班去处理，好像才能够应对危险、化险为夷。以前我们呼吸的是氧气，却根本感知不到有氧气的存在，现在却到了这么一个阶段，过往我们意识不到存在的东西，突然之间消失了，突然觉得窒息、缺氧。所以这个问题我还是想和环境联系在一起，如果让我来概括，我觉得这是精神层面的集体缺氧。

罗：在这种情况下，您觉得我们的出路是什么？下沉年代，我们还要努力保持乐观吗？

崔：我觉得人在任何时候都有出路。我觉得现在的危机可以被解释为：系统原有的评价标准已经和大多数人实际能够达到的水平，产生了巨大的分离。也就是说，如果以前60分是及格线的话，现在这个及格线已经被拉升到了80分，大多数人凭借正常的教育、工作、奋斗，没办法达到80分。如果我们把80分视作一个人能够安全、体面地工作、成家、婚育，并且还有余力把这样的生活体验为一种幸福的状态，那么这就意味着如果你没有余力，纵使你达到了这样的生存水平，也会在情感上否定它。因为追求这种生活的目的就是为了幸福和快乐，它曾经是一个人在大众语境下对于生活的很朴素的期待，而当追求这样的生活的代价，会把一个人实际的生命力过度透支的时候，它就会激发一个人的厌恶动机，这时候人们就会产生对于家庭、婚姻、奋斗等方面的厌倦心理，会把它视作自己幸福感的对立面。

出现这种情况的时候，人会被动地和原来的主流价值体系进行分离，这不是说年轻人不够努力，或者他们不能吃苦，这是一种心理层面的被动适应，也就是说，和那个价值体系脱离开来，反而能够保证基本的心理健康。其实很多发达国家都经历过或者正在经历这样的阶段，这可能是人类文明发展必经的一个困境。也许是人类以前过于乐观、理想化了，认定社会能够并且必须一直持续向前发展,现实是世界是复杂的,会有很多不确定的变量在其中,它可能会停滞,甚至有可能会回退,是一个动态演变的过程。在这个宏观系统的自我调适中,它的一个刻度可能就是一辈人的青春,甚至是某一类人的整个时代。这就意味着,我们的生存认知必须要随着系统的变化而变化,我们不能活成系统不兼容的样子。我们需要从一种统一的、被大多数人所定义的应该怎么活的期待中解放出来,去完成自己对于自己生存意义的重新评估,也就是我前面所说的——我们需要有一种额外的对于自我的认识和智慧,才能更好地在这个时代去安顿自己。当然很多年轻人已经在这样做了,他们开始"及时行乐","对自己好一点,有钱随便花",但又会浮现一个新的问题,那就是虽然这样说、这样做有一点解脱的意味,但其实少了一些认真、少了一些希望,我想说,也许换另一种路径,我们依然可以有目标、有憧憬。

这个时候,我觉得人需要一些更本质的思考,首先你要想,活着是为了什么,我不觉得曾经主流价值提供的那些目标就是活着的真正理由,我看到好多进入到那个框架里的人也没那么开心,没那么幸福,问题依然很多,甚至,摆脱那种生活的成本特别高。大家其实在相互地眺望，相互地理想化、美化对方，因此产生的这种认知的谬误、幻视和盲视，会让他们觉得如果没有在那个框架下安排生活，就好像没有去一个应该去的地方，充满悔恨和遗憾。我还是相信，人在任何时候都能够为自己做些什么，重要的不仅仅是我们要做的事情，还有我们想为自己做点什么的心理冲动，这也是一种西西弗斯式的心理状态。我们必须要让自己处在一个愿意做功的状态，这样我们才会把自己的生存体验为可以掌控和可以改变的，这种心理感觉很重要。

在现在的生存状态下，你能够追求什么，生活中能让你快乐的事情是什么，你能够为自己做什么，我觉得这要比考公务员或是每天按时打卡上班更重要。我的意思是，你依然可以去考公务员，但不是以那种心态，重要的是你必须经过一个更本质的对自我的思考和审视，哪怕经过这个思考，觉得还是考公好，那也可以，因为那是自主做出的选择。我觉得选择者的身份特别重要，不是被迫无奈，而是你想清楚以后做出的选择。

罗：我发现，你一直比较强调个人的独立思考、自主选择，包括此前读你的文章，也留意到你多次讲到"心智化"的概念,重视语言和表达的功用,这两者是否存在一定的关联性?培养思考的能力与建立一种选择者的身份之间是有关联的吗?

崔:"心智化"就是你能够觉知自己心里发生的那些复杂而细腻的变化过程,用语言、文字的方式表达、陈述出来。如果一个人不能觉知自己是在什么样的状态下、在做什么,他就会一直去做那样的事情,哪怕那对他是有伤害的。某一刻他突然能意识到,原来我曾经做了这么多事情,原来有些伤害是我自己造成的,他就能终止那个重复的模式了,至少他能意识到这一点,某种程度上是拥有了选择的空间。

罗:你说到"心智化"的过程,是帮助一个人能够知道自己的心里在发生什么,但我有时候会怀疑这件事本身的意义,就算我能够陈述出我心里存在的某一类问题,这意味着会发生改变吗?

崔:你可以想象一下,当你写不出稿子、想到好的选题但被卡住的时候,你很难受,心情低落,这个时候可能你的心理正发生一些东西,有一些情绪在浮现,比如说,质疑自己是不是能力不行,这个时候你其实能够觉察到,但是要扭转它有一些困难。这个时候我们如何在那个情绪风暴中重新更改评价,是"心智化"最大的价值。不是说我们在冷静的时候把自己的内心状态陈述出来，而是在最难受的那一刻，你和它做对抗，就像练肌肉一样，在有负荷的时候发力才有效果。当然不是说在平静的时候叙述它完全没有意义，你也在整理一些东西，你对自己的认知会越来越清晰。但如果那一刻，你在下意识进入糟糕状态的时候，你把它扳回来，或者给它一个反作用力，给新想法一个空间——"也许这个事情没那么糟，也许我今天写不出来，只是我今天的状态问题"——那一刻"心智化"的作用是非常大的。

而且你要不断重复这个过程。很多人情绪痛苦就是因为陷入到了一种自己塑造出来的主观事实里，会不由自主去加工一些东西，人在情绪不好的时候倾向于加工一种对自己非常不利的解释方式、归因方式，这个时候我们已经不能再"心智化"了。所以"心智化"的价值体现在我们不能"心智化"的时候，再回归到"心智化"的状态。

罗：我还想再问，抛开外部（比如心理咨询师）的引导、帮助，一个人自己还能够做点什么，来找到一条不一样的路径，寻找到快乐？

崔：我是觉得人一定要有自己的基本盘，这非常重要。比如我现在问很多人，以后还有什么目标、理想吗？他们都说没有。我是一直有的，甚至知道自己以后十年、二十年、三十年、四十年的目标。始终有一个目标，也许你到不了，但是一直在路上，你在这个过程中是有满足感的，所以我觉得，能在新的价值体系里找到一个新的目标去追求，非常重要。这个目标必须相对具象，而且真的和你对自己的情感认同、价值认同有关联。你可以学习某项技能，或者把某个作者的一本书读完，不管怎样，它首先是你真的想要去做的事，而且你要投入时间去完成它，完成了以后还有成就感，你会成长，成长以后可以追求更高的目标。有时也许你不知道自己的目标在哪儿，但是只要你完成眼前的这个目标，到达一个更高的平台，就能看到新的东西，那一刻，你就会突然发现自己要的是什么。我以前也写过，人在不同时期喜欢的东西不一样，可能以前你从来不看某个作者的书，从来不看某一类电影，甚至以前从来不打游戏，但到某个时期，你突然发现、感受到它，你一下子投入进去了，原来有这么多快乐。人很奇妙的，人也是动态的，要对一个东西有感觉，你得先去获得它的前置条件，需要先对它有所了解，或者有所感知，或者你刚好在的这个状态和它有所匹配，才能和它建立这种关联，才愿意为它付出时间。在这之前,我都不知道我会走到那个地方,它就像是星罗棋布的一张网,你走到这个地方,发现下一个节点自己也可以去。你始终能够看到前方,不仅能够走过去,而且也想走过去,这样一个状态,首先能消解掉很多人的迷茫感。也就是说,我们要有一个成长的目标和方向,它不是一个轻浮的点,而是用它构筑起来一个你愿意活在其中的系统,这也是我曾经所说的心理张力的来源。我们要在自己定义的价值体系里,体验到不断积累、丰富、前进、变化的感觉,只要这种体验能贯穿在生命里,无论你做什么,你都会在不可避免的生命之苦之外,体验到活着的感觉,并且想要好好活着。

思想史万有引力
/
我就想追求一些纯粹的无用之学

采访 / 撰文

叶三

张乔木　　短视频账号"思想史万有引力"的创作者。通过通俗易懂的方式普及思想史知识与哲学理论,获得了广泛的关注和肯定。

叶三　　作家,媒体人,前记者。著有《回放》《我们唱》《九万字》《腰斩哪吒》等。

"思想史万有引力"的头像是一枚鹦鹉螺。鹦鹉螺上的斐波那契曲线,则是"万有引力螺旋,银河系的悬臂,人类头顶的漩涡"。他还说,自然界、万物围绕万有引力运行,思想史万有引力,"是想发现人类社会中类似于万有引力那样的规律"。对ID的解读,恰如这个账号的调性,似严肃又似自嘲,亲切而不狎昵,狡黠的调侃藏在精准的表达之中。

从2021年4月起,"思想史万有引力"以短视频的形式,开始在各大平台上发布西方思想史的知识科普。从最早的泰勒斯、恩培多克勒,到古希腊三杰,再到近现代的尼采、以赛亚·伯林和罗尔斯(John Rawls)……全面涵括了西方哲学和观念史上所有重要的人物、观点与流派。将复杂艰深的哲学概念用简单准确的语言阐述清楚很难,更困难的则是实现真正意义上的知识传播——到2022年12月,"抖音"平台上的"思想史万有引力"已经发布了264条短视频作品,拥有粉丝近240万,获赞近1000万。

"思想史万有引力"的受众大部分是白领、年轻人,其中还包括一部分平常甚少涉足短视频领域的精英知识分子。以夹杂着少量网络用语的优质文本阐述观念问题的账号——这是一名知识精英对"思想史万有引力"的描述。5—10分钟的PPT类短视频作品,话题宽泛,以西方中世纪版画为配图,配乐则是美剧《权力的游戏》第六季第十集开头的BGM《七神之光》,与之对冲的,则是河南普通话的文案朗诵、接地气的切入角度、"穿着拖鞋一边吃猪脚饭一边思考哲学"的"人设"。与严肃的学院派不同,"华强北打螺丝的"、"康宁病友"的戏谑自动下沉,与大众融为一体;而与一般意义上的鸡汤更为迥然,现实性话题并不会停留在泛泛的感悟与抒情,总会衍生到哲学的基本体系中,导出精密严整的哲学知识表达,引发抽象思考。

流量密码总是事后归因,也总能显得有道理。在账号、人设、传播的背后,"思想史万有引力"的创作者名为张乔木,80后,哲学专业出身,目前生活在中国南方,对于"思想史万有引力"其人,我们所知仅此。"一个知识的转述者和翻译者"是他给自己的定位。

实际上,"思想史万有引力"的走红本身比它走红的原因更让人振奋。这起码能够提供一个例证,说明在娱乐至上的短视频平台上仍然存在对知识内容的渴求,而"我是谁?我从哪里来?要往哪里去?"的哲学三问并没有失效,作为生活态度和思维方式的哲学,依然能够引起广泛的兴趣。假如"思想史万有引力"的网络形象是一名蹲在马路边的底层青年，那么真正吸引我们的，是他持续上望的凝视，凝视的方向则是我们所有人头顶永恒的星空与心中的道德律——"越是经常而持久地对它们进行反复思考，它们就越是使心灵充满常新而日益增长的惊赞和敬畏"（康德《实践理性批判》）。

叶三 → 叶　　张乔木 → 张

**不要去想有用无用，
要把它放到观念的自由市场中去竞争**

叶：上大学的时候，你为什么会选择哲学专业？
张：我觉得我选错了，现在让我选，我肯定选金融，选哲学容易饿死，最牛可能当个老师，其他的能进工厂打螺丝就不错了。我当时在读萨特的《存在与虚无》，你知道，那个时代还可以用摇滚和哲学泡妞。

叶：那个时候，摇滚乐和萨特是同质的。好像那时最先吸引我们的都是尼采、萨特这些人，不会被柏拉图、亚里士多德或者其他的哲学家吸引。
张：对，因为萨特和波伏娃来过中国，他们本身就是思想家,在法国也是左派知识分子,我们对他们有着天生的好感。因为周国平的影响,可能尼采也比较早进入大家的生活。更重要的是,我觉得萨特和尼采的行文风格不像康德或者黑格尔这种纯粹的理论演绎,特别是尼采用更文学化的写法,增加了可读性以及解读的丰富性,而且存在一定的浪漫主义成分。周国平老师其实对这个问题做过阐释,那个时候受影响的一拨人,我认为他们心中还是有理想主义的东西存在。

叶:尼采其实就是浪漫主义的儿子,在我看来他非常浪漫主义,萨特还是有点晦涩。我最早读的是尼采《悲剧的诞生》,那个时候在我的印象中那就是哲学,其实它不是系统构建的,像康德那种严肃的、抽象的理论。现在想,最早吸引我们的可能是浪漫主义,而不是哲学。

张:对。如果你第一个接触的是黑格尔或者康德的哲学,你会果断地把它抛掉。还有翻译的问题,黑格尔的翻译特别不精准,一千个人眼中有一千个哈姆雷特,我认为一千个人眼中有一万个黑格尔。每个人都可以有自己的解读,你不知道他在说什么。比如波普尔(Karl Popper)讨厌黑格尔,也是认为他眉毛胡子一把抓,是为了拍普鲁士国王的马屁所表现出来的历史主义。波普尔研究科学哲学，所以他认为黑格尔的辩证法对科学发展没有任何帮助。但是黑格尔特别有名，因为他是马克思的老师，马克思的辩证唯物主义就是从黑格尔的体系中出来的。人们在了解了马哲之后，肯定要读一读马克思的老师。黑格尔水平还是不错的，只是他的语言确实太晦涩、拗口了。

德国古典哲学很有意思，海德格尔、康德、尼采、叔本华，他们关注的都是造物主的问题、存在的问题、人的问题，普通人不是很好理解。

叶： 我们年轻的时候、精力充沛的时候，总是觉得难理解的才是有价值的，那个时候的价值观可能是这样，容易的或者具体的东西没有价值，起码不高级。

张： 我也是这样认为，这里面涉及人类的底层心理，为什么那时候我们会看萨特？他的语言也很晦涩。我觉得是人要突破自我认知状态的向上的本能在引导着我们，这也是人和动物最大的区别，我们不可能一直生活在我看到的世界里面，我一定要向上追寻一个所谓柏拉图的理念世界。对于我们很多哲学人来说，看不看得懂真的不重要，重要的是有没有想去构建这个形而上的故事。哲学的思考是要超越这个世界的，它应该是天外飞仙，只讨论日常的实体，那就沦为形而下。其实这就是柏拉图的意义，给你另外一个世界，而且你永远看不到、摸不着。

叶：在我以前几十年的认知中，我觉得这个是必要的，甚至它是一种本能，可能像你说的，它是深层的心理需求，作为人你必须具备的思考和追求。但到了这两年，我发现并不是所有人都有这个追求，或者用马斯洛需求层次去解释，可能要到了某一阶段才有这个需求，也有些人会回避这些。

张：这正好符合正态分布的原理，芸芸众生可能对形而上的东西没有兴趣。在曲线的一侧，那些思考能力比较弱的人对这种东西更不理解，但另一侧就是一些异类觉醒，这些人是有天赋的，对崇高、价值、理念所有形而上的东西都感兴趣。所以你说大部分人不认可形而上的东西的价值，我觉得这才是科学的。如果大部分人都读黑格尔，这个世界就疯狂了。如果大部分人都在研究康德，这个世界真的有点恐怖。

叶：可能还跟时代有关。我昨天在翻《八十年代访谈录》，以前我们整个社会的思潮或思维方式从上往下传播，一部分精英在讨论的问题可能从最基本的开始，就是所谓无用之学，然后再向下推论出具体的"我们应该做什么"、"我们应该怎样看待问题"。现在好像有一点从演绎变成了归纳。

张:社会变了,我读书的时候还存在一定的理想主义,等我毕业的时候发现用哲学泡妞这个技能已经失传了,大家开始流行单手开法拉利,用北京话说,就是"吃屎都赶不上热乎的"。我们都是上个世纪末在大学里读书,那时候的理想主义其实还没有完全消散,庸俗主义还没在校园里铺开。那时候的学生普遍会有向往西学的情怀和观念,毕竟那是迥异于我们东方文化的东西,年轻人喜欢探索新奇的东西,这是有益的尝试。

叶:讲到哲学,我们从小受到的教育是,唯心主义不对,唯物主义才是对的。

张:西方哲学里切分的方法基本都是按照学派的,但是在某些人的观念里,哲学只有唯物主义和唯心主义,而且一提到唯心主义就不对。其实在古希腊时代,唯心主义也有,唯物主义也有,背后涉及的是物质第一性或是意识第一性的问题,只是一种认知方式的差异。而且在西方的主流知识框架里面,唯心主义肯定是主流。

怀特海(Alfred North Whitehead)说,西方哲学两

千年就是为了注解柏拉图的理念论而已。理念论是什么？理念论就是通过理念世界去认识现实世界。这个世界是不真实的，我要找到在这个世界之上恒定不变的世界。我们看到的这个变化的、不断消失和坍塌的世界是虚假的，它仅仅是理念世界在现实世界的投射。就像柏拉图的洞穴隐喻，你看到的是非真实的倒影，走出这个洞穴之后，你会发现一个更大的世界。这个隐喻影射了整个西方文化非常庞大的体系，怀特海说整个西哲是在注解柏拉图，是因为从柏拉图开始，世界产生了二分。理念世界的提出，是人类第一次对抽象思维作出了归纳和总结，在这个基础上，产生了近代科学的不断发展。我们知道抽象能力是人和动物的一个最基本的区分，这是人类智慧的萌发点。

叶：说到有用和无用，无用之学它实际上非常有用，但是可能要系统了解过整个文明史和人类历史才会有这个认知。一般人看来，可能哲学就是一个应付考试的东西，所以会有一个很明确的功能性划分，哪些是对的，哪些是不对的，然后对的要背下来去应付考试。就哲学流派而言，对不对的划分就已经很幼稚了。我觉得比有用和无用更重要的区分是，很多人不会觉得这个东西跟我有关。其实在逻辑上，只要认为这个东西跟自己有关,那它就是有用的。

张:你有没有发现,东方和西方其实最大的一个观念差异就是务虚和务实的问题。比如巴门尼德提出"存在"的概念,确实是一个很诡异的角度,有一点神来之笔的意思。这个概念很有意思,完全是无用之学。中国的务虚学说,在老子以前没有,《道德经》相当有价值,是对自然现象、人类伦理道德一种朴素的观察。但诸子百家的时代要的是治国之道,要的是合纵连横,要的是治世之学,就是如何把自己的国家变得更强大。但同时代的西方为什么没有出现战国时代这样严峻苛刻的环境呢?这和地理决定论也有很大的关系,古希腊的城邦就是松散的城邦联盟,他们起源于远古的氏族部落,只是比氏族部落更大一点而已,比如战神山议事会,就是部落酋长联盟的元老会。因为是松散的部落,他们只想维护城邦的生活,而对建立大一统的国家兴趣不大。

在我们聊西方哲学的时候,它给你的不是一个结论,给的是思考和论证的过程。比如斯宾诺莎在讨论伦理道德的时候,通过严谨的几何公式去实现它。可能东方就比较欠缺这样严谨统一的教学体系。

中世纪其实非常重要,它是一个继往开来的转折期,孕育了许多新的体系、新的范式,比如教权-君权的制衡体系。我们认为，表面一盘散沙的欧洲反倒是整个欧洲最统一的时代。那是基督教时代的欧洲，大家认同的都是基督教伦理和基督教道德。这种统一不是世俗国家完成的，而是通过教会体系所下发的经院哲学的相关资料，建立了一个完整的教学体系。欧洲在中世纪实现了大一统，是思想上的大一统，而不是领土上的大一统。

叶： 虽然说几千年的哲学史都是对柏拉图的注解，但是这个过程中产生了各种哲学流派、各种学说，互相推翻、不断迭代，这个过程最有价值。但《道德经》几千年以来仍然是一个最高点。

张： 西哲的迭代，就是论证的迭代，就算是柏拉图和康德，也一路被批判过来，所有的理论都可以批判。这里有一个非常关键的因素，西方的知识分子依托于教会，只忠于造物主，谁都不怕，君主来了我照样可以骂你，因为我后面站的是造物主。他们是一个独立的共同体，因而敢于挑战经典，这是西方知识分子最大的特点。东方的知识分子背后没有超验的依托，只能以世俗价值为评定标准。

叶： 在封建时代，东方知识分子的最高追求就是"为王者师"，这已经很不容易了。其实钱理群老师在他的鲁迅研究里说了很多，他认为"中国知识分子中存在三大陷阱，即沦为官、商和大众的'帮忙'与'帮闲'"，都是失去了独立性和批判性的表现。

张：这也不仅仅是中国的问题，整个东方都是一样。基督教文化下产生的特殊的教会体系对欧洲文明的形成非常关键。而且在中世纪之前，还存在过古希腊和古罗马这两个时代，这两个时代更多倡导的是理性精神，到了中世纪基督教统一欧洲的时候，人们形成了一种超验的信仰精神，这两种精神一结合，促生了现代文明。但是它太偶然了，可能追溯到最后，要考虑孟德斯鸠的"地理决定论"——古希腊是以大部落的形式构成的城邦联盟模式，在东方，像波斯、中国、印度这种广袤的大帝国，有不同的驯化手段。比如孔雀王朝在统治整个印度的过程中，要建立军队体系，因为法律在这个广大的帝国里行不通，只有依托于军事征服。大帝国模式就会导致这个问题，它无法用一种统一的、类似于部落的习惯法去支配广大的疆域和人群，但是古希腊就很巧妙地避开了这些，松散的小城邦模式可以让原始部落的一些习惯法在古希腊得以保留，因为它不需要形成非常庞大的官僚体系。这就让希腊人产生一种观念，不需要浪费大量时间去考虑如何驯化一个庞大的帝国，反倒是在小城邦里可以考虑如何实现政治的正义和自由。古希腊在统治国家层面应该不如东方帝国，但是他们考虑的都是终极的正义性问题，像苏格拉底、柏拉图、亚里士多德，这三个人完全是一脉相承地在关注城邦精神。

叶： 如果往回追溯一定是这样的，但是我们已经到了现代，难道不应该考虑一下这些问题吗？比如像李约瑟难题，为什么科学和工业革命没有在近代中国发生？我们现在能做什么？这都是很具体的问题。如果从根本上否定掉这些问题的话，就完全不存在反思与进步的空间了。

张： 为什么近代中国就没有产生科学呢？还是那个问题，我们并没有建立一个形而上的体系，没有产生演绎逻辑的思维。我们都知道中世纪的欧洲很落后，还是中国发明的火药和马镫改变了它，让欧洲的骑士阶层武力大飞跃，建立了欧洲的封建体系。但不管是马镫也好，四大发明也好，它仅仅是技术层面的事情，是人类经验的产物，经过各种试错和探索之后，发现这个东西管用。但真正的科学是在经验的基础上提出一种思维模型。比如哥白尼就是一个典型的科学家，他提出了日心说，然后去验证。像爱因斯坦的相对论甚至连经验都没有,是直接提出了一种思维模型。所以,波普尔对科学的定义是:先有思维模型,然后再拿经验来证实。一旦经验对你提出的模型进行了证伪,抱歉,你这个理论模型就被推翻了,科学的部分也到此为止。从牛顿到爱因斯坦,甚至到我们老杨先生的杨氏方程,全部都是这种模式。

古希腊为什么会诞生这种思维模式?这是哲学的功劳,从巴门尼德开始,他们在追寻形而上,追寻到最后一定是一个超验的过程。既然是不可体验的,就只能通过逻辑理性的推导去完成它。所以西方诞生了演绎法,一步一步推导出这个宏大的世界图景以及背后真实的本体,演绎法是科学诞生的必要条件。我觉得这就是科学产生在欧洲的必然性。

叶: 在讨论这个问题的时候,表面上没有什么价值判断,但是实际上有,因为我们都承认科学和工业革命带来了欧洲的腾飞。而且如果站在西方哲学的体系角度去评判,东方看上去没有西方哲学意义上的哲学,当然思想肯定是有的。可另一方面,东方思想史学家,还有其他很多人会认为东方思想才是更有价值的,这就又要落入有用和无用的价值判断。

张: 东方的思想当然有价值,比如说孔子基于宗族和血亲的观念保证了中华文明这么长时间的稳定，在前期它是有价值的。但是这个时候我们要一以贯之，还是不要谈有用和无用。很多无用之学，给后世带来了非常大的影响，在思想领域和在政治世界领域，人们要区隔有用无用，我最怕一个人说你这种思想是无用之学，你怎么知道我现在的无用在以后还依旧是无用的呢？不管是在存在领域，还是政治哲学领域，我们都应该为"无用"之学保留一点空间，而不是用一种"学以致用"心态去面对人类的这种知识，一旦"用"，就会让所有的意义和神圣化烟消云散。

但是到了社会实践层面，如果按照我们现在的标准，柏拉图的《理想国》就是反人类的：种族主义，基因决定论，对人的三六九等的划分。所以我的观念就是，我们对思想应该有更多的包容，不要去想什么有用无用，要把它放到观念的自由市场中去竞争，大家总会看出你的问题。可如果把人类纯粹的演绎思维运用到社会实践上，一定会产生错误，因为社会发展要遵循基本原理，不是通过人类的理性能够构建出来的。启蒙运动时代的保守主义思想家把人类社会的这一特点比喻为"一棵植物的生长"，有太多复杂的因素影响它，阳光、雨露、温度、风、甚至昆虫授粉，它是一个极其复杂的体系，复杂到人类理性无法重构出来。不管是埃德蒙·伯克（Edmund Burke）还是哈耶克，都把社会发展当成一种有机生物的生长过程，要遵循四季的发展，遵循气候的规律，我们无法控制一株庄稼的生长，因为庄稼的生长就是自发秩序。

叶： 在信息时代，会有人用大数据和信息科技的发展来反驳自发秩序。他们认为有朝一日人类的工具理性可以做到对社会组织形式的建构。

张： 我觉得这是另一种形式的狂妄而已，因为大数据仅仅是对信息的梳理，自发秩序并不是指掌握的信息，其中最关键的一环是这个秩序本身是在无数人的瞬间决策中产生出来的，它充满了人们的自由意志和主观价值的选择，根本不是信息量多少的问题。大数据爱好者认为通过大数据就可以弥补这种信息量的不足，但是抱歉，我认为关键不在这里，关键在于知识的分散性与价值的主观性。

一个人文主义者，应该坚定地同机械主义、决定论、宿命论做最持久的斗争

叶： 你为什么会做短视频？

张： 我做短视频是从2021年4月份开始的，确实是一种尝

试，因为我也算是做媒体的，我发现传统媒体确实已经没落了。我想做一个新的尝试，看能不能通过一种现代网友能接受的方法，翻译一些西方的经典内容。做的时候我就考虑过，不要走学院派的道路，不要苦大仇深地讲西哲发展史，更多地向观众靠拢。如果市场就是一个相互选择的过程，我们不妨也把知识作为一个市场的产品，卖不出去，是因为你没有竞争力。曲高和寡说白了怨不得读者粗鄙，而是输出者自己的问题。我就是想塑造一个蹲在路边穿着拖鞋吃猪脚饭在思考哲学的这样一个反差，给大家逗逗闷子。做这些短视频，也没有任何策划，因为我对技术、推广完全不懂，就是老老实实地想把内容做好而已，但发现确实效果还不错，算是在西方观念史领域最有影响的一个号。

叶： 看到你在用这种形式表达的同时，能够维护住知识的严谨性，我觉得很不容易，其实这种形式不是很少见，很多人在做这一类科普工作——用当下我们能够接受的网络语言和形式去表达，但是这种方式往往会牺牲大量的信息和严谨性，你是结合得最好的一个。

张： 我觉得大家还是想看一些扯淡的话，如果老老实实讲应该没有人听。

叶：有没有人告诉你，你的作品影响了他的思维方式？

张：太多了，甚至还有好几个人因为我的内容直接去读哲学专业了，这让我感到很惊诧，我觉得我做了一件可以影响他们的事。还有阿德勒（Alfred Adler）那一篇，我写了一篇《存在主义》，讲不要再看过去，要从人道主义的角度去考量这些问题，当时至少有五个人给我发信息说他们真的原谅了自己的原生家庭。所以我觉得我做这些还是有价值的。

叶：这会让人产生一些希望，对于年轻人、对于当下的这个社会。其实说到阿德勒，看到那期视频的时候，我觉得你很有勇气。像原教旨主义精神分析这种已被西方心理学界扬弃的学说，目前在中国最有市场。当看到有些不负责任的人直接论断你的心理模式、恋爱模式，你的整个人生完全由原生家庭决定，我就很反感，怎么可以下这样的论断？但原生家庭决定论目前在中国非常受欢迎，因为它符合一部分人的心理需求。而且我们仍然是这样的思维方式，并不接受在各个思想领域都有各种各样的流派，并没有绝对的对与错，可以自己去筛选判断，也需要自己去分析。

张：当精神分析告诉我，我的原生家庭决定了我的宿命，我就非常生气。对我来说，我作为一个学过哲学的人，最大的荣誉就是捍卫自由意志。我所有作品都会涉及人类有自由意志这样一个基本观念。一个思考哲学问题的人，如果摒弃了自由意志，对我来说是不可想象的。我认为一个人文主义者应该坚定地同机械主义、决定论、宿命论做最持久的斗争，因为这不仅关乎自由意志，更关乎人类的道德。决定论就是一个悖论，它会架空人类的道德。自由意志是不可知的，它是神秘的、超验的。为什么聊弗洛伊德的观念？因为我觉得这是僭越人类的自由意志。从这个角度来说，我去读阿德勒，他的作品能给我们带来更宏大、更有希望的图景，因为你的选择决定了你的当下，决定了你的未来。

叶：心理学并不是特别抽象和形而上，它比哲学更容易接受、理解、被庸俗化地利用。而且现在心理学背后有巨大的商业利益，所以一部分从业者会很在乎他所在流派的合理性。欧文·亚隆（Irvin D. Yalom）是我很喜欢的一位存在主义心理学家，他写了一本小说叫《当尼采哭泣》，小说中那个心理医生从某种意义上治愈了尼采，但我们都知道在现实世界中尼采陷入疯狂，最后死掉。在现实生活中，心理学仅仅反映了人的一个维度，之外还有社会的维度、文化的维度、历史的维度等等。用单一、低分辨率的解释去概括是不负责任的。心理学工作者可能需要信念才能继续他的工作，但是如果我们把它泛化到整个社会层面，比如原生家庭决定论、童年决定论，我觉得非常有害，并不能因为某些理论学说符合你的心理需求，它就是正确甚至唯一正确的，因为你的心理需求有可能是非常糟糕的心理需求，仅仅是你自己懒惰和不作为的借口。更不能把所有问题打包丢给心理学，那对心理学也不公平，超出了它的边界。我觉得应该有人站出来说一说这个问题。

张：未来的心理学会不会转变？像福柯提出的癫狂的状态，讲我们要更关注那些不同人的生活状态，他们不是器质性的病变，而是独特的性质。非病化的治疗和浪漫主义的崛起相关，某些抑郁、癫狂，只要不影响社会生活和公共安全，西方的观念是把它们作非病化处理。

叶：实际上在心理学没有发展到某个阶段的时候，也根本意识不到这些东西的存在。有个思想史学家说20世纪是心理学的世纪，因为从19世纪后期开始，崛起的个人主义占领了整个20世纪直到现在。我看到你作品中谈及查尔斯·泰勒提出的现代性的三个隐忧——个人主义、工具理性和自由的丧失,那个视频给我一定的启发,但是你最后说你不认可他的观念。

张: 因为查尔斯·泰勒是典型的社群主义,算是新集体主义的代表,他对自由主义还是持比较反对的态度。他说的那三点其实都对。自由主义无法形成一个统一的价值观,像以前希腊时代有统一的城邦价值带来的全民凝聚,那不可同日而语。但以赛亚·伯林所谓浪漫主义的崛起谈的就是这个:我不要统一的价值观,不要形成一个凝聚的社群,就要这种分散的、多元的、色彩缤纷的世界。浪漫主义不是我们一般的浪漫概念,它代表了价值的多元性。浪漫主义本身是为了对抗欧陆的启蒙运动而产生的。启蒙运动当时的标准是通过理性精神给人类指一条具有普世性、一般性价值的未来方向。浪漫主义思潮说的是:我可以不那么阳光吗?我可以不那么理性吗?我可以疯狂一点吗?我可以抑郁一点吗?每个个体都有存在价值。伯林在阐释浪漫主义兴起这一点上,既批判了查尔斯·泰勒,又批判了启蒙运动。

查尔斯·泰勒提出的个人主义导致的最大问题其实就是这些,但这有解吗?我个人认为是无解的,所以没有往后说。一个古典自由主义者追求的一定是自然权利和自然法的观念,这才是一个自由的人。但是在现代的体系下,这个问题不但无解,也会存在很多负向的倒退。

叶: 在你看来,做西方哲学、西方思想史的概念普及,它的意义在哪里?

张: 在做自媒体传播的时候,其实我一直在考虑的第一个点,就是如何和现实世界勾连起来。如果不产生连接的话,首先没人看,其次也没有实际的价值。所以我在做这个号的时候,想得比较多的是如何产生一种现实的连接,在连接的过程中,我希望可以产生一些共鸣,所以肯定不能把它做成一个学业型的东西,要和当下生活产生关系,这样才会引导更多的人去看,不然就仅仅是自我表达,不是公众表达。

第二点,做这个东西的目的其实也没什么,最早就是表达欲而已,想把自己心里思考的一些东西传达出来,也没办法再去深究它更深层次的目的,表达本身已经是第一原因。

第三点,在做自媒体的过程中,我们可以和更多人产生关联,从他们身上会了解到这个时代大家的精神发展到什么样的程度。我们做自媒体,也是媒体人,只管自我表达的话不一定能切中肯綮,所以在这个过程中需要不断观察你受众群体的样本,要观察他们在思考什么样的问题，才会知道这个社会问题的症结所在。

对我来说应该就这几个层面：第一是要产生一种连接，让自己学有所用；第二点是表达本身的诉求；第三点是达到对我们社会更深层次的测试或者了解。

叶：哈耶克最早的译者冯克利老师曾经写过一篇文章《我们学习西方的时机非常不幸》。冯老师的观点是，从19世纪末到20世纪初的"五四启蒙"，"中国被极不情愿地拖进世界体系，逐渐变得主动地向西方学习"，但那恰恰是西方文明陷入重大危机的一段比较糟糕的时间，我们在这个时机开始学习西方文化非常不幸。

张：我觉得西方文化的整体恶化发生得更早，应该从15世纪马基雅维利时代就开始恶化了，只是到了18世纪的末期，特别是费边社这些团体出来之后，它走向了更深层次的恶化。如果把西方文化的整体恶化分几个层面看，从马基雅维利到卢梭再到尼采，这几个阶段是一步一步地慢慢过渡到不太理想的状态里。

马基雅维利时代也是文艺复兴过后不久的一段时间，文艺复兴造成了两种观念，一种是人的觉醒，一种是传统神权没落，所以我个人认为，从文艺复兴之后到马基雅维利这一段时间，到15世纪左右，西方文化出现了一些异质化的发展。人们虽然不认可马基雅维利，但做事却是按照马基雅维利的方式去做，嘴上不要，身体很诚实。马基雅维利就是可以帮你实现很多目的，所以西方在马基雅维利时代之后走向了第一次没落，基督教的道德基本上坍塌了。之后到18世纪末，西方基督教信仰大退潮，中世纪那种非常平衡、微妙的状态就被打破了。

进入到启蒙运动的卢梭时期，以赛亚·伯林把卢梭称为自由主义的六个敌人之一（《自由及其背叛：人类自由的六个敌人》）。这六个人表面上看都是自由主义彻头彻尾的拥护者，其实他们做的每一件事都是把自由主义拖入万劫不复之地。卢梭提出了认知哲学的概念，即所谓的普遍意志。普遍意志是社会中所有成员的意志结合到一起，如果在群体性的意志下去行动，那么我是自由的，因为这个意志也是我个人的意志。这是卢梭当时提出来的，是政治哲学中非常关键的一个概念。但是卢梭并没有对普遍意志做出深一步阐释——他也阐释了，但是他的阐释比较"感人"。他说当一个人的意志和普遍意志发生冲突的时候，我们应该强迫他加入到普遍意志中去。举个简单的例子，比如说我想有一支非常强大的军队来保护我，又不想纳税，这时候产生了一种分裂，个人意志和普遍意志产生了冲突。卢梭认为,在这种情况下,我们要强制个人放弃个人意志,进入到普遍意志的思维状态里去。为了实现社会整体性的普遍意志,必须要放弃自己个人的意志,而且可以用强制的手法去实现它。这种思想形成了强制性社会体制的基石,这就是伯林一直在批判卢梭的核心观念。卢梭这种思想后来的追随者都是谁?墨索里尼、希特勒,还有雅各宾派的罗伯斯庇尔。这是我觉得西方文明没落的第二个特征。

之后,在相对的自由市场中,工业革命的发生和发展使西方的中产阶级实现了两个阶层的分化,西方社会正在走向庸俗主义,有钱的越有钱,而没钱的越没钱。黑格尔时代的唯心观念被颠覆了。李嘉图应该是用阶层、阶级的观念去分析经济事件的第一人。新的历史观对后世造成的最大影响是导致了各个阶层的分裂。之前的欧洲没有这么分裂,各个阶层中间是有斗争,但是并没有一个特别统一的革命纲领去领导,斗争更多发生在领土争端或者是宗教信仰的领域;但是在那之后,加上了阶层内部的互动,这导致了欧洲走向了非常大的混乱。

我们刚才回顾了一下,马基雅维利把基督教的道德和伦理干掉了,卢梭把人先天性自由的意志干掉了,再之后,意志没有了,宗教信仰也没有了,各个阶层之间开始激烈地博弈和斗争。之后又到了尼采，他对基督教信仰提出了全新的考证，认为以前这些东西全部都有问题，需要站在时代的角色上去重估所有价值，对所有基础性的理念重新进行思辨。在尼采之后，真正所谓的现代化就开始展开了。所以说，这个过程，就是西方文明一层一层被剥夺的过程。形而上的基础、信仰的基础、基督教的基础都被逐一剥掉了，从原有的信仰和现实世界的平衡状态过渡到了世俗化的状态，这导致了现代性的开始，那就是信仰在崩溃，人们在世俗化世界里看不到任何希望和成就。这从文艺复兴之后就开始了，我认为它比冯克利老师所描述的发生得更早。

叶：你的自媒体观众大部分应该是35岁以下的年轻人。年轻人现在最常见的表达就是人生没有意义，工作没有意义，谈恋爱没有意义，一切都没有意义。在与年轻人交流的过程中，我渐渐发现，这些无意义感、无价值感是表象，甚至是结果，原因不仅仅是心理层面的，其本质就是我们刚刚所讨论的，大家受实用主义或功利主义的毒害太深，在生活中缺乏信念，缺乏形而上的追求，因而陷入虚无。哪怕就像你刚才所说的第一因表达欲，很多年轻人都缺乏，如果说与现实勾连的话，可能这是最明显的一个勾连。但是现在看来，在西方，这些也正在发生。

张： 从19世纪开始，西方也面临同样的问题。20世纪初现代主义开始萌发，就是要对抗虚无，对抗无意义。无意义和虚无是从哪来的？其实就是从信仰大退潮开始。信仰死去之后，人们找不到社会和生存的意义，所有的行为都是在解构，都是在批判，但是并没有重建。马克斯·韦伯一直在强调的观念是，我们的工具理性过于强大，但是价值理性根本没有重建起来。这是我们所有人进入到现代所面对的问题最根本的一环。我们并没有找到任何一种有效的途径，把现代建立得像中世纪一样协调——今生和来世的协调，教会和国家的协调。经历了这么多事情，协调的状态被推翻了，西方在这个过程中，我觉得更多是通过寻找新的工具去实现它，比如说他们的基督教会体系崩塌之后，找到了所谓的议会体系，至少在国家这个层面，他们的二元体系再一次建立起来了。但是在个人的体系上，现在不算特别成功，他们可能会走向所谓自然法的领域。自然法的观念更多是继承古希腊的纯粹理性精神，也有启蒙精神的一些遗留，要去呼唤"自由、平等、博爱"的普遍价值。自由、平等和博爱，在西方其实也是新的观念，是在基督教信仰崩塌之后重新找到的工具，但是这几个观念缺乏根基，它不像基督教一样有一千五百年漫长厚重的历史。但现在，自由、平等、博爱作为普遍价值，它是一种独立意识形态的存在。

叶： 这也是冯克利老师批评过的。他认为"自由、平等、博爱"过于笼统，过于"大词"，过于政治口号化。冯老师是用休谟的三大原则（"财产的稳定占有、经过同意的转移和遵守承诺"）去跟自由、平等、博爱做一个对照。

张： 我觉得它本身也没有那么大的问题，最大的问题还是价值理性的崩塌。特别是这几个概念的理由又不是特别精准。自由，人们会走向绝对自由。平等，人们要求结果平等。博爱，会走向现在的白左主义和原教旨环保主义等极端概念。

因为在自由、平等、博爱的基础上，还有冯克利老师所说的权利概念。冯老师提到休谟的三原则，也是洛克当时提的三个观点，包括私产的观念和天赋权利的概念。抛弃了这些，再提自由平等博爱，肯定会出现问题，因为僭越了权利的观念。从休谟到洛克，他们都有着比较严密的论证体系，我们所有这些东西都要建立在财产权和对他人权利的尊重之上。把这些丢掉，导致了西方现在也面临着甚至比我们还要严重的一些问题。自由、平等、博爱在观念上已经太极端化，导致了他们本身的文化、经济和社会体制的冲突。

个人意识的幻灭，是独立的、闪闪发光的躺平

叶：你在所有视频作品中说得最重的话是"用工具理性去研究人的自由意志是对自由意志的亵渎"，我能够感受到你对自由意志的捍卫。

张：对，这就是我觉得所有人文主义者需要做的一点，你连自由意志都抛弃了，所有东西都是决定论，这个世界还有什么？我们的道德在哪儿？

叶：说到自由意志，我认为我们有必要先讨论一下自由是什么。很多人会说，我现在没有自由，他们想要表达的是很多事情我不能干，是一个很常见、很世俗化的误解。

张：以赛亚·伯林提出过"积极自由"和"消极自由"的观念，我觉得人们更多是想实现自己的积极自由，还是不太了解消极自由的观念。所谓的积极自由是我想

去干什么的一种自由度,是主体意志行使的一个过程,如果这个过程受阻的话,他觉得他的积极自由就受阻了。

消极自由是我这个主体可以不被外界、不被他者所干扰的状态,就是可以有不做什么的权利。但是我觉得现在很多人的问题是还在考虑积极自由,我做什么会受阻、会受挫,我不能赚钱,我不能为所欲为,我不能怎么样,这是积极自由的一部分。其实在以赛亚·伯林的观念里面,消极自由更加重要,消极自由是让你可以去抵御那些外在的强制和干扰的过程。只有真正践行了消极自由,才有可能走向相对自由的状态。

在我短视频作品的评论区,曾经出现过这样的回复:"你天天在这儿讲自由,你真知道什么是自由吗?没有绝对的自由。"这句话本身就证明他是一个糊涂蛋。因为自由从来都不是绝对的,自由这个词本身就包含前置条件,前置条件是不侵权、不干扰、不对他人造成损害。如果一个人说绝对自由,那就是在给"自由"这个词泼脏水。自由从来不是为所欲为,从来不是我想干啥就干啥,因为自由本身就含有自律的层面。很多人不能理解,认为自由就是为所欲为,那根本不是自由,那是对他人的侵权而已。真正的自由包含了不侵权、不伤害、不越界,以及不干扰,只有包含了这些前置条件,你的行为或者思想意识才叫作自由。绝对的自由就好像在说"五彩斑斓的黑",它本身就是一个病句。一定要了解什么叫真正的自由,自由包含先决条件、前置条件,不要再去泼脏水,肆意妄为的自由并不是自由,自由没有这个含义。

叶: 人们会理想化、极端化地去使用这个词,就像我们一直在说的自由意志,在他们看来,自由意志就是能让我去为所欲为的东西。实际上自由意志里含有责任,米塞斯(Luduig von Mises)认为,自由意志是基于你的价值判断做出理性选择和行动并为之负责的能力。这是很难去深入理解并且把它内化到自己的行为中去的。

张: 自由意志和自由行动这个话题可以再深入一下。如果是自由意志的话,我觉得可以给它更宽一点的范围,比如像卢梭、像马基雅维利这种自由的敌人,他们可不可以这样想?可以,因为思想不能设限,我们不能给思想家定罪,这只是他提出的一种观念。可是社会实践者要按照思想家的行为去玩,也就是说我们的自由意志可以更自由,但是我们的行动要更受限,从意志自由到行动层,像漏斗一样逐渐缩小。其实人类社会中所有的灾难都是把思想家的思想贯彻到人类社会的实践中所导致的。这就像哈耶克老师说的,人类社会不是由思想家脑子中这种观念所建构出来的,它需要成长出来。从自由意志到自由行动,人们一定要分清楚意志、思想到行动之间的区隔,因为行动就是不能侵权。

叶: 实际上从柏拉图开始,所有这样的思想家都在寻找机会去做社会实践,柏拉图也确实干了,他没干成而已。我是说,思想家总会想办法去干这些事情,遏制不了。

张: 如果思想家想干这个事情,他应该向欧文学一下。人家做这个事情就很好,在自己的公司里做实验。这个过程中,他不是拿所有人去强制做实验,是基于私有产权的边界之内,在尊重自由意志的前提下,让他人主动参与到自己的实验中。这个还是很有意思的,我觉得可以搞一下,说不定可以实现,大概率实现不了,因为它还是建构秩序。空想思想家们做过这方面的一些实验,以欧文为代表,傅立叶好像也做过。我觉得还是应该在不侵权的情况下去做。如果是强制性的,那就陷入了卢梭所谓的普遍意志,强制让个体意志去服从普遍意志,所有人类历史上的灾难都是这样造成的,比如希特勒的第三帝国。

叶： 我现在也会怀疑，像我们一直信奉的古典自由主义和自由意志，它们是不是只能存留在思维层面？

张： 你刚才说的这一点挺好，我每每回溯的时候也在问它是否还有用。不管西方也好，东方也好，我们人类在遇到困难的时候，都会转向轴心时代去找解决方法。西方就直接追溯到古希腊或者希伯来时代，而中国就直接回到老庄时代。因为我们现在所有的思维范式其实还是沿用轴心时代，只是有变形。这并不是泥古或追溯典籍，更多的是保守主义的思维方式。因为那个时代面临的难度和我们一样，当那个时代的人用那种思维方法解决了社会问题的时候，可以证明那种思维方法行之有效。

我是这样思考的，我们追求的到底是不是理念中的东西呢？我觉得应该把它纳入到康德的思维体系里去解释。特别是涉及信仰、自由意志这种超验的存在，我们就应该把它悬置起来，不要让它和其他任何东西发生关系。悬置之后，我们的自由意志、我们的信仰才可以成为一种永恒的存在，或者永恒的不可知，当任何还原主义把它还原了之后，我觉得它就丧失了本身的价值。当我们把所有东西都祛魅了，都可知化、物质化、还原化之后，能不能留一块地盘给那些未知的东西？康德这种悬置之后为它留一方空间的观念，我一直非常支持。所以这次诺贝尔物理学奖揭晓之后我就很兴奋——我们从物理层面证明了自由意志是不可知的,这是很伟大的事情。

叶: 我当时也是从这个角度去理解的,因为你之前也在作品中说过,只有量子力学这套理论还为自由意志留下了一片空间。但同时我又很担忧,我能够预见到有人会用这套理论为所谓的玄学背书,因为无论怎样去解读都会有很多人相信。

张: 没错。很多人说量子力学是不是证明了某些玄学特征?其实这是两码事。我们的初衷是为自由意志留一方空间,让它充满了各种不确定性,充满了叠加态,而不是确定成某一个状态。将它运用到宏观世界中可能是曲解。但是我觉得还是好事,因为这可以从科学理论上证明,人类的意识本身就是量子态存在。其实我更想表达的是,基督教所谓的自在之物,永远是不可知的,甚至可以把它和造物主结合在一起,这就和马克斯·韦伯的价值理性产生了统一。韦伯的观念是对现代性最好的批判,他认为我们人类社会的工具理性发展得过于强大,但是我们的价值理性极度萎缩,所有的现代问题都是基于这一点产生。

叶：东西方还有一个很大的不同，我这些年读了一些乔丹·彼得森（Jordan Peterson）的书，他是加拿大的心理学家，受荣格的影响很大，跟齐泽克做过一次大辩论。在世俗层面，在心理学的临床应用上，乔丹·彼得森极力强调个人责任，提倡回归古老智慧。这个古老智慧，实际上就是西方文明的基石，希腊-罗马文明与基督教文明中最核心的那些价值观。所以在读他的书的时候，我会碰到一些东西方文明跨不过去的壁垒，与宗教、神学有很大的关系。乔丹·彼得森对宗教信仰的回答是"我会像造物主存在那样生活"，这句话给我的启发很大。其实跟你刚才说的精神上的悬置，我觉得是一致的。

张：我觉得这一点非常关键。我们一直在说东西方的差异，或者中国人现代性的迷失，其实追本穷源就会发现，问题就在于人们对超验性的理解不同。在我的观念中，它一定是核心。基督教产生导致的最重要的结果是什么？是产生了人们的孤独性。当你面对一个全能之神无时无刻的凝视时，你只是一个普通的个体，孤独感一定会产生。神的压抑下的个体孤独感产生了个人主义。在西方文明中，不管是对物自体的理解也好，对造物主的理解也好，一定相信一个超验的存在。牛顿研究不了造物主，就去研究造物主所创造之物，于是产生了科学发现。在研究超验之神而不可得的基础上，他们才会抓住物质世界去思考，这是东西方最大的区别。当然，老子的《道德经》是超验，但仅仅限于精英知识分子的理解，老百姓有几个读过《道德经》？更不要说理解了。西方的基督教不一样，基督教建立了一个全民的共识，所以说中国人在面对这种古往今来、悠久传统的功利主义和现实主义混合时，对超验真的无法理解。

第二是基督教天启主义的影响，天启主义认为人类世界不是往复循环的。佛教讲究往复循环、大千世界，你看到的大千世界只是无数宇宙中的一部分，今生之后还有来世，但基督教的天启主义告诉你，人类历史发展就是一条直线，天启主义的历史观是确定的。它的来世就是天堂，直接在神的旁边，像但丁一样。此生此世只是唯一的一次演出机会。中国人修来世，西方人也修来世，但是他们的来世并不是再活一次，而是进入永恒的天国。这就造成了东西方文明的差异。讲东西方文化区隔，哲学层都不够，一定是要追溯到神学层，追溯到最后会发现，这是完全不同的两种文化，由此导致哲学的不同，再到人们的思维模式的不同。

叶：佛教是无神论，而且中国的佛教跟印度佛教不太一样，任何人都可以立地成佛，没有很严厉的、高一级的对照系统去告诉你人类是不完备的。徐皓峰在他的书里写过，禅宗最后式微是因为它只告诉你去悟，而修习的规则渐渐失传了。

张：你有没有发现，佛教在印度大部分是苦修宗，当它漂洋过海过来之后就变成了我们的禅宗，悟就好了。还是功利主义导致的，悟了多方便。

叶：确实是功利主义。为什么造物主不会说善有善报、恶有恶报？就是为了避免这种宗教功利主义。

张：说得太对了。我觉得加尔文真是一个心理学大师，加尔文推行宗教改革的时候就提出了预定论。造物主就看你如何努力，谁荣耀了造物主才可以得到救赎，不是每个人都可以得到救赎。

叶：有很多人会有这样的感受，西方哲学、西方思想史中的这些结论在我们的传统文化中也有，但我们之前讨论过，因为东方思想体系中论证体系的缺失，仅看结论是没有意义的。还有这些年以来对中国传统文化的价值重估——几年前曾经出现过对西方资本的批判，批判资本家，批判"996"，会有一些学者将中国当下的所有困境，无论是年轻人的信念缺失，还是社会上出现的所有问题，都归结到西方资本及意识形态的进入。

张： 我们现在所谓的躺平主义和犬儒主义，并不是中国独有的，整个世界都在躺平，都在反抗，都在摧毁原有的根基，都在挑战那些过往的崇高，解构所有的情怀。我们这种文化是从西方来的，这个毫无问题。不让他们犬儒，不让他们躺平，是想回到封建体制吗？那不是更搞笑吗？那个时代连个人主义都没有，更没有主体的意志。那个时候当然没有人会躺平，也没有人会犬儒，因为根本没有自我意识。在主体从未崛起过的文化语境中，"我"永远是构建在某种关系中的一环，是被架构、编制在整个体系里的一个念珠。极端的个人主义确实会导致很多幻灭，但如果"我"是我这个世界的主体，这种幻灭至少还有个人意识的幻灭，是独立的、闪闪发光的躺平。

不要觉得看了几本西方哲学的书，就可以融合中西方文明。这种融合并不是理性能够建构出来的，它只能在天然的自由竞争中产生，那样产生的文化才是有生命力的。因为人们在某些阶段就是需要传统文化对自己进行心灵的加持和信念的支撑。在这个过程中，我觉得如果能够让东西方文化自然地去冲突，自然地去竞争，去大浪淘沙，去伪存真，这种状态就是最好的。

叶： 信仰、理念的自由市场，那是一个理想状态吧？在当下，很难形成思想和理念的自由竞争。那么我们还能够怎么做？前一阵项飙老师提到精神家园建设，其实仍然是在实用层面上试图去缓解整个社会的空虚、摆烂、抑郁等负面心态。项飙老师认为我们应该回到内心，去建设自己的"大后方"，其实很早以前王小波就在强调这些。我个人的体验是，我的精神家园建设是一条很明晰的路，从经验科学、人文艺术抵达哲学思考，像我们刚才讨论的所有问题，说是思维的乐趣也好，是精神操练也好，必须到达这个层面，我可能才能觉得不空虚。但现在甚至哲学思考也已经不能满足我了，也许只能上升到超验的层面。

张： 中国有一句老话，叫"尽人事而知天命"，当你无法改变外部的时候，只能建设精神家园。其实对我们来说，就是要遵循自然去生活。我们中国人可以去多了解一些斯多亚学派的观点，它很符合东方精神的，和我们的道家有一致的思维，比如说要求人遵从自然而生活，斯多亚学派所谓的神并不是基督教的神，那时候基督教还不存在，而是一种自然之神，就是人的规律。但斯多亚是更加入世的哲学流派。

叶：斯多亚学派继承了犬儒主义的部分主张，但在个人道德的私域，它的要求非常高，所谓"德性自足"，然而，斯多亚颓废避世的那一部分很容易被选择性利用，而对自己的行为、对个人道德的严格约束这部分，很难被采纳。

张：是，但在这种大环境下，我们只能向内收缩了，向外拓展不了。就像希腊化时代，当马其顿帝国统一欧洲之后，希腊的城邦就不再重要了，成为帝国的一个小棋子，这时候希腊人普遍产生了失落感，他们曾经引以为豪的城邦文明在庞大的帝国中无足轻重，这时候人们不再关注外在的公共精神，而是开始转入内观，斯多亚和伊壁鸠鲁主义开始崛起，伊壁鸠鲁的享乐主义、及时行乐，都是庞大帝国压抑的产物。

但是建设我们的精神家园，这个时候提新儒家反倒还有一点意思。在中国的原始宗教里，比如儒家的基于血缘宗族之上的观念，对维持整个的价值体系我觉得还是有帮助。

叶：维特根斯坦也问过学习哲学有什么用，在他看来，是要影响你对日常生活的重要问题的思考，对你的世俗生活发生意义。你觉得哲学在你的生活中有什么意义?

张：我觉得对我没有什么影响，我现在已经做到了完全割裂，我可以跟着酒吧小王子去K歌喝酒，我也可以在我的爱好上学习。为什么会产生这种分裂呢？因为这个环境里不"精分"没有办法生存。维特根斯坦说的我不是特别同意，他说要产生你对事物的看法，我觉得这个算是目的之一，但它并不是所有人学习哲学的根本目的。在动力层面，学习哲学到底要干吗，我其实什么也不干，我就想追求一些纯粹的无用之学，思考的快乐，仅此而已。

叶：思维的快乐，如王小波所说？

张：是的。其实再具象一点，比如对社会、对职场的看法，我觉得那可能是附带的成长，最大的驱动力是热爱思考，热爱哲学，热爱理性精神，就是热爱。就像很多人问，为什么爬山，因为山在那儿。为什么要去思考哲学？因为有意思，它就在这儿。

十 影像

398　放画：一半的自由

勾食、羲虎、易达、kkcit、Lu Ran
陈炫冰、常箩、予飞

Comics: Half-freedom

放画

㊗之

半自由

2022 年夏天，单读在新媒体平台开设了一个新栏目：放画，向漫画作者开放征集，在部分语言失效的时刻，用另一种表达形式留住当下的感受。这些漫画作品分为两组，第一组的主题是"半自由"。过着普通生活的普通人，能够自由吃饭、出行、与人见面，但也无时无刻不感受到自由的条件，比如不能跨过的围栏、不能违背的约定等等，并不得已地为这些条件的变化所牵动。这五位漫画作者画出了自己的"半自由"生活体验。

三舅终于买了一辆摩托车,

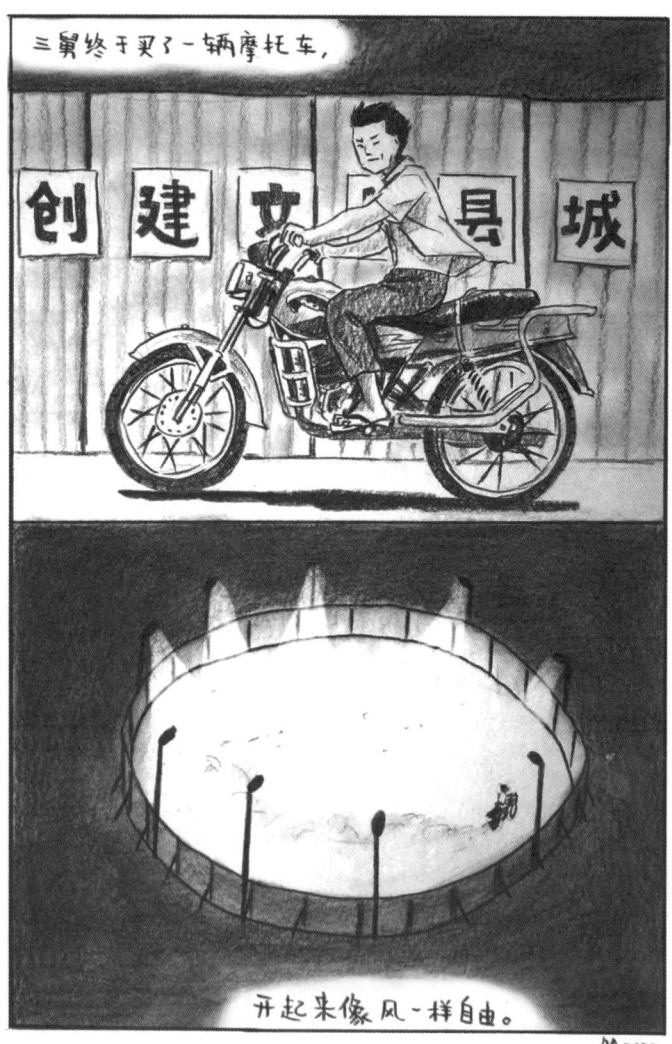

开起来像风一样自由。

骑车去兜风

一半还给世界,一半留给自己。

作者/勾食
独立漫画作者,微博@勾食。

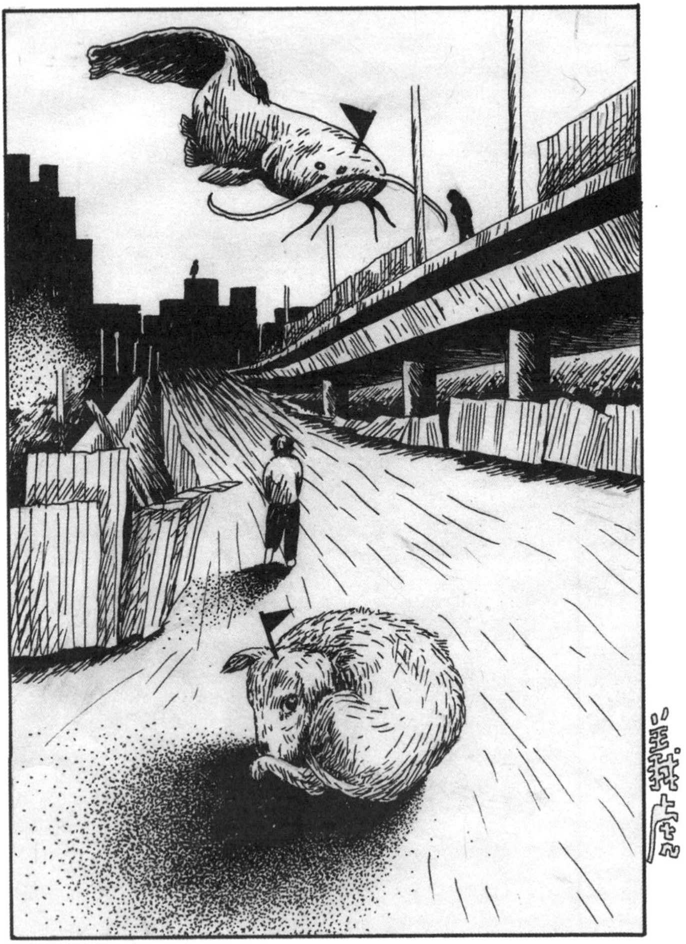

城市景象

一段时间后,有的东西飘浮在天上,
有的东西沉睡在地下。

作者/義虎
独立漫画作者,微博@義虎寺也。

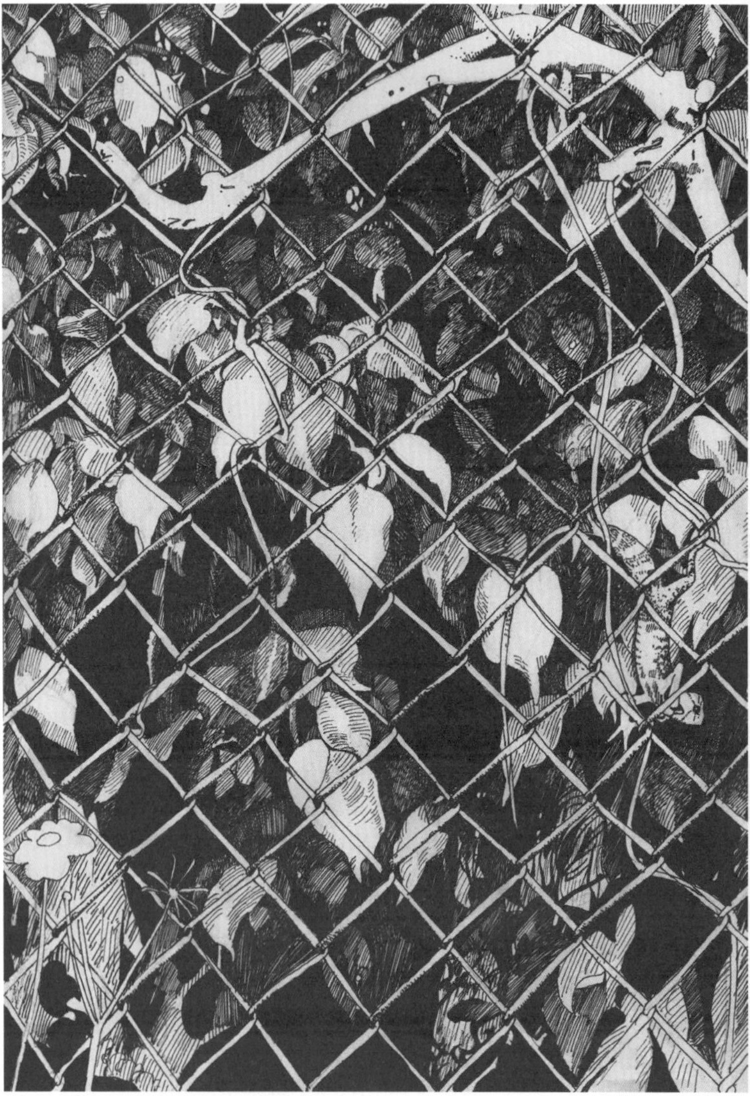

禁止攀爬

学校操场围栏后的植物野蛮生长,
有一只小壁虎攀爬而上。

作者/易达
土味漫画人,作品《香樟中学》《四冇少年》,微博@易达啊啊啊。

...这包是三月困饿的四十分之一

等待煮熟的三分钟空白

七月里沸腾的此刻

面的遐想

画完这篇时,继续吃掉三包陈年泡面就可以终结囤粮,可是看着空空的柜子却又产生了一丝不安。

作者/kkcit
画画的人,正在记录现实世界与幻想的连接时刻,微博@kkcit。

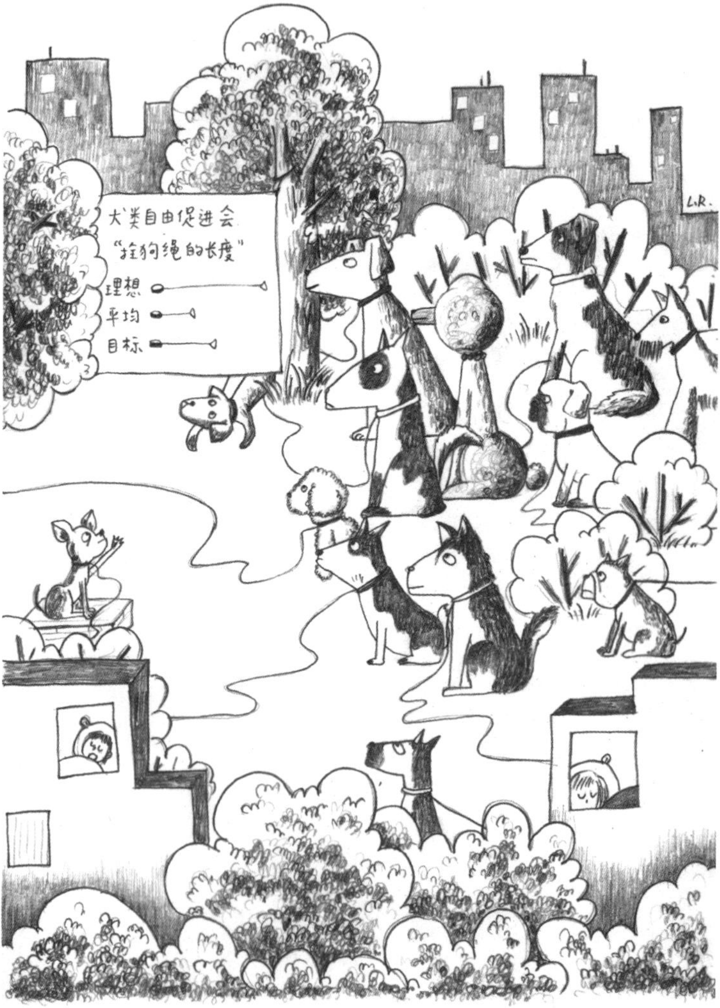
犬类自由促进会
“拴狗绳的长度”
理想
平均
目标
L.R.

从 10cm 到 15cm

在自由的绝对有和绝对无之间，
有许多相对的长度。

作者/Lu Ran
漫画作者及写作者，用讲故事的方法去经历生活，
微博@OhhhMyDeer，公众号"luranlouane"。

放画

㊀ 之

读大学

第二组的主题是"读大学"。在过去几年,"读大学"是一段另类的经历:远程网课、出入校申请、无效假期……这一代大学生会成长成什么模样?在他们眼中,未来又是什么模样?

刚上大学时，

阿姨好！

呦！下课啦

我常去吃宿舍后门的一家烤串店。

老板娘每次都会说

来！

我记得哦，你不吃香菜。

后来，疫情来了，后门上了锁。

我再也没去过那家店。

有一次，我路过那里，

发现烤串店没有了。

能一直记住我口味的老板娘也不在了。

后门的炸串店

冬天太过漫长,努力回忆夏天的模样。

作者/陈炫冰
一个喜欢画画的人,微博@蕉蕉棒冰。

刚开始到处搭大棚的那几年，总有人反对。

怕幼苗长得弱，不结果。

温度 30.2℃

但人们发现，这批幼苗生得也很独特，

不蹿高，不抽条，只长能吃的部分。

现在，还没有人知道那果子的味道。

新果

朋友是大学老师，她告诉我
现在老师管得多，但学生们却更早熟了些。
大家从大一就开始找实习、考证，
这些年轻人也知道外面变艰难了。

"……但归根结底是你们的。"

作者/常箩
天津人，出生于一名中医和一名科研工作者之家的漫画作者，
微博@常箩，公众号"常箩"。

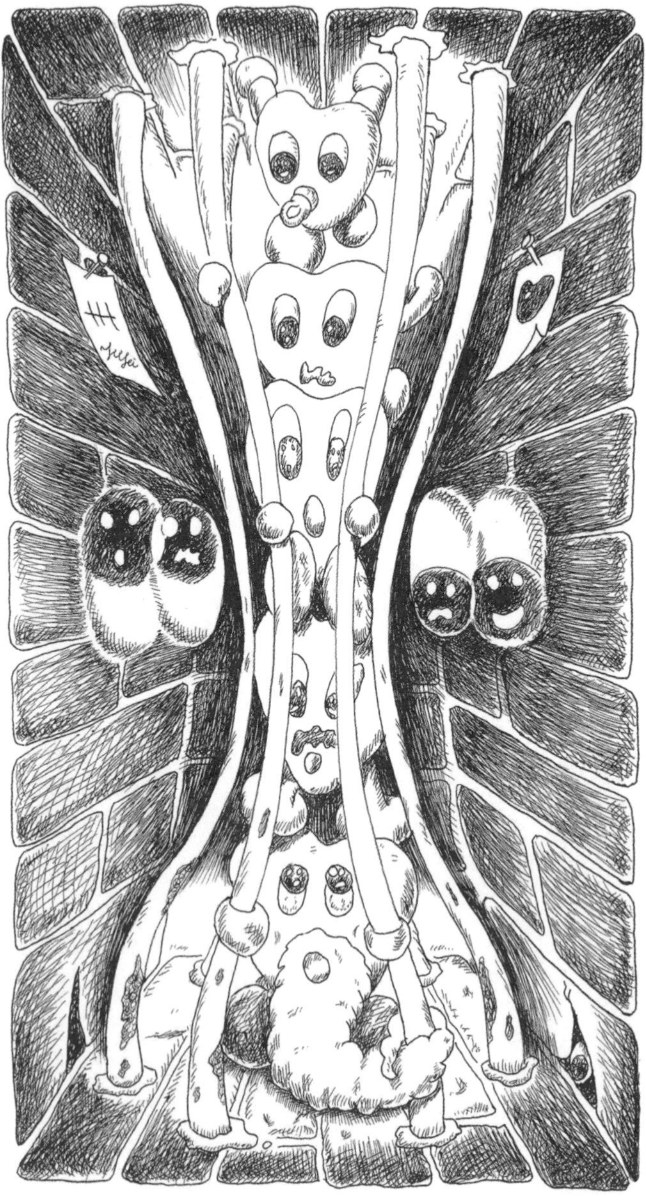

时间屋

"成长"和"衰老"都是静悄悄的。

作者/予飞
独立漫画作者,微博@予飞YUFEI,公众号"楼顶洞"。

001	Zhong Shuhe on Untimely Truths in Conversation with Xu Zhiyuan
039	Dai Jinhua on How the Media Change Us in Conversation with Guo Yujie
093	Jing Kaixuan on Personal Integrity in an Age of Alienation in Conversation with Bai Lin
143	Luo Xin on the Responsible Uses of Historical Narratives in Conversation with Yang Xiao
197	Xiang Biao and Michael Sandel on Elite Hubris and the Meritocracy Trap in Conversation with Fan Xilin
237	Lü Zhi on Necessary Trade-offs and Environmental Fairness in Conversation with Wu Qi
275	Lao Dongyan on the Law and the Question of a Good Social Order in Conversation with Xiaoyu
315	Cui Qinglong on Optimism in a Fallen Age in Conversation with Luo Danni
355	Zhang Qiaomu on Useless Knowledge in Conversation with Ye San
397	Comics: Half-freedom Goushi Yihu Yida etc.

图书在版编目（CIP）数据

单读.33, 多谈谈问题/吴琦主编. -- 上海：上海文艺出版社, 2023（2025.1重印）
ISBN 978-7-5321-8675-4
Ⅰ.①单… Ⅱ.①吴… Ⅲ.①社会科学－文集 Ⅳ.①C53
中国版本图书馆CIP数据核字(2023)第027313号

发 行 人：毕　胜
责任编辑：肖海鸥
特约编辑：何珊珊　罗丹妮
书籍设计：李政坷
内文制作：李俊红　李政坷

书　　名：单读.33, 多谈谈问题
主　　编：吴琦
出　　版：上海世纪出版集团　上海文艺出版社
地　　址：上海市闵行区号景路159弄A座2楼 201101
发　　行：上海文艺出版社发行中心
　　　　　上海市闵行区号景路159弄A座2楼206室 201101 www.ewen.co
印　　刷：山东临沂新华印刷物流集团有限责任公司
开　　本：1092×787 1/32
印　　张：12.75
插　　页：11
字　　数：231,000
印　　次：2023年3月第1版 2025年1月第10次印刷
I S B N：978-7-5321-8675-4/I·6832
定　　价：65.00元
告 读 者：如发现本书有质量问题请与印刷厂质量科联系 T:0539-2925888